때론, 귀차니즘도 괜찮아

청색시대 제28집

때론, 귀차니즘도 괜찮아

*

인쇄일 · 2022. 7. 25.
발행일 · 2022. 7. 30.
지은이 · 계간현대수필작가회
편집위원 · 조재은 오차숙 노정숙 권현옥 김상미
　　　　　 김산옥 유정림 장영숙 김호은

펴낸이 | 이형식
펴낸곳 | 도서출판 문학관
등록일자 | 1988. 1. 11
등록번호 | 제10-184호
주소 | 04089 서울시 마포구 독막로 28길 34
전화 | (02)718-6810, (02)717-0840
팩스 | (02)706-2225
E-mail | mhkbook@hanmail.net

copyright ⓒ 계간현대수필작가회 2022
copyright ⓒ munhakkwan. Inc, 2022 Printed in Korea

값 · 18,000원

ISBN 978-89-7077-649-1　　　03810

때론, 귀차니즘도 괜찮아

청색시대 제28집 · 계간현대수필작가회

문학관books

삶을 어루만지다

유정림(계간현대수필작가회 회장)

"삶에서 글은 태어나고, 글은 삶을 어루만진다."

— 이기주의 「글의 품격」 중에서

'삶에서 태어난' 86편의 글을 모았습니다.

이번에는 특집으로 귀차니즘을 주제나 소재로 삼은 글과 문화나들이 그 외 자유 주제로 글을 받았습니다. 예상했던 대로 자유로운 주제의 글들이 많아 4장으로 나누고 신인상을 타신 분들의 글만 따로 축하하는 장도 만들었습니다. 그래서 총 7장으로 구성된 제28집 청색시대 《때론, 귀차니즘도 괜찮아》 출간을 하게 되었습니다.

올해는 특별한 해입니다. 30년의 역사를 계승한 계간현대수필작가회로 거듭난 해이기 때문입니다.

계간현대수필작가회는 매년 동인지 청색시대의 발간과 계간현대수필의 신인상 및 구름까페문학상 시상식을 주관하며 동인 문우님의 출간과 수상소식을 전해 드리고 있습니다.

'삶을 어루만지는 글'이란 표현이 수필을 이보다 더 잘 설명할 수 있을까 생각했습니다. 삶이 움직이고 보고 듣고 느끼는 감성의 과정이라면 수필은 사유하는 감성이 안착하는 곳일 테니 어루만진다는 표현이 참 고맙습니다. 귀찮은 것들을 천천히 들여다보니 귀찮치 않은, 중요한 것들과의 경계도 희미합니다. 때때로 옷을 갈아입는 마음 탓일지 모릅니다. 충분한 위로와 정신 번쩍 들게 한 소중한 문우님들의 86편의 글, 경의를 표합니다.

2대 오차숙 발행인님의 취임을 축하드리며 청색시대 교정과 총무일로 애써주신 장영숙 선배님, 진심 어린 조언과 수고를 해주신 전 김산옥 회장님과 편집위원님들, 〈문학관〉에도 고마움을 전합니다.

2022년 사운대는 여름에

한겨울에도 잎을 떨구지 않는 나무

오차숙(계간현대수필 발행인)

문학은 인간의 역사와 그 흔적을 추적하며 형상화는 데에 목적이 있다.

수필은 인간적인 면모를 발견해가는 과정에서 여러 가지 상황들을 포착하며, 진실과 보편적 진리에 도달해 가는 장르이다.

그 과정에서는 문제를 바라보는 작가만의 독특한 관점, 남과 다른 체험과 해학, 그에 따르는 해석과 신선한 충격이 바람직하다. 경험을 바탕으로 한 기억의 재구성과 상상력을 통한 의미부여는 글을 환기시켜 준다. 눈앞의 대상을 뚫어보는 통찰력과 상상력이 부족하게 되면, 피상적인 글에 머물게 되므로 늘 남다른 시각으로 대상을 바라보는 상상력이 필요하다. 이런 혜안을 지니게 되면 내부의 나와 만날 수 있어, 나 아닌 것에 매몰되지 않게 된다.

이 모든 것을 터득하며 글을 쓰는 문우들이 〈계간현대수필작가회〉 회원이다.

작가회는 30년 가까이 〈현대수필문인회〉라는 이름으로 청색시대 27집까지 발간해 왔으나, 올해부터는 그 이름이 〈계간현대수필작가회〉로 거듭나며 스물여덟 번째 문집을 발간한다.

다행인 것은 2~3년 동안 '코로나19'로 인해 행사가 순조롭지 않았음에도, 작가회장은 회원들과 함께 좋은 문집들을 발간해 왔다. 이것은 회장을 비롯한 회원들의 〈계간현대수필〉에 대한 애정과, 개개인이 정체성을 고수하기 위한 의지가 대단하다는 증거라고 할 수 있다.

윤재천 선생께서 편찮으신 관계로, 〈현대수필〉 발간 31년째부터는 모든 운영을 제자에게 위임시킨 입장이라 그 과정에서 시행착오도 다소 있었지만, 《계간현대수필》을 사랑하는 임원들과 작가회 회원들은 한겨울에도 푸른 잎을 떨구지 않는 잣나무가 되어 제28회 청색시대를 발간한다.

이 결실은 작가회장과 임원들, 작가회 회원들의 글 사랑에 대한 열정이다. 이 정도의 의지력과 추진력이라면 넘지 못할 절벽이 없다고 생각된다.

그 노력들을 헤아려 볼 때, 1930년 김기림·김광섭·김진섭이 주장한 수필론과 '수필은 청자연적'이라는 피천득 선생의 수필론에서 벗어나서, 하이브리드 시대에 한국수필이 나아갈 방향을 제시해 준 윤재천 선생의 수필정신을 되새기며 글쓰기에 더욱 매진할 것이라고 확신한다. 여러 가지 여건으로 응축되어 있던 잠재력이 가늠할 수 없는 에너지로 환원될 수 있으리라 생각된다.

이제 '코로나19'도 많이 호전되어 옛 기운을 찾아가고 있으니, 동굴에 갇혀 있던 두 날개를 활짝 펴서 청청한 하늘을 날 수 있길 소망한다.

무엇보다 청색시대는 《계간현대수필》의 얼굴로서, 전국에 있는 작가들에게 선을 보이는 문예지로도 유명하다.

이것은 작가회장의 남다른 노력과 회원들의 노력에 의한 결과물이다. 그 바탕에는 문우애까지 도사리고 있어 미래에 〈계간현대수필작가회〉가 나아갈 방향까지 가늠하게 해 준다.

앞으로도 〈계간현대수필작가회〉가 드넓은 백사장을 질주하는 백마들이 되어, 21세기를 횡단하는 작가로서의 진면목을 유감없이 발휘해 주길 고대한다.

청색시대 제28집 『때론, 귀차니즘도 괜찮아』 발간을 진심으로 축하한다.

| 차 례 |

책을 내며 … 4
축하의 글 … 6

1 때론, 귀차니즘도 괜찮아

이문숙	숟가락 하나 더 놓기 … 17
우명식	봄날은 온다 … 21
정정애	때론, 귀차니즘도 괜찮아 … 25
석현수	역옹패설櫟翁稗說 톺아보기 … 29
권현옥	이래저래 모순 … 33
이영자	귀차니즘에 부쳐 … 36
박인목	고맙다 스팸 … 39
장영숙	내 나이 돼 봐라 … 43
이영미	이게 다 드라마 때문이다 … 47
조후미	어머니의 유전자를 찾아서 … 51
최정아	멍에를 지다 … 55
최재남	I love 봄 … 59

2 문화 나들이

김산옥	이건희 컬렉션에 빠지다	… 65
매강 김미자	다시 찾은 단원 미술관	… 70
김준희	헤이리의 아침	… 75
백경희	자연주의를 선택한 두 사람	… 78
김소현	러시아 서정	… 83
김현찬	춤추는 목신의 오후	… 87
왕옥현	하동	… 92
김선인	지중해의 에메랄드, 카프리섬 여행	… 96
방효필	풍경이 있는 여행	… 103
전효택	중세마을 피란piran을 찾아	… 106
박하영	신두리 해안 모래 언덕	… 111
김상미	흔들리지 않는 전체	… 114
현정원	문화 나들이	… 119
문만재	우리 음식 문화	… 124
최진옥	이름	… 127
류문수	사라지는 우리 정원庭園 문화	… 131

3 고요에서 맑음으로

조재은　　고요에서 맑음으로 … 139

정인호　　내 안의 지족知足 … 143

노정숙　　성녀와 친구 … 146

박영의　　비우고 비워도 남는 것은 … 150

서용선　　무위자연無爲自然 … 153

오차숙　　카르페 디엠 … 156

최정안　　아름답게 늙는 지혜 / 거기가 거기 … 160

조혜진　　여행을 떠나요 … 163

정재윤　　링스의 오프로드 … 167

오정순　　슬러시 볼 현상 … 172

4 먼 바다를 불러

강은소	야생 사과나무 ⋯ 179
김재숙	봄날은 간다 ⋯ 184
문두리	갈잎의 노래 ⋯ 188
김인채	골목길 ⋯ 190
박현경	동백꽃과 쌍가락지 ⋯ 194
배소희	엄마의 봄 ⋯ 197
서강홍	웅변대회 ⋯ 200
정보연	김밥 ⋯ 205
염혜순	서재에 대한 허영 ⋯ 212
채홍 이영숙	다붓한 사랑초 ⋯ 217
임미리	도서관, 조우 ⋯ 220
송혜영	친구여 ⋯ 224
이장춘	스물두 달 손자 ⋯ 230

5 익숙한 여백

남홍숙　　　퀼트 이불 ··· 239
김낙효　　　따뜻한 간달프 ··· 244
김순택　　　복뎅이 ··· 248
김남순　　　허그Hug ··· 252
이선옥　　　꽃구경 ··· 256
손제하　　　목련화 ··· 261
이혜숙　　　자연에 개입하다 ··· 264
임우재　　　솜이불 같은 사람이 ··· 269
이채 조인순　고백 ··· 273
이주영　　　엄마와의 이별 ··· 278
최이안　　　탭댄스 추는 남자 ··· 282
유정림　　　내가 아무것도 아닐 때 ··· 285
정정숙　　　감국 ··· 289
구향미　　　삼층장 ··· 292

6 마블링

한경화	설레는 평화	⋯ 297
박장식	오매불망 첫사랑	⋯ 302
이희복	보훈의 달 국립대전현충원을 찾아서	⋯ 306
김국애	캡슐처럼 먹고 사는 언어	⋯ 310
김선아	바람의 언덕	⋯ 315
김수금	잊음의 땅에서	⋯ 319
김호은	태양이시여 만수무강하시길	⋯ 321
문화란	천둥소리	⋯ 325
임충빈	AI시대에도 삼재라니	⋯ 329
염희영	거꾸로 가는 시간	⋯ 333
김계옥	혈액형의 인간	⋯ 337

7 청색시대에 오신 것을 환영합니다

류만영　　비우는 즐거움 … 343

조인선　　회색 단상 … 347

이수중　　이제는 말할 수 있다 … 351

한창섭　　미나리 … 356

정은숙　　접시꽃 기억 한 편 … 360

강순미　　모개, 옛 향기가 그리워 … 364

한미경　　따뜻한 위로 … 367

전유의　　영흥도 고양이 섬 … 371

정하철　　6·25전쟁과 아버지 … 375

이근석　　무엇을 남겨야 할까 … 379

1

때론 귀차니즘도 괜찮아

때론
귀차니즘도
괜찮아

숟가락 하나 더 놓기

이문숙

mslee5753@hanmail.net

 할머니는 '어여 숟가락 하나 더 놓으라'고 하셨다. "에이고, 부지깽이를 이래 내놓으면 누가 지나가다 엎어질라." 카랑한 목소리가 대문을 밀고 들어온다. 앞집에 홀로 사는 아주머니는 시시때때로 큰댁에 드나들었다. 마치 자기 집인 양, 대문턱을 넘으면서 이런저런 참견도 아끼지 않았다. 속으로는 눈을 흘길지언정 누구도 아주머니의 등장에 불편한 티를 내지 않았다. 옆으로 비켜 자리를 만들고, 아주머니는 당연하다는 듯 두레 반 한 자리에 앉아 밥그릇을 차지했다. 정작 가족들의 식사를 준비하신 큰어머니께는 무쇠솥 바닥에 남은 누룽지가 돌아갔다.

 할머니는 늘 숟가락 하나 더 놓는 게 뭐 그리 힘드냐고 하셨다. 큰댁 울타리 옆에는 디딜 방앗간이 있었다. 이곳에서 동네 아낙들은 벼 서너 되 머리에 이고 와서 찧어가기도 하고, 농주를 담그는 누룩이나 떡쌀을 빻으러 오기도 했다. 쿵덕쿵덕 방앗소리가 나면 할머니는 집에 있는 무엇이건 먹거리를 찾아들고 방앗간으로 나가셨다. 너나없이 끼니 걱정하던 배고픈 시절이었다. 할머니는 내 집 근처를 지나는 사람은 누구든 감자나 옥수수, 식은 밥 한 덩이라도 먹여 보내야 직성이 풀리셨다. 내 식구들도 넉넉히 먹지 못하는 형편이지만 할머니의 길손 대접은 한결같았다.

겨울에는 사랑방에 객식구가 들었다. 무슨 사정이었는지는 모르지만 일꾼 아재의 방에는 겨우내 군식구들이 들락거리며 숟가락 하나 더 놓게 만들었다. 나 역시 방학에는 할머니 뵈러 와 숟가락 하나를 보태곤 했다.

결혼 이후 지금까지 우리 집은 늘 다섯 식구로 산다. 신혼 때는 시외할머니와 시어머니 시누이가 함께 살았다. 시누이가 결혼한 후에는 딸아이가 태어났고 시외할머니가 세상을 떠나시자 아들이 태어났다. 그리고 매년 서너 차례 시어머니 친구가 서울 나들이할 때면 우리 집이 제일 편하다며 숟가락 하나 더 놓게 했다.

몸도 마음도 젊었던 그때에는 숟가락 하나 더 놓기가 힘든 일이라고 생각하지 않았다. 다섯 식구의 밥상에 말 그대로 숟가락 하나 더 놓는 일이었다. 내게도 할머니와 큰어머니의 넉넉한 마음이 한 자락 스며있었나 보다.

설과 한식 추석의 차례 상까지 우리 집의 숟가락 하나 더 놓기는 이어진다. 할아버지 할머니, 아버님 그리고 아버님의 친척 형님을 위해 차례를 지내기 때문이다. 친척 형님은 아버님과 함께 북에서 월남한 유일한 피붙이었다. 아버님은 형님에게 제사 모실 자식이 없다고 명절에라도 함께 모셔 메와 탕을 올리라고 하셨단다. 그렇게 시작된 숟가락 하나 더 놓는 차례는 지금까지도 꼬박꼬박 이어지고 있다.

아이들이 자라 딸은 독일로, 아들은 군 입대로 집을 떠나며 완강했던 다섯 식구의 매듭이 느슨하게 풀어졌다. 늘 다섯 개이던 숟가락이 하나씩 덜어지면서 밥상 차리는 일이 조금씩 수월하게 느껴졌다. 때로 식구 중 누군가 외식이라도 하게 되면 그 홀가분함은 마음에 깃털이라도 달아 놓은 것 같았다. 어쩌다 집에 혼자 있게 되는 날에는 아예 밥상 차리는 일을 생략했다. 숟가락을 식탁에 올려 끼니를 잇는 일보다 마음 가벼움이 내겐 더 소중했다. 그동안 아무렇지도 않았던 '숟가락 하나 더 놓기'가 '숟가락 하나 빼기'의 맛을 알게 되면서 밥상을 차리는 일이 점점 무겁게 느껴진다.

죽었다가도 "밥!" 하면 일어나 밥상을 차려야 하는 중차대한 사명이라도 타고났을까? 아이들이 공부를 마치고 우리 집은 다시 다섯 식구가 되었고, 나는 다섯 식구의 숟가락 놓기로 또 다시 분주해졌다.

쌀 12kg, 생선 6, 70마리, 소고기 10kg, 채소 2, 30kg, 돼지고기 7, 8kg, 계란 4판, 여기에 햇반 20개, 토마토 10kg, 사과 10kg가 대략적인 우리 집 한 달 식재료다. 코로나19로 집에 있는 시간이 늘어나 삼시 세 끼는 기본이고 간간이 간식까지 챙겨야 한다. 이렇게나 많이 먹었다고? 세상에서 제일 큰 새는 타조도 알바트로스도 아니고 '먹새'였다. 엥겔지수로 계산을 해봐도 30퍼센트를 훌쩍 넘어 이른바 개발도상국의 지수이다.

먹고 사는 일이 세상에서 가장 중요한 일임에 틀림없다. '먹기 위해 사는가, 살기 위해 먹는가'는 인류의 원초적 고민거리가 아니던가. 나 역시 아침에 눈을 뜨면서 '무엇을 해 먹어야 하나?'로 하루를 산다. 자리에 누운 채 다섯 식구의 입맛과 건강, 냉장고에 있는 식재료를 머릿속으로 버무린다. 점점 꾸물거리는 시간은 늘어지고 마음은 지친다. 숟가락 하나 더 놓기를 쉽게 생각했던 내 모습은 이제 간 곳이 없다. 그저 아이들이 하루 빨리 내 둥지를 떠나 숟가락 하나 빼기에 동참해 주기만 간절히 바라는 불량 엄마가 되어 버렸다. 이런 내가 늘 넉넉한 마음으로 길손을 대접하던 할머니의 모습을 그리워하는 건 또 무슨 조화인지.

봄날은 온다

우명식

shinewms@hanmail.net

결혼식이 있어 평소 입지 않던 정장을 꺼내 입었는데 너무 꽉 끼어 몸이 부담스러웠다. 품이 넉넉했던 옷이라 적잖은 충격이었다. 시간도 촉박하고 달리 대처할 방법도 없어 용감하게 입고 갔다. 도둑이 제 발 저린 꼴이라니, 따가운 시선이 느껴져 밥도 먹는 둥 마는 둥 도망치듯 예식장을 빠져나왔다. 괜히 마음이 싱숭생숭해 내친김에 봄맞이 옷장 정리를 했다. 딸이 사주었던 하늘거리는 원피스가 눈에 띄었다. 반가운 마음에 입어보니 맙소사 원피스가 작아졌다. 아니 내 몸이 거대해진 게다. 거울 앞에는 디 라인의 여자가 멀거니 서 있다. 그동안 특별한 운동 없이 먹는 즐거움을 누리면서, 보통 체격보다 약간 마른 몸을 유지했었다. 터질 듯한 옷을 입고 한숨만 내쉬는 지금 나의 모습은 감히 상상조차 하지 못했다.

'물만 먹어도 살찐다'라는 말을 듣고 피식 웃었는데 어느새 그 말이 현실이 되어 내 몸은 근육보다 살이 잘 붙는 체질로 변해버렸다. 코앞에 강변 둔치가 있어 땀 흘리며 운동하는 사람들을 아침저녁으로 볼 수 있다. 부러워해야 하는데 그런 마음조차 들지 않으니 몹쓸 게으름의 극치다. 볼품없이 변한 내 몸을 코로나 탓으로 돌리고 있다. 코로나가 발생하기 전에는 대단한 운동이라도 했냐고 묻는다면 일주일에 두 번 요가를 했고, 가끔 자전거 타고 낙동강 변을 한 바퀴 돌았던 게 전부다. 비록 운동에는 게을렀지만, 집안일은 남들보다 일찍 일어나 부지런히 움직였다. 작은 마당에 꽃도 가꾸고 푸성귀도 심어 이웃에 한 모숨씩 나누어 주었다. 어떤 일이 닥쳐도 지레 걱정하지 않았고 잘해야 본전이라는 한 집안의 맏며느리 자리도 온전히 지켜나갔다.

살림하면서 아이들 키우고, 집안의 대소사 챙기며 바쁘게 살다 보니 서른 해를 훌쩍 넘겼다. 아이들이 성장하고 식구가 한자리에 모일 시간이 적어졌다. 가까이 있으면 한달음에 달려가서 끌어안고 싶은, 친구 같던 딸도 공부하려고 외국으로 떠났다. 한동안 무기력하게 지냈는데 잇달아 코로나까지 발생했다. 몸은 점점 무거워지고 피로가 쌓이기 시작했다. 신명 나게 하고 싶은 일도 없고 만사가 귀찮고 성가시기만 하다. 어디론가 훌쩍 떠나고 싶은데 혼자라는 두려움 때문에 늘 그 자리에 머물고 만다.

얼마 전 몸이 이상 신호를 보내 병원을 다녀왔다. 혈압도 높아지고 면역 수치는 바닥을 치고 있다. 한동안 잠잠했던 두드러기가 불쑥불쑥 나타나서 잠을 설친다. 새벽에 깨어 벅벅 긁고 나면 붉은 꽃이 피부에 만발해 있다. 울긋불긋 홍조 띤 얼굴로 온몸에 수스럭수스럭 돋은 두드러기를 보면 분노와 절망에 빠진다. 운동 없이 살았던 게으름에 막을 내리라고 내 몸은 신호를 보내고 있다. 이제껏 나의 귀차니즘을 '코로나 때문에'라고 합리화했었다. 하지만 친구의 전화를 받고 난 후 양심에 찔렸다. 친구는 '코로나 덕분에' 무거웠던 몸을 탈피해 요즘 과감한 변신을 꾀하고 있단다. 코로나로 사람 만나는 일이 단절되었던 시기에 운동을 시작했다고 한다. 산을 오르며 체력을 키우고 시간 날 때마다 운동장을 돌았고, 운동 기구에서 근력 운동까지 열심히 했단다. 그 결과 살이 빠진 건 물론이고 오랜 지병이 치유되고 그보다 중요한 건 몰라보게 예뻐졌다고 한다. 자화자찬하는 친구의 들뜬 음성이 전혀 밉지 않았고, 나는 진심으로 칭찬해주었다. 친구는 목소리를 높여 나에게 말했다.

"벗님아, 나는 운동으로 다시 태어났어. 내 생에 요즘처럼 행복한 날이 없단다."

친구의 달뜬 목소리가 내게로 날아와 심장에 콕 박혔다.

우리는 같은 시대를 살고 있고, 사회적인 어려움도 함께 겪고 있다. 이런 상황에서 '때문에'라고 누구를 탓하기보다 '덕분에'라는 긍정의 힘으로 헤쳐 나간 친구가 참 대견하다. 친구의 전화는 나에게 작은 변화를 가져다주었다. 설령 작심삼일이 될지라도 쉴 새 없이 괴롭히는 두드러기라도 물리치려고 운동을 시작했다. 첫날은 강변 둔치를 30분 정도 걸었다. 다음 날은 몇 년이나 마당에 방치했던 자전거를 남편 손을 빌려 손질했다. 오랜만에 자전거를 타서 그런지 몸은 중심을 잃고 비틀거렸다. 하마터면 넘어질 뻔했는데 신기하게도 금세 몸이 기억했다. 은륜을 타고 바람을 가르며 낙동강 변을 달리는 기분은 상쾌했다.

몸이 가벼워지면 삶도 부드러워지는 걸까. 운동을 시작으로 계획만 세우고 미루었던 일을 조금씩 하고 있다. 서재를 정리해서 필요 없는 책도 나누어주고 언제인가 입을 것 같아 버리지 못한 옷도 하나씩 처리하고 있다. 멈추었던 일기도 다시 기록하는 중이다. 낙동강 변에서 만나는 애기똥풀 이야기, 보리밭을 지나는 정겨운 새 소리, 찰랑찰랑 논물 드는 소리, 자연의 따스함을 적을 때면 모처럼 마음이 편안해진다. 비록 작은 일이지만, 행동한다는 건 얼마나 소중한 일인가.

나의 봄날은 지금 다시 오고 있다.

때론 귀차니즘도 괜찮아

정정애

wjddo416@hanmail.net

움츠리고 있던 계절이 기지개를 켜더니 봄이 성큼 다가오고 있다. 따사로운 3월 오후, 햇살의 유혹에 이끌려 거리로 나섰다. 며칠 전만 해도 두꺼운 파카를 입은 사람들이 많더니 어느새 옷차림이 산뜻하고 가벼워졌다. 오랜만에 나온 안양1번가에는 바쁘게 오고가는 사람들로 활력이 넘치고, 거리에는 이미 봄이 와 머물고 있다.

생동감 넘치는 인파 속에 섞여 걷다보니 겨우내 잠들어 있던 감정의 세포들이 툭툭 고개를 쳐든다. 쇼윈도에 진열된 산뜻한 봄옷들을 기웃거리며 아이쇼핑을 하는 것만으로도 마음은 옷 부자가 되어간다.

왠지 구수한 인정이 느껴지는 재래시장으로 간다. 각기 다른 품목의 상품들이 진열되어 있는 커다란 상점들과 골목 곳곳 땅바닥에 종이박스를 깔고 그 위에 물건을 내놓고 파는 노점상인들, 그들이 살아가는 삶의 현장이다. 활기차게 상품을 홍보하는 총각들의 목소리는 생선가게 앞으로 사람들을 불러 모은다. 싱싱한 채소와 과일을 판매하는 나이 지긋한 할머니, 아줌마들의 손짓은 구경 나온 행인들의 발걸음을 멈추게 한다. 시장 안 사람들의 활발한 움직임을 보고 있으면 그들의 활력이 내게도 전달되는 것 같다. 그들의 상품을 구경하는 것만으로도 이미 저녁 식탁은 봄으로 그득해지는 느낌이다.

옷가지랑 채소랑 조금씩 사서 넣은 가방을 둘러멘다. 어깨에 전달되는 묵직함은 행복과 비례한다. 나도 모르게 기분이 좋아지고 마음이 살짝 들뜬다. 단조로운 일상이 지루해질 때는 재래시장 나들이를 추천한다. 기분이 조금씩 부풀어 오른다. 한결 가벼워진 발걸음으로 버스정류장을 향해갔다. 그날의 행복은 거기까지였다.

버스를 타려고 인도에서 차도로 내려서는 순간 발목이 삐끗하며 털썩 주저앉고 말았다. 순간 눈앞이 아득해지며 어마어마한 통증이 밀려왔다. 버스를 기다리던 행인의 도움으로 간신히 인도에 걸터앉을 수 있었지만, 한 발자국도 움직일 수가 없었다. 혼자만의 쇼핑으로 들떠있던 기분이 순간에 엉망이 되고 말았다.

일상이 원치 않는 방향으로 흘러가고 있다. 남편에 의해 병원으로 옮겨진 그날, 발목과 발등 두 곳의 골절 진단을 받고 수술 환자가 되어 병상에 뉘어졌다. 순간의 실수가 바꿔 놓은 일상이 어처구니가 없다. 그렇다고 현실을 부정하기에는 발목과 발등의 통증이 너무 컸고 그 고통은 나를 체념 상태로 몰아넣었다.

일주일 만에 집으로 돌아왔지만 내가 할 수 있는 건 아무것도 없었다. 가만히 누워 있거나 앉아있거나 둘뿐인데, 내가 움직이지 않으면 안 될 것 같던 집안 살림살이도 계절이 바뀌는 바깥세상도 아무 일 없었던 듯 여전히 잘 돌아가고 있다.

그날부터 모든 걸 체념한 채 호강 아닌 호강을 누리게 되었다. 남편이 차려주는 식사와 챙겨주는 간식을 먹으며 평생 받아보지 못한 대접을 받고 있다. 갑자기 주부가 되어버린 남편은 힘든 내색 없이 시장도 봐오고 요리 방법을 물어가며 식사준비를 한다. 과일도 골고루 바꾸어가며 챙겨주니 결혼 후 처음 받는 호사다. 처음에는 남편의 서툰 부엌일을 지켜보는 게 불안하고 미안하던 것이 며칠 지나면서 당연한 것 같이 여겨졌다. 평소 남편의 부엌 출입을 마땅찮게 여겼었는데, 이렇게 현실에 빠른 적응을 하는 나 스스로가 놀라웠다.

아침 식사 준비를 남편이 하면서부터 일찍 일어나야 하는 책임에서 해방이 되니 새벽잠이 꿀맛이다. 잠은 잘수록 늘어 날이 갈수록 나른하고 달콤한 수면 속으로 빠져 들어갔다. 아침 밥상을 차려놓고 남편이 깨울 때까지 늦잠을 자는 게으른 나날이 쉬엄쉬엄 흘러갔다.

평생 놀 줄 모르고 바쁘게만 살아온 내 생활에 이렇게 한가한 시간이 주어질 줄 짐작도 못했다. 점점 줄어드는 남아있는 삶이 낭비될까 봐 항상 기는 기분으로 살았다. 그렇게 한시도 쉬지 않고, 뭐든 해야만 했던 습관이 강제로 멈추어졌다. 남편의 보살핌 속에 소파와 한 몸이 되어 온종일 뒹굴거리다보니 그 재미도 그리 나쁘지만은 않다. 의도치 않게 맞닥뜨려진 상황을 거부하기보다는 모처럼 주어진 휴가로 생각하며 편안함을 즐긴다. 처음 가져본 느긋함은 게으름으로 이어져, 차츰 엄살을 부려가며 남편을 부려먹는 쏠쏠한 재미에 빠져든다. 본의 아니게 겪게 된 나태함에서 색다른 쾌감을 맛본다. 어쩌다 맛본 나태함은 골절된 발 상태가 좋아져도 예전의 바지런한 나로 돌아가지 못할까 봐 염려스럽다.

병원에 가기 위해 한 달 만에 나온 바깥세상엔, 아찔한 경험을 하게 한 봄날이 자취를 감추고, 눈에 보이는 온 천지는 신록이 푸르게 퍼져가고 있다.

역옹패설櫟翁悖說 톺아보기

석현수

hyunsoosee@hanmail.net

역옹패설은 이제현의 문집 이름이다. 이제현이 스스로 밝힌 역옹櫟翁역 의미는 이러하다. 역옹의 역은 상수리나무 역櫟이다. 櫟의 한자를 풀어 놓고 보면 나무 목木에 기쁠 락樂이다. 자신을 훌륭한 재목감이 되지 못한 나무에 비유했다. 등 굽은 못난 나무여서 도끼의 피해를 보지 않았던 것이 나무로서의 즐거움이라고 했다. 패설稗說이라 함은 나이를 먹었는데도 오히려 잡문雜文이나 쓰는 자신의 글을 알곡이 아니라 비천한 돌피에 비유했다. 사람도 낮추고 글도 볼품없이 끌어 내렸다. 아마도 글쓴이가 당시 처해 있던 사회적 상황을 고려해서 일부러 과도하게 겸손을 떨었던 것으로 보인다.

역옹패설은 고려 충혜왕 13년(1342) 이제현의 나이 56세 때 저

술한 책이다. 벼슬자리에서 물러나 본제本第에 칩거蟄居하면서 글을 썼다. 체재는 전·후집 두 권으로 나누어져 있고 전집에는 서序·역사歷史·인물 일화人物逸話·골계滑稽 등이 실려 있고 후집에는 서序와 시문詩文이 주로 실려 있다. 여기서는 지면 관계로 서序에서 나타난 수필 형태의 글만을 뽑아 문장의 내면을 들여다보기로 한다.

역옹패설 전집 서櫟翁稗說前集序 전집 1권의 서에서의 문장을 소개하면 다음과 같다.

"至正壬午 夏雨連月 杜門無跫音 悶不可祛 持硯
承簷溜 聯友朋往還折簡 遇所記 書諸紙背 題其端曰
櫟翁稗說 夫櫟之從樂聲也 然以不材遠害 在木爲可
樂 所以從樂也 子嘗從大夫之後 自免以養拙 因號櫟
翁 庶幾其不材而能壽也 稗之從卑 亦聲也 以義觀之
稗禾之卑者也 余少知讀書 壯而廢其學 今老矣 顧喜
爲駁雜之文 無實而可卑 猶之稗也 故名其所錄 爲稗
說云"

48

번역

"지정至正 (元 順帝의 연호) 임오년 여름에 비가 줄곧 달포를 내려 들어앉았는데 찾아오는 사람도 없어 답답한 마음을 참을 수 없었다. 벼루를 들고 나가 처마의 낙수를 받아 벼룻물을 삼고, 친구들 사이 오고 간 편지 조각들을 이어 붙이고 생각나는 대로 이어 붙인 편지 끝에다 역옹패설이라 이름 지었다. 그러나 재목감이 못되어 베어지는 피해를 멀리하는 것은 나무로서 즐거움 [木樂]이 되기 때문에 즐거울 낙樂자를 붙인 것이다. 내가 일찍이 벼슬아치로 종사하다가 스스로 물러나 옹졸함을 지키면서 호를 역옹이라 하였으니 이는 그 재목감이 되지 못함으로써 수壽할까 하는 뜻에서다. 패稗자에 비卑자를 붙인 글자의 소리를 따른 것인데, 이를 뜻으로 살펴보면 돌 피[粊]는 곡식[禾] 중에 비천한 것이기 때문이다. 내가 젊어서는 글 읽을 줄 알았으나 장성하면서 그 배움을 폐지하였다. 지금은 늙었는데도 오히려 잡문 쓰기를 좋아하여 그 부실한 것이 마치도 비천한 돌피 같다. 그러므로 그 기록한 것들을 패설이라 하였다. * 자료출처: 국역 익재 이제현 문집 pp. 159~160인용

우리가 수필이란 이름을 가지게 된 것이 1780년 박 연암의 《열하일기》 이후며, 한글 수필은 1885년 유길준의 《서유견문록》부터다. 반면에 《역옹패설》은 1342년이니 수필이란 용어가 생겨나기 약 450년 전의 일이다. 그가 자신의 글을 '잡문'이라 지칭한 것에 대해 저항감을 가질 필요는 없다. '잡문'이란 지금의 '수필'을 대신한 용어의 차용으로 보면 좋을 것이다. 역옹패설은 '잡문'이 아니라 문학사적으로도 한국 고전문학의 백미로 여기고 있다. '패설'이라는 지칭이 조선시대에 들어서는 패관이라는 관직과 패관문학의

시발점이 되었을 것이라는 추측도 해 본다.

　위에서 인용한 이제현의 한국어 번역본의 예문은 현대의 수필과 매우 근접해 있다. 지루한 장마에 고급스런 청자연적靑瓷硯滴이 아니어도 처마 낙수를 받아 벼루 먹을 갈며 지루함을 달래보는 이제현, 벗들과 주고받은 편지를 방바닥에 펼쳐 놓고 이어 붙이고 있는 심사는 곧 권태로움이요 귀차니즘일 것이다. 비 오는 날 화투장 마흔여덟을 방바닥에 펼쳐놓고 하루 운세라도 흥얼거려보는 오늘날 백수와 무엇 다르랴. 비록 후일 고문 번역자들에 힘입어 한글판 역옹패설을 읽고 그분의 작품 평을 하고 있지만 작품속의 감정의 흐름이 매우 서정적이고 그 서술이 현대 수필의 형태에 매우 닮아 있어 필자는 수필과 역옹패설을 연결시켜 보았다. 역옹패설은 이제현 문학의 진수다. 역옹패설은 비록 한문으로 쓴 산문이지만 옛 문장가의 주관적 산문 쓰기 곧 수필의 한 면을 들여다 볼 수 있는 좋은 기회가 될 수 있었다.

이래저래 모순

권현옥
doonguri@hanmail.net

아침에 눈을 뜨면 이불 안에 남은 잠이 아깝고, 늘어져 있다 보면 나를 떼놓고 간 시간이 아깝다. 방방 떠서 만든 어제의 계획도 행동하기 전 귀찮아지기 일쑤. 무찌를 연장 버리느라 대장간에 간 시간, 잉여의 시간을 만든 줄 알았는데… 다 어디로 갔나.

이래저래 시간은 아깝다.

책을 읽다 애정행각을 한다. 줄을 치고 덮고, 두 손으로 느껴보는 포옹. 어떡하나 아까워서, 좋아서….

내 머리 표피가 조이는 걸 보니 행복 하나 가두었다. 작은 행복에 젖어 절정이 뭔지 아직 모르는 걸까. 숨을 길게 몰지 못하고 끊어가는 소심.

이래저래 작게 사는 기쁨.

쉬고 싶으면서도 쉴 수 없는 이유를 곧잘 찾아내고 1000mg의 비타민을 꿀꺽 삼키고 하루를 버텨보지만 역시 지친 하루.

식도를 타고 온 갈증. 참으며 흥분할 수 있는 건, 맥주로 적신 흥건함과 뿜어낸 포만을 기대해서다. 그러나 또 갈증.

이래저래 미련하다.

'말을 안 하려고 했는데~'라며 말을 하고, 나도 모르게 말을 많이 하고 난 뒤는 허무를 껴안고 있을 때다.

말을 못하고 있을 때는 속으로 구시렁거리며 어법에 맞지 않는 말을 하고 있는 거다.

뱉은 말이거나 먹은 말이거나 반은 떳떳하지 않다. 모른 척하는 뻔뻔함으로 하찮은 얼굴이 된다.

이래저래 말은 귀찮긴 하다.

울기 마땅한 때는 흔치 않다.

속눈썹 바람으로라도 눈물을 말리려 애쓰고 아예 증거를 삼키려고 하지만 목이 메어 아이쿠, 넘기지 못하니 눈으로 뱉는다. 어차피 하려는 짓이 엇박자다.

이래저래 실없이 산다.

뜨거운 사랑을 갈망하지만 기억이나 상상만으로 충분하다고 숨을 내려 쉰다. 부질없는 끝을 잘 알고 있다고, 강 물살은 생각보다 세고 넘치기 쉬워 위험한 거라고… 맑은 날 돌다리로 건넌다.

이제 입맞춤 후 침을 닦지도 삼키지도 못하여 민망할 거라는, 등까지 갔던 손을 풀고 서로의 등을 바라봐야 하는 끝이 서늘할 것 같다는 추측만 있을 뿐.

이래저래 포기한 열정.

잠이 안 오는 날은 잠에 대한 욕심에 갇혀 잠을 밀어낸 날이다. 뭐든 방출한다. 어제, 오늘, 너, 나, 말, 눈빛… 이미 지나간 것, 재활용할 필요 없는 것을 왜 다 꺼내놓고.

이래저래 버려야할 것들.

숟가락을 그만 놓아야지 하면서도 더 잰 손놀림으로 떠먹는다. 가끔 참을성을 발휘하는 것은 혹시 모를 더 길고도 풍족한 식탐을 위해서고.

이래저래 탐욕은 나의 것.

사는 게 모순덩어리, 마블링처럼 매력적이다.

매력 있는 것은 때론 깊어서 눈치로만 따라잡을 수가 없다. 허리를 굽히고 다리를 쪼그리고 모순의 뿌리를 캐본다.

어차피 다 분리되지 못할 덩어리.

이래저래 모순.

귀차니즘에 부쳐

이영자

clotilde31@naver.com

오월 말에 넘겨야 할 작곡이 어제 끝났다. 오월은 아직 나흘 남았는데…. 나에게는 오랜만에 봄꽃 한 송이 마음 놓고 바라볼 수 없었던 칩거의 힘들고 잔인한 달이었다. 청색시대 원고 청탁이 '귀차니즘'을 주제로 주어지고 원고 마감일도 이미 열흘이나 지나 있었고 그 때문에 가슴이 무겁고 죄도 없는데 마음 가득 회색 구름이 내려앉은 것 같아 씁쓰레하다.

두 가지 일을 동시에 할 능력이 내겐 없는데 귀찮다 귀찮다를 연발하면서 시간은 갔다. 사실 내 전문의 음악 만들기가 더 힘들었다. 석 달 동안 다섯 줄 위에 내 마음 쏟아내기가 고통스러웠지만 내 노년의 정열과 뿌듯한 희열의 소망으로 솟구치는 황홀한 힘의 분출이었다.

오늘의 내가 음악으로 서 있는 자리로 이끌어 주신 스승의 '탄생 100주년 음악회'에서 '아름다운 헌정'이라는 제목으로 세계 초연되어 가슴속 슬픈 이들의 위안, 안식이 되기를 염원한다.

  남편과 나는 아흔두 살 동갑이다. 두 노인이 60년 넘게 서로 기대며 남은 날을 살고 있다. 몸도 둔하고 머리도 어눌하다. 오순도순 남은 날 살아가는데 매일 "아이고 힘들어", 연발하며 병원을 끼고 산다. 청소부, 도우미는 내 몫이고 괴나리봇짐 등에 업고 거북이처럼 느리게 느리게 사람 냄새, 늙은이 냄새 풍기면서 산다. 모든 게 귀찮다 귀찮다 하면서… 오늘은 또 무엇을 만들어 먹지! 하며 장보러 간다. 매일 하루 세 번 살기 위해 먹어야 하는 것 귀찮다 하면서 만들어 먹고 날이 가고 달이 가고, 해가 간다.

  그래도 나는 아침에 2시간, 점심 먹고 2시간, 저녁 후엔 3시간, 6, 7시간 내 골방 작업실에서 음악을 만든다. 아직도 써야 할 음악이 즐비하게 적혀 있다. 노익장의 과욕이라 해도 그 작업이 나의 목숨을 연장해 주는 것 같다. 우리 둘 밥 먹는 것 귀찮다 해도 좀 더 살아서 좋은 음악 한 편 더 쓰고 싶은 노망 같은 소원을 위해 귀찮아도 나를 위해 '잘 먹자' 정성스레 만든다.

  남편은 10년 넘게 설거지와 부엌 청소 담당이다. 음식 만들기에 급해 바닥에 흩어진 음식재료 거두기와 냄비 밥그릇 등 아무렇게나 던져버린 내 뒷정리 말끔히 하고 가스레인지를 반짝반짝 닦는다. 저녁에 또 일한다고 그릇만 씻으라고 해도 집마다 부뚜막이

제일 깨끗해야 한다며 옛날에 어머니가 무쇠솥을 반짝거리게 닦는 모습이 좋았다고 한다. 그래서 우리 부엌은 남편 덕에 반짝이고 깨끗하다.

60년 넘게 내 솜씨에 길들여진 남편 밥 만들기에 입으로는 '귀찮다'를 연발해도 아름다운 아낙네 모습으로 가고 싶다. 음악의 내 밀실 작업에는 '귀찮다'는 있을 수 없고 행복하고 황홀한 희열의 힘에 끝없는 고마움을 하느님께 고백하며 참회하며 가련다.

고맙다 스팸

박인목

impark1@hanmail.net

세상에는 할 일 없는 사람들도 참 많은 것 같다. 스팸 문자 보내는 사람들 이야기다. 별 관심도 없는 것들을 하루도 거르지 않고 보내오니 말이다. 단번에 대박을 친다는 주식투자에서부터 선거를 앞두고 여야 정치판의 진영 끝에서 아전인수 격이 뻔한 주장을 펴서 보내온다. 멋있는 경구, 삶의 지혜라고 여기는 글들을 찾는 그들의 수고로움이 나 같은 사람에게는 도무지 납득이 되지 않는다.

스팸 문자 수신음 또한 나를 짜증나게 한다. 회의 중에도, 운전 중에도, 손님과의 미팅 중에도 막무가내로 쳐들어온다. 신호가 울리면 궁금해서 열어보게 되고, 열어보면 역시 후회하고 만다. 받는 사람의 사정은 안중에도 없다.

성경말씀을 꾸준히 보내오는 친구도 있다. 맨 처음 그로부터 잠언 구절을 문자로 받고, 고맙다는 뜻을 전한 적이 있었다. 그것은 다가올 재난을 예상 못한 내 큰 불찰이었다. 결국은 그 '고마운 뜻'이 화를 자초하고 말았으니까. 뜻밖의 월척에 고무된 듯, 그는 하루도 거르지 않고 카톡 문자를 보내온다. 아차, 싶었지만 이미 엎질러진 물이라 돌이킬 수가 없었다. 카톡을 갑자기 중단할 수도 없는 노릇이었다. 한 번은 실수를 핑계로 카톡방을 슬며시 도망쳐 보았다. 아니나 다를까 득달같은 그의 '초대하기' 그물이 용납하지 않았다. 이후 달리 방도가 없는 상태에 이르렀기에, 포로가 돼버린 신세를 한탄하며 지낼 수밖에.

이런 정보를 보내는 이들은 그것을 혼자 갖기에는 아까워 그 감동을 나와 나누고 싶은 마음에서 그러는지는 알 수 없다. 만약 그렇다면 나를 끔찍이도 사랑하는 열성 팬일지도 모르겠다. 그들은 그럴 것이다. '내가 보내는 이 정보는 당신에게도 아주 감동적일 것이 분명해. 그래서 내가 바쁜 시간을 할애해서 어렵사리 찾아 보내주는 거야'라고. 요즘은 해외 발신 문자까지 그 위세가 점점 더해간다. 야심한 밤에도 무차별적이다. 상대방의 호불호를 추호도 염두에 두지 않는 이런 행동을 '결례'라 정의한 뒤, 나는 외면하기로 작정하고 있었다. 그것도 단단히.

오늘, 시월의 마지막 토요일 오후다. 아파트 단지 안에 서 있는 나무들이 어느새 가을 옷으로 갈아입은 것처럼 보인다. 그들은 내가 계절의 변화를 느낄 수 있는 유일한 것들인 셈이다. 코로나19

팬데믹은 벌써 2년이란 세월동안 온 세상을 멈추고 말았다. 혼자 있는 시간에 '자기 자신을 잘 데리고 노는 사람이 성숙한 사람'이라고 '월든'의 저자 헨리 데이비드 소로는 말했다. 하지만 단절의 세월이 켜켜이 쌓이다보니 사람 냄새 섞인 소통과 교류가 그립다. 단풍 나들이의 아쉬움을 달래면서, 거실에서 티브이 채널을 이리 저리 돌려가며 시간을 죽내본다. 남녘까지 단풍이 내려 가버렸단 다. 벌써…. 그때 곁에 있던 스마트폰에 신호가 왔다. 토요일마다 계절에 어울리는 사진과 시 한 편을 보내오는 '할 일 없는' 한 사 람이었다. 오늘은 왠지 기다리기라도 했던 것처럼 스마트폰을 열 어보고 싶어졌다. 하얀 억새가 끝없이 펼쳐진 청도 운문산 능선을 보여주는 사진과 시 한 편이 내 손바닥에 사뿐 날아와 있었다.

기쁨을 따라 갔네/ 작은 오두막이었네/ 슬픔과 둘이 살고 있었네/
슬픔이 집을 비울 때는 기쁨이 집을 지킨다고 하였네/
어느 하루 찬바람 불던 날 살짝 가 보았네/
작은 마당에는 붉은 감 매달린 나무 한 그루 서성서성 눈물을 줍고 있었고/
뒤에 있던 산, 날개를 펴고 있었네/ 산이 말했네/ 어서 가 보게, 그대의 집으로…/

— 강은교, 「가을」

가을이 온다 간다는 말도 없이 겨울 문을 열고 떠나갔다고 시인은 아쉬워하고 있다. 거실에 앉아 있는 가을 남자도 하얀 억새꽃 물결이 일렁거리는 가을 산 속을 서성이고 있었다. 십 년도 더 지난 어느 가을날에 막역지우들과 억새가 만발한 그 운문산에 갔던 추억이 떠올랐다. 운문산 억새는 그때도 한 폭의 그림이었다. 일행 가운데 한 친구가 그 뒤 큰 수술을 받았다는 소문을 바람결에 듣기도 하였는데…. 용기를 냈다. 긴 발신음이 멎고 친구의 목소리가 억새 사이에서 들렸다. 걱정했던 것보다는 목소리에 힘이 느껴졌다. "걱정했어…" 대신에 "억새 사진을 보고 옛날 생각나서 전화했어…"라고 둘러 대었다. '억새 사진과 가을'을 친구에게 '스팸'으로 보내주었다.

옛 추억을 소환해 준, 스팸을 보내온 '할 일 없는' 그가 고맙다는 생각이 들었다. 한 주도 거르지 않고 보내오는 그의 정성을 비로소 알 만했다. 그는 '할 일 하는' 부지런한 사람이었다. 이제 친구의 성경말씀 스팸도 결례의 빗장을 풀고 편안하게 받아보고 싶다. 좀 더 넉넉한 마음으로 이 가을을 보내기 위해서.

내 나이 돼 봐라

장영숙

jinmae0617@hanmail.net

어디를 가나 사방천지가 꽃들의 향연으로 봄이 한창이다.

아파트 담장 너머로 덩굴장미가 빨간 입술로 헤실대며 어서 나오라 유혹의 손짓을 보내는 화창한 주말 오후.

"엄마! 우리 서울 대공원으로 꽃놀이 가는데 같이 가요."

"여보, 개천으로 산보하러 갑시다."

오랫동안 코로나 팬데믹으로 집콕 생활이 익숙해져서인지 그다지 나갈 생각이 없다. 그럼에도 여기저기서 바깥나들이 가자고 가족들의 성화가 야단이다. 웬만하면 슬머시 못 이기는 척 누구든 따라나섰을 테지만 오늘만큼은 영 마음이 동하지 않는다. 만사가 귀찮다. 가끔 도지는 귀차니즘 병이 또다시 도진 게다.

싱그러운 연둣빛 신록의 고운 자태도, 화사한 꽃들의 달콤한 속살거림도 오늘 내겐 아무런 감흥이 없다. 그저 조용히 내 시간을 가지고 싶을 뿐이다. 소파 붙박이라도 좋으니 누구의 방해도 받지 않고, 아무것도 하지 않고 속박에서 벗어나 그냥 가만히 있고 싶다. 온전히 나만의 시간을 누리고 싶다.

내 이 귀차니즘은 언제 왜 생겼을까. 곰곰이 생각해보니, 날로 쑥쑥 커가는 두 손주 녀석들 뒤치다꺼리로 쫓기듯 동동거리는 생활에 나도 모르게 심신이 지쳐 있었나 보다. 요즘 들어 매사에 체력이 부쩍 달리는 것을 느낀다. 처음엔 그저 기분 탓이려니 했다. 그러나 갈수록 기운이 없고 흥미로운 일을 찾지 못하고 틈만 나면 자꾸만 누울 자리를 찾는 무기력한 나를 본다.

요즘 흔한 말로 귀차니즘에 빠졌다고 해야 하려나. 아니면 나이 탓으로 돌려야 하려나. 스스로 자문하며 잠시 잊고 있었던 내 나이를 되짚어 본다. 많지도 적지도 않는 육십 줄의 나이! 나이 탓으로 돌리기엔 백세시대에 너무 이른 감이 있다. 나이 탓이 아니라면 요즘 나의 이 귀차니즘은 어떻게 설명해야 할까.

얼마 전까지만 해도 부지런의 대명사로 불릴 만큼 매사에 의욕이 넘쳤다. 해마다 제철 과일과 야채로 효소(청)를 담고 장아찌를 담가서 지인들과 나눔도 서슴지 않았다. 어디 그뿐이랴! 아파트에선 담그기 힘들다는 된장, 고추장도 손수 담가 먹을 만큼 매사에 살림꾼 역할을 톡톡히 해냈다. 이제는 아이들이 모두 출가하고 식구가 단출해진 탓도 있지만 언제부턴가 귀차니즘으로 살림에도 흥미를 잃어 근근이 꾸려가기에 이르렀다. 예전의 그 뜨거운 열정은 다 어디 가고 무기력해진 나만 오롯이 남았을까.

돌이켜보면, 딱 내 나이 무렵 친정엄마가 늘 하시던 말씀이 생각난다. 엄마는 끼니때가 되면 종종 "누가 대신 밥 좀 해줬으면 참 좋겠다"고 하셨다. 그때는 그 말의 의미를 잘 알지 못했다. "엄마는 벌써 그런 말을 하냐"고 야멸차게 반박하곤 했다. 그럴 때마다 엄마는 "애, 너도 내 나이 되어 봐라. 그 소리가 나오나 안 나오나"라고 하시며 당신의 마음을 헤아려주지 않는 야속한 딸을 쓸쓸한 웃음으로 넘기곤 하셨다.

그 나이가 지금 내 나이, 이제는 엄마의 그 말씀을 이해할 것 같다. 그땐 엄마의 그 말이 왜 그리 거슬렸는지 모른다. 아마도 엄마가 늙어가는 것을 인정하고 싶지 않은 내 마음이 더 컸던 것은 아니었을까 싶다. 요즘은 나도 끼니때가 되면 부담을 느낀다. 누가 대신해 주었으면 하고 느낄 때가 종종 있다. 그럴 때면 요양병원에 계신 친정엄마가 생각나 울컥 목울대가 뜨거워진다.

나이 들어감을 느낀다는 것은 참으로 쓸쓸한 일이다. 한때 그 시대를 풍미했던 어느 유명 여배우는 마음과 달리 몸이 마음을 따라주지 않아 나이 들어가는 것이 슬프다 했다. 요즘 들어 가끔 도지는 나의 이 귀차니즘도 아니라고 부정하고 싶지만, 나이 들어감을 드러내는 증상이 아닐까 싶다.

어느 노랫가사에서 '우린 늙어가는 것이 아니라 익어간다'는 표현을 써서 중년여성들의 여심을 사로잡았다. 이처럼 글의 힘은 참으로 위대하다. 나이 듦도 이토록 아름다운 언어로 순화해 표현해 낼 수 있으니…. 이 한 줄의 가사가 나처럼 나이 들어가는 중년들에게 많은 위안이 되었다.

내가 친정엄마처럼 똑같은 말을 딸아이에게 하면 과연 어떤 반응을 보일까. 아마도 나와 똑같은 반응을 보이지 않을까 싶다. 그 엄마에 그 딸이 어디 가겠는가. 그러면 나도 그 옛날 친정엄마보다 한술 더 떠서 핏대 세우며 목청 돋워 말할 것이다.

"너도 내 나이 되어 봐라."

갑자기 찾아온 귀차니즘으로 상상에 상상을 더하다 보니 곁에서 친정엄마가 따끔한 한마디 하시는 듯한 착각이 든다.

때때로 내게 불시에 귀차니즘이 찾아온다 해도 게으름과 연관 지어 너무 부정적으로만 생각하지 않으리라. 열심히 살다가 잠시 휴식이 필요할 때 몸이 나에게 보내는 신호로 받아들일 것이다. 귀차니즘을 최대한 즐기면서 나만의 시간을 만들어나가리라. 그 달콤한 휴식판에서 잠시 노닐다 빠져나오면 나는 또다시 나에게 주어진 삶을 열심히 꾸려가면 되니까.

이게 다 드라마 때문이다

이영미

kq2000lee@naver.com

미용실에 가서 머리를 다듬고 네일숍에 가서 손톱도 정리하고
점심은 혼자서 우아하게 파스타를 말아 올렸다. 나를 위한 선물
이라며 옷도 사고 가방도 샀다. 들어오는 길에 와인도 한 병 샀다.
하루가 길다.

남편에게서 카톡이 왔다. 할 말만 하는 심플한 남편. 큰아이에
게도 카톡이 왔다. 병원에 다녀온 결과에 대해서 알려주며 말을
마무리 짓는다. 끝인가? 같이 점심 먹기로 한 엄마에게 전화를 했
는데 옆집 할머니가 점심을 사 준다 했다고 신나하신다. 저녁 늦
게 들어온 작은아이가 24시간 중 5분을 남겨 놓은 급박한 시간
에 외친다. "엄마, 생일 축하해요."
　드라마의 멋진 주인공 남자들은 환상적인 생일 이벤트를 잘만

하더구먼. 리얼 예능 프로에서도 온 가족이 상상을 초월하는 멋진 이벤트에 고가의 선물과 추억을 선사하던데. 생일날은 뭔가 특별하게 대접받아야 하고 특별한 일들이 일어나야 한다는 생각이 든다. 하지만 내 생일은 드라마도 예능도 아니었다.

머리를 다듬었는데 맘에 들지 않고 손톱을 정리했는데 밋밋하다. 좋아하는 파스타는 포크에 돌돌 감아 들고만 있다 반도 못 먹고 나왔다. 사 들고 온 옷과 가방은 외면 받으며 옷장에 걸렸다. 와인은 따지 않았다. 귀찮기만 하고 마음에 들지 않은 것들만 잔뜩 쌓인 생일이다.

시부모님과 함께 살면서 맞이했던 결혼 초 생일은 참으로 부담스럽고 민망했다. 남편의 손에 들려 있는 꽃다발보다 그 꽃다발을 쳐다보는 어머님에 신경 쓰였고, 케이크에 촛불이라도 붙이게 되면 부담스러웠다. 다른 가족 생일에는 축하한다며 음식을 해 주고 케이크와 선물에 용돈까지 다 챙겨왔으면서도 내 생일날만 되면 좌불안석이 되었다. 남편과 둘이 나가는 외식도 어머님이 쓰러지신 후엔 떳떳하지 못했고 불편했다.

그래서 선택한 것이 '난 내 생일 챙겨 받는 게 제일 귀찮아.' 그러니까 그냥저냥 티 안 나게 지나갔으면 좋겠다고 생각했다. 이런 날이 한 번 두 번 반복되다 보니 나는 생일을 귀찮아하는 여자가 되고 말았다. 그 누구에게도 "나 오늘 생일이야"라고 말하지 않는 사람이 되었다.

태어난 날이 뭐라고 살아가는 게 중요하지. 뭘 귀찮게 이런 걸 기억하고 따지고 챙겨. 매년 오는 날에 불과한 걸. 그렇게 나의 생일을 중요하지 않은 날로 만들어 갔다. 민망해서 모른 척하고, 중요하지 않기에 스스로 챙겨 받지 않는 것을 택했다. 실망하고 상처받는 게 두려워 의미를 축소하고 왜곡시켜 스스로 대우받지 못하는 날이 됐다. 귀차니즘의 최고봉이 내 생일날이다.

남편이 퇴근한 후에 둘이 동네 치킨 집에 갔다. 남편에게 받은 금일봉으로 산 지갑을 보여주니 뿌듯해한다. 뿌듯해하는 미소를 보며 닭다리를 들었다. 우아한 파스타보다 더 우아하게 닭다리가 입으로 들어갔다. 생일 선물을 사기 위해 돌아다녔다는 작은아이가 12시 5분 전에 "생일 축하해"라고 말했을 때 "타이밍이 중요한 거야. 너 5분만 늦었어도 맞았어"라며 나는 활짝 웃었다.

생일 다음 날 아침 큰아이한테 생일 축하한다는 장문의 카톡을 받았다. "생일 어제였는데…"라는 내 말에 당황하며 "왜 어제야? 오늘이지?" 한다. 어이없어 웃음을 터뜨리며 꽁꽁 묶어 두었던 한쪽 맘을 스르르 풀어놓는다.

엄마한테 전화했다. "엄마 나 어제 생일이었는데 엄마가 잊어버렸나 봐. 오늘 같이 점심 먹자. 엄마가 사 줘요." 생일은 챙겨 받기만 바라는 날이 아니다. 하지만 귀찮은 날도 아니다.

다듬은 머리를 예쁘게 손질하고 깨끗하게 정리된 손톱에 어울리는 반지를 끼고 새 옷을 입고 새 가방을 들었다. "좋은 데 가시나 봐요?"라는 말에 "예" 대답하고 폴짝거리며 가볍게 집을 나섰다.

이렇게 생일이 또 지났다. 그런데 왜 마음 한쪽 작은 서운함은 가라앉아 있을까? 통째로 빌린 레스토랑이 없어서? 풀빌라 빌려온 가족이 케이크에 촛불을 켜고 생일 축하 노래를 부르며 환호성을 지르지 않아서? 왕방울만 한 다이아몬드 선물이 없어서? 달콤한 키스가 없어서?

이게 다 드라마 때문이다.

어머니의 유전자를 찾아서

조후미

hoomijo@hanmail.net

어머니는 일생 동안 바쁜 꿀벌이셨다.

시커먼 어둠이 머무는 새벽 3시쯤이 어머니의 기상시간이다. 종일 동동거리며 전답을 오가신다. 논밭에는 어머니의 발자국이 수천억 개는 찍혔을 것이다. 어쩌면 농사란 하늘 아래 머리를 수그린 채 땅을 기며 하늘이 주신 은혜로 곡식이 영근다는 것을 배워가는 일인지도 모른다.

농사만으로도 하루가 버거운데, 어머니는 나물을 말리고 해산물을 잡아와 오 남매를 키우셨다. 고단한 삶이었음을 툭 튀어나온 손가락 관절들이 대신 말해준다.

작년에 아버지가 돌아가신 후 농사를 줄였지만 어머니의 시간은 늘 같은 속도로 흐른다. 잠자리에 들 때까지 끊임없이 할 일을 만들어 내신다. 일생을 그리 사셨기에, 어머니의 온몸에는 노동을 미덕으로 여기는 세포가 휘감겨 있는 듯하다.

그날은 어머니가 엄나무 순을 따야 한다고 하셨다.

관우의 청룡언월도만큼 기다란 톱을 들고 어머니의 뒤를 쫓아 좁은 논두렁을 걸었다. 어머니를 바짝 따라가고 싶었지만 도시에서 온 딸은 서툰 걸음으로 비틀거렸다. 걱정스럽게 연신 뒤를 돌아보며 앞서 가던 어머니가 걸음을 뚝 멈춰 선 곳에는 엄나무 대여섯 그루가 서 있었다. 이 엄나무는 몇 년 전에 어머니가 산에서 뿌리째 캐다 심어놓으신 것이다.

자세히 보니 드센 가시가 촘촘히 박히고 키도 커서 손이 닿는 가지가 별로 없었다. 나의 청룡언월도로 가지를 잘라 순을 따내니 그나마 엄나무 순이 소쿠리에 한가득 찼다.

어머니는 논두렁에는 엄나무를, 산소 주변에는 매실, 뽕, 비파나무를 심었다. 그런 어머니를 보며 아버지는 걱정이 많으셨다. 들에다 과실수를 심어 두면 남들이 따갈 테니 괜히 남 좋은 일만 시킨다며 못마땅해 하셨다. 그때마다 아버지를 향해 "산이든 들이든 바다든 내가 부지런하면 다 내 것이어라. 다른 사람들보다 내가 먼저 가서 따오믄 될 일잉게 걱정은 붙들어 매 놓으쇼잉" 하고 장담하셨다.

어머니는 언행이 일치하는 분이다. 새벽부터 드넓은 자연의 광에서 거두어 온 약초, 열매, 해산물들로 어머니의 냉장고는 언제나 그득했다.

엄나무 순을 정갈하게 다듬어서 세 덩어리로 나누어 놓았다. 한 덩이는 나 먹고 두 덩이는 평소에 은혜 입은 분께 갖다 드리라고 어머니가 그렇게 해 놓으신 것이다.

"엄마, 애 쓰고 따와서 남들에게 나누어 주면 아까운 생각 안 드세요?"

"뭣이 아깝데? 못 먹고 버리는 것이 아깝제. 몸이 뻐치기는 해도 받는 사람이 좋아해 줄 것인 게, 그 생각만 하믄 모든 일이 다 재미져야. 노나 먹는 재미도 없이 내 입만 챙기면 인생이 뭔 소용이 있건냐."

광명에 도착하자마자 짐정리를 했다. 상하기 쉬운 음식부터 냉동실에 넣어두고 푸성귀를 냉장실 채소 칸에 넣으려는데 당근이 눈에 띄었다. 채소 칸에서 제2의 생을 살아가려는지 누런 잎사귀가 서너 개 돋아있었다. 자세히 보니 본래의 모습에서 변신을 시도한 것은 당근만이 아니었다. 생을 포기한 고추는 물러져서 누런 물을 토하고, 독이 바짝 오른 감자는 푸르스름한 싹을 틔워 나의 게으름에 경고를 보내는 것 같았다.

나는 요리에 소질도, 취미도 없다.

이혼 전에는 애들 아빠를 위해 국을 끓이고 밑반찬 만드는 데 많은 시간을 할애했지만 딸과 둘이 사는 지금은 본성대로 산다. 요리하는 시간이 아깝게 느껴져서다. 마늘을 까고 쪽파를 다듬는 것보다 쫄쫄 굶더라도 글 쓰고 그림 그리는 시간이 좋아서다. 하여, 끼니를 대충 해결하다보니 이렇듯 냉장고가 채소들의 형태변형 공간이 돼버렸다.

냉장고에서 싹이 난 감자와 말라비틀어진 부추, 물러진 고추와 곰팡이 핀 무를 꺼내 쓰레기 봉투에 담았다. 누군가에게는 화려한 음식으로 재탄생했을 귀한 재료가 나를 만나 제 역할을 못하고 쓰레기가 되었다. 일말의 죄의식이 마음을 조인다. 궁색스럽게 변명거리를 찾듯 출생의 비밀을 떠올려 보았다. '나는 어머니의 딸이 아닐지도 모른다'라는….

정말로 내 몸 속에는 어머니의 '부지런 유전자'가 전무한 걸까?

뉘우침은 실천을 수반해야 한다. 날이 밝자마자 햇미역과 엄나무 순을 꺼내 은인의 집에 배달했다. 이 귀한 걸 공짜로 받으면 되겠느냐는 지인에게 "받은 사람이 맛있게 먹으면 내 수고에 대한 제 값을 치른 것"이라는 어머니의 말씀을 그대로 전해 드렸다.

돌아오는 길에 날개 뼈 아래가 간질거렸다. 어머니의 기쁨을 이해한다는 것은 내가 틀림없는 어머니의 딸이라는 반증일 것이다. 어머니를 통해 미래의 나를 만나고 있는지도 모를 일이다.

멍에를 지다

최정아

cjss5246@hanmail.net

　세상에 나와 몸이 먼저 익힌 말이 멍에다.

　어머니의 탯줄에서 탄생한 멍에는 인생이라는 미래로 이어졌다. 한 세계를 깨트려야 새는 알에서 부화한다. 나의 삶은 한 세계를 뛰어 넘은 적이 있는가. 멍에에 눌려 팔월의 토마토처럼 터져버릴 것 같은 때도 있었지만 허둥댈 수만은 없었다. 마음이 비뚤어지고 어긋나도 누가 뭐라고 할 사람도 없는데 주어진 길을 벗어날 줄 몰랐다.

　세상은 바른길로만 간다고 잘 사는 것도 아니다. 나는 바른길을 고집하며 쓸데없는 걱정에 잡생각까지 들러붙어 쓰레기 같은 짐을 지고 살았다. 한여름 더위에 거리낌 없이 옷을 벗는 것도 용기에 가까웠다. 나는 작은 행동 하나에도 세상의 눈치를 보느라 스스로 짐을 벗어버리기가 쉽지 않았다.

빈 의자는 비어 있을 때 더 꽉 찬 느낌이다. 누군가 앉아서 울다 간 흔적과, 지갑을 흘리고 간 사람들의 소소함이 느껴진다. 첫눈이 앉아 있다 떠날 때는 뽀얀 먼지 발자국을 남기고 갔을 것이다.

우리들의 삶에도 지나간 시간의 흔적들이 생각을 가두고 있다. 생각의 늪에는 옭아맨 멍에가 있게 마련이다. 멍에는 누군가 대신 짊어질 수 없다. 그래서일까. 나는 늘 가볍게 살고 싶은 꿈을 꾸었다. 산비탈에 불어오는 바람처럼 하늘에 떠다니는 구름처럼 살고 싶었다.

현대인으로 살아가면서 풍요를 누리고 살지만 외로움을 느낄 때가 많다. 그것은 묵직한 체중 같은 느낌을 준다. 시도 때도 없이 적막이 마음속으로 밀려온다. 나는 적막의 무게에 눌리곤 한다. 내가 느끼는 적막에는 어머니 울음소리가 잠겨 있기도 하다. 적막에 휩싸일 때면 어떤 불가항력적인 힘에 의해 내가 끌려가고 있는 것 아닐까 하는 불안이 인다. 알 수 없는 힘이 나에게 멍에를 씌워 끌고 가는 느낌일 때면 아버지가 자식보다 아끼던 소가 생각난다. 농사일을 돕던 소는 멍에를 얹어 놓은 사람들이 얼마나 원망스러웠을까.

소 등에 멍에를 씌운 건 6,000년 전 수메르에서 시작되었다. 사람들에게 순종하는 소는 사자처럼 교만함이 없다. 여우처럼 간교함으로 잔머리도 굴릴 줄 모르는 소는 어디를 언제 보아도 덕성스럽고 복스럽다. 이광수 소설가는 동물 중에 소를 인도주의자라고 했다. 김종삼 시인은 모두가 객지로 나가고 시골에 홀로 남은 할머니가 소와 일상을 함께하는 외롭고 쓸쓸한 모습을 시로 표현했다.

"물먹은 소 목덜미에 할머니의 손이 얹어져 있다. 이 하루를 함께 지났다고 서로 발잔등이 부었다고 서로 적막하다"고 위로한다.

소가 할 수 있는 건 멍에를 지고 뙤약볕 속을 걷는 일이다. 유혹하는 초록길로 고개를 돌리면 주인은 "이랴"라고 소리친다. 방향을 이탈하지 말고 빨리 걸어가라는 소리다. 소는 햇빛이 와글대는 한낮에도 주인이 부추기는 소리에 그저 헐떡거리며 걷는다. 마음이 선한 소가 육체적으로는 다른 동물과 견주어 힘에 밀리지 않는다. 튼튼한 네 다리가 버티어 주니 짐이 아무리 무거워도 잘 견뎌낸다. 힘을 잘 쓰는 소지만 채식주의자다. 육식 동물은 간이 크고 초식 동물은 간이 작다고 한다. 그래서 소가 순진할까. 그러나 소가 가끔 우리를 벗어나 애태울 때도 있다. 넓은 초원에서 자유를 누리고 싶은 의지가 소에게도 있지 않을까.

황소고집이라는 말이 있듯이 소는 가난의 멍에가 얹어진 척박한 삶에 희망을 주기도 했다. 송아지를 쑥쑥 낳아주면 자녀들이 어려움 없이 대학엘 갈 수 있었다. 나는 말없이 묵묵하게 운명의 멍에를 짊어지고 가는 소를 보면 아버지를 떠올리곤 한다. 어린 내가 보기에 아버지 등에 얹어진 멍에는 소보다 더 무거워 보였다. 그런 아버지는 오히려 소를 안타까워하며 목덜미를 만져 주곤 했다. 고단한 아버지 인생의 무게를 나는 얼마나 알고 있을까. 내가 어릴 때 아버지가 산에서 나무를 베어 지게에 지고 오면 하얀 나비가 지게 위에 앉아 날개를 팔랑거렸다. 오래전 세상을 등진 아버지는 하얀 나비처럼 자유를 얻으셨을까. 한 생애 동안 아버지 어깨에 짊어진 멍에는 자식인 우리들이었다. 나는 지금 나만의 멍에를 지고 소의 워낭소리 대신 사막의 방울뱀 소리를 내며 햇볕 속을 걷고 있다.

I LOVE 봄

최재남

암막커튼 사이를 비집고 들어온 햇살 때문에 잠에서 깼다.

밤새 뒤척이다 새벽녘 잠이 들었는데, 갑자기 방안이 훤해져서 눈이 떠졌다. 커튼의 좌우가 맞지 않아 틈새가 생긴 모양이다.

시계를 본다. 6시 15분. 조금 더 누워 있어도 되는, 내가 좋아하는 시간이다. 이렇게 깨어 뒹굴 거릴 여유가 있다는 게 얼마나 좋은지, 부지런 떨고 일어나 꼭 해야 할 어떤 것도 서두를 필요도 없는 날이다. 적당히 게으름을 피워본다. 틈새 사이로 들어온 햇살은 천장을 향해 사선으로 빗금을 치더니, 야금야금 영역을 넓혀 방안으로 침투해 들어온다. 알면서도 모른 척 적당히 게으름과 노닥거린다.

커튼을 열면 눈이 부신 햇살이 방 안 가득, 한꺼번에 쏟아져 들어올 것이다. 그 눈부심을 설레며 기다리는 이 시간이 좋다. 사월

때론, 귀차니즘도 괜찮아 59

의 햇살은 아주 뜨겁지도 차갑지도 않게 속살거린다. 적당한 온도와 거리감, 그것을 즐긴다. 밤새 꾸덕꾸덕해진 상처를 끄집어내어 햇볕 좋은 창가에 널어 바짝 말리고 싶다. 저 햇살의 포용과 너그러움에 기대 뒹굴뒹굴 게을러도 좋다.

유난히 해야 할 일이 많은 날은 아침부터 종종거린다. 스스로를 볶아 일을 만들고 그 수고로움을 가치 있는 삶이라 규정하며, 허덕이면서도 악착같이 맞추려 애를 쓴다. 그것이 가장 나다운 일이라고. 무엇이 되고 싶었나, 무엇을 꿈꾸었던가. 헛된 것을 쫓지 않아 크게 낙담할 일은 없다. 열정은 누구 못지않았으나 그저 주어진 대로 열심히 살았을 뿐 남다를 것도 없다. 문득 부질없다는 생각이 드는 건 어쩔 수 없는 나이 듦인가. 목디스크가 온 뒤 그리던 그림도 잠시 휴면상태다.

몸은 가장 정직한 상태로 나를 일깨운다. 무엇으로 대체할 수 없는 오직 나만의 것, 건강을 우선으로 챙길 때가 되었음을 알아차린다.

커튼을 젖히자 빗장 풀린 햇살이 레이저처럼 직사로 들이닥친다. 꼿꼿한 성품 그대로 방안 곳곳에 꽂힌다. 아프도록 찬란하다. 시리도록 아름답다. 커튼 뒤에 숨겨진 또 다른 찬란함, 향기와 싱그러움으로 달려드는 꽃들. 확장된 아파트에서 유일하게 물을 뿌리고 물을 줄 수 있는 공간, 그곳에 나의 작은 정원이 있다. 햇볕

이 잘 드는 베란다에 하나하나 꽃을 모아 작은 정원을 만들고 이름을 '서강의 뜰'이라 명명했다.

하룻밤의 단절이 애틋한 듯 서로 봐달라고 아우성이다. 제라늄과 눈을 맞춰 아침 인사를 한다. 겨울에도 꽃을 피워 나를 따사롭게 몽글몽글하게 감싸주던 꽃이다.

윤동주를 생각하며 꽃들의 이름을 불러본다. 별 하나에 아름다운 말 한 마디씩 부르던 윤동주처럼, 나도 꽃들의 이름을 새겨 불러본다.

노랗게 핀 카랑코에, 꽃이 지고 있는 찔레장미, 꽈리처럼 돌돌 말려 이파리를 만드는 버킨, 녹색 잎에 하얀 라인을 가진 푸미라, 잎을 만지면 제각각의 향기를 뿜어내는 허브, 행운을 상징한다는 피어리스나무, 보랏빛의 바이올렛, 하트 모양의 잎을 가진 알로카시아, 무늬종이라 분위기 있는 엔조이 스킨답서스, 잎사귀가 드레스처럼 예쁜 오르비폴리아, 잎 세 개를 얻어다 심은 호야는 키운 정 때문에 자주 눈길이 가는 꽃이다.

이름을 가진 모든 것들은 제 몫을 살아내느라 분주하다. 다시 피어나는 봄, 그래서 모든 것이 다 어여쁘다. 그 어여쁨을 훔치며 시작하는 봄을 찬양한다. 눈이 부시게 아름답다.

봄을 머금다.

I LOVE 봄.

2

문화 나들이

문화
나들이

이건희 컬렉션에 빠지다
- 단오절

김산옥

s2k2y@hanmail.net

국립현대미술관에 들어서니 관람 티켓을 받기 위한 사람들이 끝이 보이지 않게 줄을 섰다. 아침 일찍 서둘렀지만, 더 부지런한 사람들로 문전성시를 이루고 있다. 1시간을 넘게 기다려서 입장할 수 있었다.

그림은 자세히 보아야 한다. 오래 보아야 한다. 한발 물러서서 보아야 한다. 그래야 아는 만큼 보인다. 내 마음이 먼저 머무른 그림은 이상범의 〈무릉도원1992〉이다. 10폭 병풍 속에 그려진 그림은 내 이상향을 그대로 보여준다. 멀리서 보면 가을빛이지만, 자세히 들여다보면 그 속에는 봄이 가득하다. 내 고향 같다. 봄이면 지천에 꽃이 피고, 고만고만한 초가집들이 거북이 등처럼 납죽이 엎드려 있는 마을. 지나놓고 보니 어릴 적 내 고향이 무릉도원이었음을 잊고 살았다. 그림 속에는 보릿고개도 있고, 단오절도 있고, 세월이 흘러도 빛바래지 않는 내 어린 날이 있다.

국립현대미술관에 기증한 이건희 컬렉션은 국내 작품 1,396점, 국외 작품 119점으로 구성되어 있다. 부문별로는 회화 412점, 판화 371점, 한국화 296점, 드로잉 161점, 공예 136점, 조각 104점이 있다. 제작연도 기준은 1950년대 이전 작품이 320여 점, 작가의 1930년 이전 출생연도를 기준 한 '근대작가'의 작품은 860여점으로 58%를 차지한다. 작가로는 김환기, 박수근, 이중섭, 이응노, 유영국, 권진규, 끌로드 모네, 까미유 피사로… 등이 포함되어 있다. 이곳 서울관에서 관람할 그림들은 20세기 초중반 한국 근현대 작품 중에서 50여 점의 대표작을 전시했다.

김중현 〈농악1941〉 박상옥 〈유동遊動1940〉 장욱진 〈공기놀이 1938〉 김흥수 〈한국의 여인들1959〉 이중섭 〈다섯 아이와 끈1950〉 박수근 〈유동遊動1963〉 〈절구질하는 여인1954〉…. 이 그림들은 거의가 가난을 모태로 한 4, 5, 60년대 그림들이다. 나는 이런 그림들 앞에서 더 오래 머물렀다. 아는 만큼 보인다는 것은 이를 두고 하는 말일 것이다. 그림을 보고 있으면 나의 유년 시절과 맞물리고, 지금은 잊히고 있는 단오절이 떠오른 까닭이다.

세상은 온통 연둣빛 치마폭을 펼치고 있다. 지금쯤 강원도 우거진 깊은 산속에는 떡취(수리취)가 고개를 내밀고 있을 것이다. 떡취는 떡을 해먹을 수 있는 나물이다. 이파리 윗부분은 취나물처럼 새파랗고 이파리 뒷면은 하얀색으로 되어있다. 5, 60년대 어머니들에게 아주 절실한 나물이었다.

그때 어머니들은 오월 단오절에 떡취를 뜯어다가 찹쌀로 인절미를 만들었다. 찹쌀이 귀한 강원도 오지에서는 찹쌀 대신에 찰옥수수가루로 취떡을 만들어 먹기도 했다. 찹쌀 인절미보다는 못하지만, 너무나 과분한 음식이었다.

어릴 때 우리 집 뒤 언덕에는 너럭바위가 두꺼비처럼 넙죽이 엎드려 있었다. 떡메로 취떡을 마음 놓고 칠 수 있는 널따랗고 평평한 큰 돌이었다. 취떡을 만들 때는 동네 사람들이 모여 이 너럭바위에서 떡메질했다. 너럭바위는 마을 사람들에게 유용한 도구가 되어주었다.

부모님 시대 오월은 보릿고개를 넘어서는 배고픈 계절이다. 춘궁기의 단오절은 다른 명절보다도 더 의미 있는 날이기도 했다. 단오절 즈음이 되면 동네 사람들이 모여서 굵은 새끼줄을 꼬았다. 쉬이 끊어지지 않게 느릅나무 껍질과 볏짚을 섞어서 꼰 새끼줄을 아랫동네 500년 자란 밤나무 가지에 그네를 매었다. 아낙이든 아가씨든 그때만큼은 마음 놓고 치맛자락을 날려도 되었다. 그네를 뛰며 발을 구를 때마다 "오월 단오 취떡이요"라고 외쳤던 것도, 가난한 시대에 떡이란 존재가 얼마나 절실한 먹거리인가를 기억하게 한다.

새파랗게 풀물이 든 취떡을 배불리 먹을 수 있었던 것도, 동네 사람들이 한곳에 모여 정담을 나눌 수 있는 것도 단오절 그때뿐이다. 단오절 그즈음은 그냥 풍요로웠다. '가장 부유한 삶은 이야기가 있는 삶이다'라고 이어령은 말한다. 지금은 잊혀가는 명절이지만, 가난해도 웃을 수 있는 명절은 단오절이 아닌가 싶다. 단오절은 이렇듯 온 동네 사람과 함께 소통하는 날이었다. 김홍도의 풍속화와 다를 바 없다.

옛 어른들은 오일장을 '촌놈 생일'이라 하고, 비 오는 날을 '우중명절'이라고 했다. 어쩌면 오일장과 비 오는 날은 농부들이 누릴 수 있는 소박한 사치였을 것이다. 단오절이야말로 농부들에게 최고의 사치를 누릴 수 있는 명절이었을 것이다.

오월 단오절은 수릿날, 천중절, 중오절, 단양으로 불리는 우리나라 3대 명절 중 하나로 음력 5월 5일이다. 예로부터 단오는 일 년 중 양기가 가장 왕성한 날이라 하여 큰 명절로 여겼다. 그날은 새끼꼬기, 약쑥 베기, 그네뛰기, 씨름, 탈춤, 가면극의 놀이를 즐기며 여자들은 창포물에 머리를 감는 풍습이 있었다.

강릉단오제는 현재 중요무형문화재 제13호로 지정되어 있다. 매년 큰 행사를 치르기도 한다. 이제는 사람들 기억 속에서 가뭇없이 멀어져가는 명절이지만, 내 마음속에는 지워지지 않는 그리움이다.

오늘 내가 본 이건희 컬렉션에 전시된 그림들은 내 유년의 뜰을 반영하고, 푸른 청춘을 가난 속에 살다간 부모님의 애환이 담긴 뜨락이기도 했다. 눈이 부시게 푸른 계절에 잊혀가는 애잔한 그리움을 그곳에서 만났다.

다시 찾은 단원미술관

매강 김미자

k-mija@hanmail.net

눈부신 햇살이 2월의 알싸한 바람을 밀어내고 있다. 생각보다 따뜻한 날씨다.

안산시 상록구 충장로 422를 목적지로 정하고 출발했다. 엎드리면 코 닿을 정도로 가까운 거리에 문화 예술을 향유할 수 있는 미술관이 있다는 것은 축복이다. 일찍이 안산은 문화 예술의 도시라는 것은 알고 있었지만, 단원미술관에 도착하고 보니 증명이 되는 듯하다. 노적봉 아래 양지바른 너른 터에 자리한 미술관의 규모가 놀랍다.

정면에서 바라본 제1관, 측면에 자리한 2관과 상상미술공장, 단원 콘텐츠관인 제3관, 확 트인 광장과 좌측의 커다란 조각상들이 미술관의 질을 한껏 높여주고 있다. 수도권에서 그만한 규모의 미술관이 또 있을까.

따사로운 햇살이 자애롭게 내리쬐는 상상미술공장 앞으로 해서 단원 콘텐츠관인 제3관 안으로 들어갔다. 단원미술관을 다시 찾은 목적은 제3관에 있다. 안산으로 이사한 후, 제일 먼저 찾았던 단원미술관에서는 '단원절세보첩'전이 열리고 있었다. '단원이 마음으로 그린 산수화, 세상에 비길 데 없는 보배로운 화첩'으로 알려진 영인본 20점을 감상했는데, 오늘은 '표암과 단원'이란 주제로 안산시 소장 진본전이 열리고 있다. 스승인 표암 강세황과 제자 단원 김홍도는 실과 바늘처럼 떼려야 뗄 수 없는 특별한 관계라는 것은 익히 알려진 사실이지만, 안산에서 맺은 두 분의 인연은 함께함으로써 더 빛나리라.

단원 김홍도 연보 앞에 섰다. 1745년 영조 21년에 태어났다지만 출생 일자와 출생지는 미상이고 본관은 김해다. 1751년 7세 무렵 강세황에게 화법과 문학을 익힌 것으로 보아 안산에서 출생한 것으로 미루어 짐작만 할 뿐, 정확한 근거는 찾지 못했다니 안타까울 뿐이다. 단원이 천부적 재능을 타고나긴 했나 보다. 10대 말, 20대 초에 도화서 화원(궁중화가)이 되어 명성을 얻었다는 것을 보면. 이거야말로 낭중지추囊中之錐가 아니겠는가.

우리 인생에는 피해갈 수 없는 소중한 인연이 있다. 부모와 자식, 부부, 사제의 관계다. 그중 단원의 재능을 알아본 영웅 같은 스승 강세황은 단원의 인생에 큰 영향을 미쳤으리라. 중인 계급인 단원과 달리 강세황은 명문 집안의 후손이고, 처가 역시 진주 유씨로 명문 집안이다.

강세황이 서울에서의 어려운 살림을 접고, 안산으로 이사한 것은 처가가 있어서다. 처가인 진주 유 씨는 선조의 부마 집안으로 '청문당'에 희귀서적과 만 권의 책을 보유하여 기호남인들의 학문과 예술의 중심지가 된 명가였고, 성호 이익의 집안과도 대대로 교유했으니, 직·간접적으로 스승의 영향을 받지 않을 수 없었을 게다.

단원은 영·정조의 신임을 듬뿍 받은 화원으로 타고난 재능을 유감없이 펼치며 어진과 병풍, 산수화, 풍속도 등 수많은 작품을 남겼고, 30세에 사포서 감목관이라는 벼슬로 스승 강세황과 함께 근무하기도 한다.

39세(정조 7년)에는 경상도 안기찰방(안동)에 임명되어 2년 4개월간 재임하고, 강세황은 71세 때 기로소耆老所에 들어가 할아버지, 아버지와 함께 삼세기영지가三世耆英之家로 칭송받았단다. 수명이 짧았던 당대에서는 회자될 만하다.

48세(정조 16년)에 연초 연풍현감에 부임, 49세에 아들 김양기를 얻고, 51세에 연풍현감에서 해임되어 도설 삽화 제작의 주관자로 임명되면서 원숙해진 재능을 맘껏 펼쳤으나 56세 때, 그토록 믿고 따르던 정조가 갑작스럽게 승하하자 충격이 컸던 모양이다. 왜 아니겠는가. 자신의 재능을 과감하게 펼칠 수 있도록 보살펴준 왕이었으니. 단원은 그때부터 시름시름 앓기 시작하여 병고에 시

달리다가 62세에 사망한 것으로 추정하고 있다는 설명이다. 이 역시 출생처럼 사망연도가 불분명하다. 씁쓸한 마음으로 전시관을 둘러본다.

요즘은 모든 작품이 디지털콘텐츠로 바뀌어 전시공간이 예전 같지 않다. 한 벽면 밑바탕 그림에 뜬 콘텐츠 영상 이름들을 클릭하여 디지털화된 작품들을 감상한다. 표암 강세황의 작품들, 단원 김홍도, 최북, 심사정, 정선 등 당대 대표적인 작가들의 작품을 감상하는 데에 시간이 한참씩 걸린다. 그때 그 시절의 사회 풍습이 사실처럼 그려진 단원 김홍도의 풍속화 25점을 사진에 담는데, 유년 시절에 접했던 풍습과 겹쳐지는 부분이 있어 친근감이 간다.

20편의 사계절 산수화와 유첩, 합벽첩, 묵죽도, 사군자 등을 클릭하여 감상하는데, 부모 따라온 어린이 둘이 옆에서 호기심 가득한 표정으로 유심히 지켜본다. 클릭하여 감상하는 방법을 알려줬더니 아이들은 신이 나서 마구잡이로 클릭하여 그림을 키우고, 거꾸로 돌리며 정신 사납게 한다. 처음 접하는 디지털콘텐츠라 나도 신기했는데, 애들도 똑같은 마음이었나 보다. 그림 감상보다 클릭하는 재미에 빠진 아이들을 뒤로하고 전시실 밖으로 나왔다.

단원미술관을 다시 찾은 이유는 단원에 대해 더 깊이 알고자 함이었으나 그의 스승 예원의 총수 표암 강세황도 만날 수 있었으니 일거양득한 셈이다. 모든 예술은 어떠한 설명이나 의미부여 없이 공감대가 형성되고 느낌이 그대로 전달되면 최고의 걸작이지 않을까. 그래서 단원 콘텐츠관의 작품들이 300여 년의 역사를 이어오며 빛나는 것일 테고, 그 예술성은 유구한 역사를 이어가리라.

2월의 밝은 햇살이 단원미술관을 거룩하게 비치고 있다.

헤이리의 아침

김준희
jamin01@hanmail.net

장맛비가 주룩주룩 내리는 어느 날 친구가 데려간 곳은 혜화동 골목 허름한 집이었다. 대문이랄 것도 없는 나무문짝을 밀고 들어가니 방 한 칸짜리가 여러 개 다닥다닥 붙어있는 집이었다. 문을 열자마자 보이는 그 방문은 활짝 열려 있었고 얼룩진 반바지에 러닝 바람의 노인이 빛 바랜 종이에 뭔가를 열심히 끄적끄적 그리고 있다. 두 평도 안 되는 방안은 온통 오선지로 가득했다. 자신이 작곡한 곡이 어느 때쯤 무대에서 연주될 그 날을 기다리며 그렇게 끊임없이 오선지를 그리는 그 노인을 친구는 존경하는 눈으로 쳐다보았다. 내 눈에는 가난에 찌든 노인으로만 보였다. 그때 나는 예술을 이해하지 못하는 깔끔한 아가씨였다.

헤이리의 아침은 한가로웠다. 빈센트 반 고흐 전시가 이렇게 작은 곳에서 열릴 일인가 싶었는데 막상 들어가 보니 알차게 꾸며져 있었다. 진품이 아니라 3D로 스캔한 전시회였는데 진품이 아닌 것에 실망했던 것은 잠시, 직접 그림을 만지며 입체감을 느끼고 그림을 볼 때마다 그림과 맞는 이미지의 향을 맡으며 감상을 한다. 그의 생애를 그린 동영상을 보며 마음이 먹먹하기도 했다. 나의 이 한가로운 감상과 달리 고흐의 생은 힘겨웠다.

　알려진 것처럼 고흐는 찢어지게 가난했다. 생전에 그림은 한 점도 팔리지 않았다. 동생 테오의 도움으로 물감을 샀고 그의 삶은 정신병원에서 마감해야 했다. 밀밭에서 스스로 총을 겨누었다고 하는데 정확하지는 않다고 한다. 정신병원에서 그는 100여 점이 넘는 그림을 그렸다. 이런 설명 몇 개가 나누어 걸려있다. 팔리지 않는 이 그림들을 고흐의 동생 테오의 아들이 상속받아 고흐 재단을 만들어 후손들에 의해 지금까지 잘 보관되어 있다고 한다.

　고흐의 그림은 노란색이 아주 많은데 심리학적으로 노란색은 정신이 건강하지 않은 사람에게 자주 보이는 색이라고 한다. 가난이 주는 극한 고통이 그림에 나타난 것일까. 해바라기 그림은 돈을 불러온다는데 정작 그 그림을 그린 고흐의 가난이란….

　정신병원에서 그린 그림들 몇 점을 빼 놓고 고흐의 그림은 따뜻하다. 가난 속에서 탄생한 명작들을 보며 그 단칸방에 찌들어 살던 작곡가가 떠올랐고 나는 잠시 죄책감이 들었다. 그 노인의 곡도 지금쯤 누군가에 의해 연주되고 있을지 모를 일이다. 가난한 예술가를 친구로 둔 나의 옛 친구에게 한심하다고 끌탕을 했던 나, 명품인지 모르고 고물장사에게 팔아버리는 사람처럼 나도 창작의 가치를 몰랐던 시절이 있었다. 그때 나는 지금보다 훨씬 풍족했었다.

위대한 작품은 극한 상황에서 만들어지는 것일까. 어느 싱어송라이터가 그랬다. 배고플 때는 앉았다 일어서면 곡이 한 곡 나왔는데 지금은 배가 불러서 몇 달이 가도 작품이 나오지 않는다고 한다.

헤이리 아침의 공기는 여전히 신선하다. 예술가들이 집성촌처럼 이루고 사는 이 동네. 가난해 보이지는 않는 이곳에서 예술은 어떤 극한 상황에서 피어날까.

원고마감 날 책상 앞에 앉았다. 마감시간이 내게는 극한 상황일까. 한 줄도 쓰지 못하다가 줄줄 써내려가는 나, 혹시 나도 천재성이 숨어있는 것일까. 세상이 마구 흔들어댈지라도 이 시간 포기하지 않고 작품에 몰두하는 예술가들에게 숟가락을 얹어본다.

자연주의를 선택한 두 사람

백경희

ariybkh@daum.net

태어나서 처음으로 접한 자연은 삭막한 시멘트 마당이었다.

주변에는 나무 한 그루 없었고 가끔 깨진 축대 틈에서 비집고 나오는 까마중을 볼 수 있었다. 창문에서 바라보이는 건너편 언덕에는 삐뚤빼뚤한 좁은 골목길에 작은 집들이 촘촘히 붙어있다. 어린 시절, 서울은 지금처럼 잘 정비되고 푸른 곳이 아니라 회색의 낡고 삭막한 도시였다. 나는 자연과 거리가 멀었다.

사방이 막힌 요즘 자연을 찾아 떠나고 싶다. 소박한 마음으로 들길을 걷고 꽃의 향기와 새소리를 들으며 풀 향이 섞인 깊은숨을 쉬고 싶다. 소로우가 거닐던 월든 호숫가, 타샤 튜더의 정원을 떠올린다.

헨리 데이빗 소로우는 매세추세츠주 콩코드의 월든 호숫가에 오두막을 짓고 홀로 생활한 체험을 《월든》에 썼다. 1845년 봄부터

2년 2개월을 살면서 자연 생태주의자로 거듭나는 실험과정을 보여준다. 이 책은 자급자족의 삶을 실천한 자서전으로, 환경파괴를 우려하는 사람들에게 생태주의 생활의 지침서로서 조명받고 있다. 복잡하고 빠르게 변하는 물질문명에 지친 우리가 가끔 꿈꾸는 삶이기 때문일까.

소로우는 도끼 한 자루를 빌려 월든 호숫가의 숲속으로 들어간다. 폐자재를 이용하여 보통 방 크기보다 작은 4.6×3.0m의 집을 호수 근처에 짓고 생활필수품을 스스로 만든다. 최소한의 물질을 소비하는 단순한 삶을 살았고, 한 사람이 사는데 1년에 30일에서 40일만 일하면 된다는 결론을 얻었다. 富를 소유하거나 지키기 위해 인생을 소비하지 말라는 교훈이다.

월든 호숫가를 거닐며 소로우는 비로소 들리고, 보이는 새로운 경험을 한다. 그가 자연의 소리를 듣게 된 것이다. 주어진 시간대로 살던 그가 순간을 살고, 하버드대학에서 배운 이론만 알았던 그가 이제는 진리를 안다. 소리 너머의 소리를 듣고 빛 너머의 빛을 볼 수 있었다.

마츠타니 미츠에가 감독한 타샤 튜더의 다큐멘터리를 보았다. 타샤는 미국 동화작가이자 삽화가로 1938년 《호박 달빛》을 시작으로 많은 동화책을 펴내 권위 있는 칼데콧 상을 받았고, 우리가 잘 아는 《비밀의 화원》, 《소공녀》에 삽화를 그렸다.

타샤는 60살이 될 즈음 버몬트주 산속, 30만 평의 대지에 농가를 지었다. 맨발로 커티지 풍 정원을 가꾸고 자연주의 삶을 산다. 양초와 치즈를 만들고 화덕으로 요리를 하며 1830년대 풍의 옷을 입었다. 그녀는 옛사람들이 살아온 방식을 좋아했고 특히 그 시대에 관심이 많았다.

고요한 타샤의 집에 흰 눈이 쌓이면 토끼가 눈밭을 뛰고, 나뭇가지에서 새가 지저귀는 집 처마에는 고드름이 이어져 있다. 화덕에 장작이 타고 촛불이 일렁이는 방 안에는 숄을 걸친 타샤가 그림을 그린다. 자신이 원하는 삶을 살았다.

그녀에게 자연은 인생 자체였고, 자연의 모든 변화가 그녀의 가장 큰 즐거움이었다. 맨발을 통해 대지의 소식을 전해 들으며 언제 꽃을 심고 서리가 내리는지를 알았다. 맨발은 자신의 모든 것을 건 상황, 집안에서의 편안하고 자연스러운 휴식상태 또는 꾸미지 않은 진실한 모습을 보여주는 것을 의미한다.

그녀의 천 평이나 되는 18세기 영국식 정원에는 수선화와 튤립, 보라 십자화, 작약과 데이지, 패랭이꽃, 마지막 과꽃까지 일 년 내내 계절 따라 꽃이 핀다. 향긋한 바람에 잠이 깨고 직접 재배한 허브차를 마시며 장작 스토브에서 빵을 구워내는 타샤를 보며 우리는 그녀의 동화 같은 삶을 꿈꾼다.

사람들은 하루아침에 정원이 생긴 것처럼 착각하지만 삼십 년의 노고가 숨어있다. 그녀는 생활비를 마련하고 꽃의 알뿌리를 더

사기 위해 그림을 그렸다. 단 하루도 시간 낭비를 하지 않고 부지런히 살아온 타샤. 지게로 물을 나르며 아이를 기르고 애완동물과 소, 닭 등을 키웠다. 정원 가꾸기와 그림을 그리기 위해 아이들이 잠든 시간에도 일했다. 노동이라기보다 즐거움이었고 행복이었다.

그녀의 이름을 《전쟁과 평화》의 나타샤에서 따온 것은 아버지의 선견지명이었을까. 화면 속 맑은 눈을 가진 이흔 살의 타샤는 나타샤를 보는 듯 아름다웠다. 흔들리는 꽃처럼 하나의 자연으로 동화되어 있었다. 2008년 타샤는 92세의 나이로 세상을 떠났다. 그 날 정원에는 꽃이 만발했다.

소로우는 월든에서 2년 2개월, 자연주의 삶을 실험하였다. 얽매임이 없는 자유를 위해 최소한을 소비하는 극한 절제의 생활이었다. 그 결과 깨어나는 영혼의 소리를 듣고 지혜를 얻었다. 타샤 튜더는 30년의 긴 시간이 완성시킨 아름다운 정원 속에서 자연주의 생활을 즐기며 행복한 삶을 살았다. 소로우가 핵심만을 그린 추상화 같은 자연주의 생활자라면, 그녀는 생활의 아름다움을 추구한 수채화 같은 삶을 살았다.

내가 원하는 삶은 어떤 것일까. 소로우의 지극히 원초적인 실험이 아니라 타샤의 아름다운 생활일 것이다. 무엇이든 마음만 먹으면 즐겁게 할 수 있는 일이 많다는 타샤. 나도 그녀처럼 자연주의 삶을 살 수 있을까. 신을 벗고 맨발을 들여다본다. 조심스럽게 언덕길을 걸어본다. 작은 돌멩이와 나뭇가지를 밟자 발은 잔뜩 움츠러들고 잠시 한눈을 팔다 솔방울을 밟고 미끄러져 주저앉는다. 전기 없는 삶을 견딜 수 있을까. 촛불은 로맨틱하니 그런대로 참을 만하다. 냉장고는 저장 움막을 지어야 하고 에어컨 대신 계곡에 들어가 시원한 물에 몸을 담그면 될 것 같고. 음악은 새 소리, 바람 소리로 대체해야겠지. 그런데 텔레비전은? 포기가 쉽지 않다.

요즘 사람들은 너무 바빠서 놓치는 것이 많다. 행복은 내면의 소리를 들으며 자신만의 삶을 사는 것이다. 매 순간을 놓치지 말고 즐기라는 타샤. 자신이 처한 환경에서 즐거움을 찾으라는 의미일 것이다.

우선 베란다 삶에서 즐거움을 찾자. 화분을 들이고 상추를 심고, 라벤더도 몇 그루 심어야겠다.

러시아 서정

김소현

cardinale@hanmail.net

"소현 님 좋아하는 곡이네요."

라디오 음악방송에서 러시아 로망스 중 한 곡인 〈올드 로망스〉가 나오자, 게시판의 몇 사람이 올린 반응이다. 러시아 음악이 나올 때마다 내가 '좋아요' 누른 걸 기억한 거다. 〈올드 로망스〉는 푸쉬킨 원작소설 《눈보라》 영화에서 흐른 곡이다. 눈 내리는 거리에서 (이루어질 수 없는 사랑으로) 애틋하게 서로의 얼굴을 쓰다듬는 남녀의 모습과 흐르는 곡이 듣는 이의 가슴을 촉촉이 적신다. 애끊는 슬픔이 담긴 이 곡은 쇼스타코비치의 제자인 작곡자 스비리도프가 만든 9개의 곡 중 여섯 번째 곡이다.

러시아 로망스는 18세기 말 경 사랑과 이별, 인간의 영혼과 자연을 주제로 쓴 시인들의 시에 곡을 붙인, 우리나라 가곡과 비슷한 대중음악이다. 귀족들의 전용음악으로 사랑받아오다 서서히 일반인들에게도 알려졌지만 부르주아 음악이라고 핍박을 받기도 했다.

러시아 음악은 왜 슬픈 걸까. 대부분 단조인 그들의 음악은 그래서인지 특유의 애수가 느껴진다. 슬픈 곡조에 더 마음이 가는 이유는 타고난 성정이기도 하지만, 웃는 날보다 그렇지 않은 날이 많았던 내 삶과 무관하지 않은 것 같기도 하다. 나의 음악듣기에도 변천사가 있어 한때는 포르투갈의 파두Fado에 빠졌었는데 두 나라 음악이 만만치 않게 슬프다. 그것은 분명 나라의 운명과 관련이 있을 거라 생각했다.

몇 년 전 북유럽 여행길에 모스크바 공항에 들르게 됐다. 그때 나는 남다른 설렘을 가졌었다. 그들의 문학과 음악에 관심이 많아서였다. 안톤 체홉, 톨스토이, 차이콥스키, 안나 카레니나, 닥터 지바고, 드미트리 흐보로스토프스키, 심지어 KGB에 대한 환상까지…. 그러나 공항은 작고 지저분했으며 사람들은 차갑고 무표정해서 이미지가 좋지 않았었다. 나중에 알게 됐지만 그것은 오랜 기간 몽골의 압제를 받으며 우울한 동양적 정서가 그들의 몸에 배어서라 한다.

돌아오는 길에 들른 문화 예술의 도시 상트페테르브르그 아르바트 거리에서 푸쉬킨 동상을 물끄러미 바라본 기억이 난다. 그는 왜 38세의 젊은 나이로 일찍 세상을 떠났을까. 그의 아내는 뛰어난 미모를 지닌 사교계의 여왕 나탈리아 콘차로바다. 황제인 니

콜라이 1세조차 그녀를 가까이에 두고 보려고 푸쉬킨을 시종으로 두었다 한다. 문제는 그녀와 조르주 단테스라는 프랑스 장교의 염문이었다. 그런 내용이 담긴 투서가 날아들고 푸쉬킨은 그에게 결투를 신청하지만 목숨을 잃고 만다. 그때 그의 총구는 하늘을 향해 있었다는 설이 있다. 정치적으로 압박을 받던 상황과 여러 가지 문제들이 그를 자살로 이끌었을 거라 추정된다.

러시아 오페라엔 푸쉬킨 원작이 많다. 러시아인들은 그를 성서 다음으로 중요시 여긴단다. '우리'의 모든 것이라 칭송하며 추앙한다. '눌린 용수철' 같은 염세주의를 가진 러시아 사람들. 정신적으로는 우월하지만 물질적으로 열등한 그들의 삶의 방식은 동양이고 외모는 서양인이다. 정체성에 혼란을 가질 만하다. 러시아에 인상파 화가가 없는 이유는 자연을 그릴 여유가 없어서라는 러시아 문화여행 강사의 말이 생각난다.

그 강의를 만난 건 그들의 문화를 좋아하는 내겐 행운이었다.

문화는 경작하는 거라 한다. 작물을 심고 정성껏 가꾸는 농부처럼 관심을 가지고 발전시킨다는 뜻이리라. 면면한 역사와 강인한 생명력, 역경을 헤쳐 온 불굴의 힘을 가진 러시아, 선 굵은 문화와 풍부한 자원을 가진 그들이, 그 문화가 부럽다. 러시아인들은 겨울엔 극장으로 달려가 남은 연극표가 없다는데 그들의 공감 문화를 알 수 있는 풍경이다. 러시아를 대변하는 말이 있다. 400 킬로미터 이상의 거리, 영하 40도의 날씨, 40도의 술…

슬라브 민족의 감성은 슬픔이 아닌가 싶다. 앞으로도 나는 발랄라이카에 실린 그들의 우수를 사랑할 것 같다. 라디오에서 〈라라의 테마〉, 〈머나먼 길〉, 〈검은 눈동자〉, 〈나 홀로 길을 가네〉, 〈백만 송이 장미〉 같은 곡이 나오면 '좋아요'를 꾹 누르며.

트로이카(삼두마차)를 타고 설원을 달리며 러시아의 서정을 좇는, 바쁘지 않은 여행을 다시 하게 될 날을 꿈꿔본다.

춤추는 목신의 오후

봄의 화사하게 막 피어난 벚꽃과 목련으로 퍼지는 어느 날 '앙리 마티스(Henri Matisse, 1869–1954)의 전시회에 이끌렸다. 2021년 10월에도 앙리 마티스 탄생 150주년 기념 〈Jazz and Theater〉이라는 주제로 특별전이 있었고 올해도 〈Life and Joy〉라는 주제로 위대한 거장 마티스가 그린 삶과 예술이 그 환희와 기쁨 속으로 춤추고 있었다. "나는 항상 내 노력을 숨기려고 노력했고 사람들이 내가 작품을 위해 얼마나 많은 노력을 기울였는지를 결코 추측하지 못할 정도로 내 작품이 봄날의 가벼운 기쁨을 가지고 있기를 바랐다." "영감靈感이 오기를 기다리지 말라, 영감은 열중하고 있을 때 찾아온다."

그는 강렬한 색채의 야수파 대표적 화가로 20세기 최고의 화가로 일컬어진다. 1869년 프랑스 북부에서 출생 후 20세까지 법률 공부를 했다. 1892년 파리로 가서 미술을 공부하고 인상파 세잔, 신인상주의 등을 계속 탐구했다. 남부로 가서 혁신적 회화기법을 발전시켰고 여러 공간표현과 장식적 요소의 작품을 제작하여 1932년 이후 평면화와 단순화를 시도했다. '조화, 순수, 평온이 있는 작품을 만들겠다'는 그의 그림은 늘 행복을 추구하고 심화된 삶의 이미지였다. 50년 동안 회화, 조각, 드로잉, 그래픽 아트 작품을 제작했고 1954년 니스에서 타계할 때까지 왕성한 작품 활동을 했다.

행복의 화가로 불리며 색채의 연금술사인 그는 색을 이용한 표현을 기반으로 하는 야수파이다. 4, 5개의 혹은 그 이하로 색의 사용을 제한해 〈춤〉이나 〈음악〉 같은 그림은 색채와 형태가 특히 단순하다. 녹색, 파랑, 주황을 사용했으나 마치 빛의 삼원색을 사용해 세상을 표현하려는 듯하나 색채는 단조롭지 않다. 20세기 미술 혁명으로 윤곽성이 없는 그림, 색만으로 이루어진 그림을 만들며 마침내 해방을 맞이하여 마티스의 색은 더 이상 형태 안에 갇혀 있지 않았다. 색은 형태를 넘어 움직임과 리듬까지도 자연스럽게 표현할 수 있어 그림을 그리는데 형태 없이 색만으로 충분한 표현이 된다. "사람은 색에서 마법에서 비롯된 것 같은 에너지를 얻는다."

마티스의 작품세계와 인생에 있어 장식미술은 중요한 비중을 차지한다. 그를 미술세계로 이끈 어머니는 도자기에 그림 그리는 일을 부업으로 그가 태어난 고향 보엠 지역은 프랑스에서 명품 직물을 생산하는 본고장으로 이름이 높았다. 이런 환경에서 자란 마티스는 커튼과 각종 직물, 도자기, 가구와 식물 등을 오브제[1]로 활용해 자신의 작품세계를 풍성하게 만들었다.

마티스의 특징인 종이 오리기 첫 번째 단계는 큰 종이 위에 밝은 색상을 칠하는 작업이다. 두 번째 단계는 과슈 물감을 사용해 단색으로 칠한 종이를 가위로 오려 모양을 만들어내는 것이다. "색채를 곧장 잘라내는 것은 조각가가 색채를 가지고 하는 일을 연상시킨다." 가위를 마치 붓인 양 사용하여 형태를 오린다. 이러한 종이 오리기 기법 때문에 마티스는 붓의 유동성을 재발견하고 "가위는 연필보다 종이를 오리는 것은 조각가의 작업이기도 했다." 화가이자 조각가였던 마티스를 대변하는 종이 오리기의 마지막은 조립의 단계로 그는 집의 벽면을 사용하였다. 작가는 원하는 구성이 나올 때까지 몇 시간이고, 며칠이고, 붙이고 떼기를 반복하였다. 공간 안에서 조명, 색상, 모양의 높이를 재발견하고 마치 반음계 즉흥 연주를 하듯 이미지와 작업은 음악이 되었다. 색상은 점점 더 선명해지고 형태는 춤을 추고 있다.

이번 전시는 마티스 시대를 넘어 AI를 통해 그림을 학습시켜서 마티스 작품을 새롭게 재현해 놓은 부분이 신선한 충격이었다. 이

전시를 위해 우리나라 도예가와 옻칠작가가 그의 작품을 우리 미술의 특성으로 재현했다. 도예가는 마티스의 작품 원형을 흙과 안료로 1,250도의 불길로 새로 형상화했고 도자기와 2점의 세라믹평판 작품으로 담아냈다. 〈댄스11〉와 〈뮤직〉은 소통의 의미를 기하학적인 선형으로 해석하였고, 〈블루누드〉는 달걀 껍질을 활용해 탄생부터 겪어야 할 무수한 삶의 조각을 나타냈다. 마티스의 색채는 옻칠의 재료적 특징인 광택의 요소로 변환했다. 선은 0.3mm의 가는 동선과 황동선으로 백제시대부터 이어온 옻칠의 금속장식 기법을 사용하고 면의 표현을 질감을 나타내기 위해 교칠(아교와 옻칠) 기법을 활용하고 24K 순금박과 12K 화이트 골드로 포인트를 준 작품들이 눈길을 사로잡는다.

앙리 마티스와 샤를 보를레르는 프랑스에서 현대 예술을 대표하는 두 거장이다. 전시장 옆 홍보관 한구석, 생동하는 나상들의 선그림 표지 자그마한 책자가 부른다.

– 낭만주의를 넘고 상징주의를 품어 현대시의 초석을 이룬 시인은 독특한 주제, 새로운 표현, 매혹적인 운율로 인간 내면의 어둠과 소명된 쾌락을 표현한다. 화가는 보를레르의 〈악의 꽃〉에 경의를 표하며 직접 선별한 시 33수에 맞춰 대담한 터치로 그림을 그리고 한 권의 시집으로 묶어 그림을 바쳤다. 실로 경이로운 두 예술의 거장이 경험했던 이국적 여정과 에로티시즘은 더욱 극대

화되고 그들은 80여 년의 세월을 뛰어넘어 예술의 조화를 이뤄낸다. -

앙리 마티스가 엮고 그린 〈목신의 오후〉의 표지의 글이다. 목신의 오후는 마티스가 스테판 말라르메(19세기 프랑스 시의 지도자)의 시 64편에 마티스의 에칭화 29점으로 엮은 시집이다. 시인 말라르메는 5세 때 어머니를 여의고 외할아버지 밑에 자랐다. 보들레르의 〈악의 꽃〉을 읽고 깊은 영향을 받아 중학생때부터 시를 쓰게 되었다. 책의 삽화로 그려진 마티스의 그림은 이중섭의 은박지 그림을 연상케 한다. 가느다란 선으로 그린 에칭화[2]는 그 나름의 고적하고 순수한 표현이 더 눈길을 끄는 상징주의를 돋보여 준다.

"당신은 무엇이 되고 싶은가?" "마티스가 되고 싶다" - 엔디 워홀 -

"결국엔 오직 마티스가 있을 뿐이다." - 파블로 피카소 -

60여 년의 공간이 있음에도 마티스의 작품은 또 새로운 것을 춤추게 한다.

注 1) 오브제(프) : [미술] 초현실주의에서, 작품에 쓴 일상생활 용품이나 자연물 또는 예술과 무관한 물건을 이르는 말.

2) 에칭화 : 반도체 표면을 산酸 따위로 부식시켜서 소거하는 방법.

하 동

왕옥현

oh-wang@hanmail.net

분홍 꽃받침만 달려 있던 지난해와는 확연히 달랐다. 벚꽃 십리
길은 하얀 터널이 되었다. 만개한 벚꽃으로 인해 자동차는 연신
밀리고 사람들은 길을 걸으면서도 꽃에서 시선을 떼지 못한다. 앞
서가던 사람이 멈춰 벚꽃 사진이라도 찍을라치면 길은 정체현상
을 빚는다. 아직 마스크를 벗지는 못하지만, 봄꽃의 향연을 즐기
는 그들의 입꼬리는 위를 향하고 연신 감탄사를 남발할 것이다.

사월 첫날, 지난해와 똑같은 장소에 있다. 달라진 풍경이라면
텅 비어있던 공간이 꽃으로 사람으로 차들로 꽉 차 있다는 거다.
유전자 깊이 각인된 여흥 인자가 마음껏 발산하는 걸 느낀다. 음
악 소리만 가득하던 화개장터는 입구부터 자동차로 붐빈다. 평소
같으면 넘쳐나는 사람들로 짜증이 불길처럼 일어났을 건데, 바라
보는 마음이 흐뭇하다. 장터는 북적거리는 게 맞다. 모처럼 벚꽃

특수를 누릴 상인들 생각을 하니 지난해 괜히 미안하고 안쓰러웠던 감정에서 놓여날 수 있어 마음이 홀가분했다. 그런데 식당마다 입구에 무더기로 있던 벚굴 자루가 보이지 않는다. 벚꽃 필 무렵 가장 맛이 좋다는데 올해는 시기가 맞지 않은 모양이다.

일 년 전 들렀던 장소에 와보니 감정이 묘하다. 이곳에 사는 사람들은 늘 같을 텐데 방문객인 내 마음만 그런가. 햇수로 3년, 이제 코로나19는 계절성 감기로 항목 하나 만들어줘야 한다는 사람부터 더 강력하고 전파력이 큰 게 올 거라 해이해지면 낭패를 볼 거란 의견까지, 전문가 집단조차 의견이 분분하니 나 같은 평범한 이는 어느 장단에 맞춰야 할지 모르겠다.

예약한 펜션에 짐을 옮겨놓고 늦은 점심을 위해 길 위로 나섰다. 꽃 대궐을 이룬 거리, 차량 흐름은 더디고 따로 구분 지어 놓은 인도가 없는 길을 조심해서 걸었다. 화개장터를 향해 지난해 방문했던 식당을 찾아가는 길인데, 브런치 카페 간판이 눈에 띄었다. 겉창을 활짝 열어둔 공간에서 흘러나오는 음악 소리, 그리고 이 층 발코니 공간에서 푸릇하게 자란 알로카시아에 그만 내 시선이 갇혔다. 조명이 환하게 들어온 배너 간판엔 간단한 식사도 가능하다기에 들어섰다.

은퇴 후 삶을 이곳에서 시작한 부부일까. 중절모를 쓴 늙수그레한 아저씨가 인사를 건네더니 앞치마를 두른 이를 부른다. 아내인 모양인데, 음료 일체는 아저씨가 식사는 아내가 역할을 맡아 장사를 하고 있었다. 깔끔한 실내는 온갖 생활 도자기 용품이 가격표를 단 채 전시돼 있고 탁자며 의자가 감각적이다. 젊은 내외가 운영하는 공간에 들어선 느낌이다. 들깨칼국수와 카레덮밥을 주문했는데 음식이 어찌나 정갈한지 괜히 코끝이 찡해왔다. 여느 식당에서 나오는 밑반찬과 사뭇 달랐다. 엄마 반찬, 프라하에 머물 때 부부가 운영하는 킴스 빌에서 아침마다 받았던 밥상과 닮아 내 눈은 자꾸 주방 쪽을 기웃거렸다. 타인의 정성이 담뿍 담긴 밥상은 늘 감동을 준다. 그이와 나는 달게 먹었다. 시장이 반찬이란 소리도 있지만 하동은 뜻하지 않은 부분에서 감성을 자극해 울컥하게 만든다.

나는 문득 봄이면 왜 이곳이 먼저 떠오르는지 생각했다. 여여하게 흐르는 섬진강, 지리산 자락을 따라 풍경을 헤치지 않을 만큼 소박하게 지은 집들. 삼십여 년 전 작은 트럭에 신혼살림을 싣고 낯선 이곳을 찾던 날의 기억 등. 나이를 더하며 옛 추억은 아슴아슴 수채화처럼 펼쳐진다. 그때나 지금이나 내 삶은 치열하고 팍팍하다. 늘 소소한 행복을 꿈꾸며 살아가지만 가까운 곳보다 먼 곳에 둔 시선을 접지 못 한다. 타인의 삶이 더 근사해 보이는 건 내 현실이 못마땅하거나 불행해서가 아니다. 내 안에 자리한 비교심리에서 한치도 벗어나지 못하는 어리석음 탓이다. 어리석음을 깨우치는 일은 내 생 전체를 털어 완수해야 한다. 객관식으로 풀 수 있는 문제라면 좀 쉬웠을까.

섬진강을 중심으로 하동과 광양은 부모 곁에서 벗어나 어른으로 첫 출발을 한 곳이다. 이곳에 살 때도 삶에 대한 고민은 여전했다. 어떻게 살 것인가, 내 삶은 어느 방향으로 흘러가는가, 미래를 위해 나는 무슨 노력을 해야 하는가, 그날이 그날 같은 일상일망정 내 안에서는 치열하게 고민하고 갈등했다. 도시에서 분주하게 살다가 사방이 조용한 시골로 왔을 때 양가감정에 시달렸다. 사회로부터 소외된 기분이 들기도 하고 사랑하는 이와 긴 여행을 떠나온 것처럼 설레기도 했다. 여행이라면 당연히 돌아갈 곳이 있음을 전제로 한다. 내 삶의 2막을 위한 터전인데 온전히 받아들이지 못했다. 잠시 머물다 떠날 것 같은 느낌에 갇혀 늘 붕 뜬 기분으로 4년을 살았다.

　밤이 늦은 시간임에도 차량 행렬은 그칠 줄 모른다. 가까이 섬진강 물소리가 파도 소리처럼 들린다. 사위가 조용한 탓에 물소리는 제법 크다. 멀리 도로는 여전히 붉은 장미가 피어나듯 자동차 후미등 색이 선명하다. 이젠 아예 차들이 서 있다. 어디까지 저렇게 가다, 서기를 반복하며 이어질까. 지난해 우린 차 막힘없이 가고 싶은 곳을 마음껏 돌아다녔다. 전염병 탓에 어디를 가든 인적이 드물고 조용해서 제대로 된 힐링을 하고 돌아갔는데, 올해는 사뭇 분위기가 다르다. 익명의 그들이 목적지까지 무탈하게 닿기를.

지중해의 에메랄드, 카프리섬 여행

김선인

sikimnz@daum.net

이태리 남부 나폴리항 앞바다에 떠있는 보석 같은 섬이 카프리다. 여행 매체에 따라 세계 베스트 섬 순위 7위부터 15위까지를 꾸준히 유지하고 있는 이름 있는 섬 중에 하나다. 지중해의 눈 시린 파란 바다에 둘러싸인 카프리 섬을 에메랄드에 곧잘 비유하곤 했다. 15세기 무렵에는 사라센 해적의 약탈이 무지막지했다. 지중해에서 극성을 부리던 그들의 습격에, 급히 몸을 숨기거나 쉽게 도망가기 위해 만들었다는 언덕의 좁은 골목길들, 고지대인 카프리 타운과 아나카프리에 남아있는 그 구불구불한 독특한 풍경들이 지금에는 관광지로서 색다른 즐거움과 볼거리가 되어있다.

사랑에 빠지는 섬

막 도착한 관광객들의 표정과 환호성은 한결같이 즐겁다. 온화

한 기후, 살랑살랑 불어오는 지중해의 미풍, 용암으로 형성된 기암절벽, 투명한 에메랄드빛 바다까지, 그들은 카프리의 매력 속으로 곧장 빠지고 만다. 카프리의 로맨틱한 분위기에 어울리게 택시는 흰색의 오픈카다. 그 오픈카를 타고 지중해의 바람을 맞으며 아슬아슬한 절벽 길을 달려본다면 영화 속 주인공이 된 듯한 우쭐한 기분을 만끽할 것이다. 카프리는 일찍이 로마의 아우구스투스와 그의 양아들 티베리우스 황제의 별장이 있었던 곳으로 두 황제의 흥미로운 에피소드가 마치 신화 속 전설처럼 전해 내려오고 있다. 카프리가 유럽의 예술가들에게 '새로운 발견과 호기심'의 대상으로 최고의 여행지가 된 건 19세기부터였다. 지금도 세계 여행자들에게 카프리는 찾아가고 싶고, 머물고 싶고, 살고 싶은 꿈의 섬으로 많은 애정을 받고 있다.

수많은 문인들과 화가들이 카프리에 깃들어 카프리와 사랑에 빠지며 예술적 영감을 끌어내곤 했다. 괴테, 토마스 만, 서머세트 모음, 오스카 와일드가 대표적 문인들이다. 영국의 소설가 그레이엄 그린은 아나카프리에 집을 마련해 놓고 연인과 함께 살았다.

'세기의 결혼식' 두 주인공, 찰스와 다이애나의 신혼 여행지였으며, 이름만 들어도 알 만한 그레이스 켈리, 소피아 로렌, 오드리 헵번, 엘리자베스 테일러, 리처드 버튼이나 윈스턴 처칠, 아이젠하워, 마리아 칼라스 역시 이곳을 아끼고 좋아해서 섬의 유명세를 더 높였다. 배우 레오나르도 디카프리오도 해마다 이곳에서 휴가를 즐긴다고 한다. 특히 재클린 오나시스는 흰 바지를 입고 커다란 검은 선글라스를 쓰고 카프리 골목길을 누비고 다녀 여행객들에게 재키 패션을 한때 유행하게 만들었다. 프랭크 시내트라나 빙 크로스비가 불러 히트했던 〈카프리섬〉은 카프리의 열정을 노래로 잘 표현하고 있다. 이렇듯 누구든 카프리에 가면 절로 사랑하고 싶은 마음이 샘물 터지듯 솟구치는 모양이다.

"카프리 섬에서 그녀를 만난 것은 묵은 호두나무 그늘 아래였네. 그녀는 새벽의 장미처럼 상큼했지. 그러나 운명은 그녀와 나를 연결시키지 않았어. '방랑자인 나에게 사랑의 말을 걸어주지 않겠어요' 하고 말하니, 그녀는 '돌아가시는 편이 좋겠어요'라고 대답했네. 손에 입맞춤했을 때 그녀의 손에는 약혼반지가 끼어 있었지. 오! 잘 있거라, 카프리섬이여!"

〈카프리의 깊은 밤〉과 〈일 포스티노〉는 카프리에서 촬영한 영화로 카프리를 한층 더 매력적인 섬으로 알렸다. 에로티시즘의 거장, 틴토 브라스 감독의 영화 〈카프리의 깊은 밤〉은 카프리를 방문한 한 부부가 각자의 옛사랑을 찾아 열정적인 일탈을 즐기는 영화다. 결말에는 그 허상을 알아채고 슬퍼하는 줄거리인데, 각자 제 자리로 돌아오긴 했어도 눈이 먼 사랑에 잠시 빠졌던 치명적 욕망에는, 카프리의 매력과 환상이 한몫을 단단히 했을 것만 같다.

시인 파블로 네루다를 모델로 쓴 소설 〈네루다의 우편배달부〉를 영화화한 〈일 포스티노〉 역시 시인 네루다와 섬의 우편배달부 마리오 사이의 우정과 사랑을 그린 한 편의 시와 같은 영화이다. 이 영화의 모델이 된 노벨 수상작가 파블로 네루다는 망명길로 카프리에 머물기는 했지만 카프리는 여전히 다양한 이야깃거리로 세계인들의 입에 오르내리고 있다.

신나는 즐길 거리, 볼거리

카프리섬의 항구 마리나 그란데에 도착하면 경쾌하고 신나는 칸초네 푸니쿨리 푸니쿨라가 흐른다. 실제 푸니쿨라(케이블카)를 타고 카프리 타운으로 올라가는 체험이다. 시작부터 예사롭지 않은 여행이다.

세월의 흔적이 담뿍 담긴 종과 시계탑 주위는 카프리의 중심이며 카프리 섬의 낭만 중의 낭만, 움베르토 1세 광장을 만난다. 이곳에 서서 바라보게 되는 거대한 돌산과 마리나 그란데, 지중해의 코발트블루의 전망은 절로 터지는 탄성을 막을 수가 없다. 카프리에 도착했다는 실감 나는 장소다. 운치 있는 레스토랑과 멋진 카페가 즐비하다. 이런 곳에서 사랑하는 사람과 함께 마시는 칵테일 한 잔은 환상적인 분위기 속으로 떠나는 또 하나의 여정으로 지폐가 아까울 리가 없다.

카프리는 이외에도 경이로운 풍광을 곳곳에 감춰두고 있다. 푸른 동굴이라 불리는 천연 해식 동굴이 그중 한 곳이다. 노 젓는 작은 배를 타고 1미터 남짓한 좁은 입구에 이마를 부딪치지 않고 통과하려면 배 밑바닥에 납작 엎드려야 한다. 재미있는 경험 중 하나다. 동굴 안은 신기할 정도로 넓고 아늑해서 가이드는 동굴 안내와 더불어 이태리 칸초네 한 곡을 멋들어지게 그 속에서 불러 주기도 한다. 이 동굴의 특이한 점은 물 색깔이다. 좁은 입구로 들어오는 햇빛이 물에 반사되면서 넓은 바다의 푸른색과는 사뭇 다른 신비스러운 깊은 색을 낸다. 마치 조명을 설치해 놓은 것처럼 보이나 절대 자연광으로 여행객들에게 잊지 못할 추억 거리를 하나 안겨주기에 충분하다.

카프리 섬에서 제일 높은 589m의 몬테 솔라로는 1인용 리프트를 타고 올라야 한다. 허공에 온몸을 내놓은 채 올라가다 보면 들이마신 신선한 산 공기에 몸의 세포가 기쁨으로 떨릴 지경이다. 밑으로 펼쳐지는 경치를 배경으로 한 마리 새가 되어 하늘로 날아오르는 느낌이라고나 할까. 정상에 오르면 숨이 멎을 것만 같은 전망이 발아래 펼쳐진다. 나폴리만과 소렌토만, 이스키아 섬과 카프리가 한눈에 들어오기 때문이다.

시인 라이너 마리아 릴케는 이 산을 오르고 나서야 카프리를 더욱 사랑하게 되었다고 고백하며 자주 머물러 있기조차 했다. 카프리가 그에게 영감과 시상의 샘이 되어 주었던 모양이다. 크리스털처럼 맑은 물에 몸을 담그고 싶으면 마리나 피콜라 비치가 좋다.

기암절벽으로 경관이 빼어나며 그리스 신화에 얽힌 바위이야기 한 편이 해변 쪽으로 흘러와 고여 있다. 머리는 여인이고 몸은 새의 모양을 가진 세이렌의 치명적인 유혹의 노래가 들려오면 정신이 혼미해져 암초에 좌초되곤 했다고 한다. 오디세우스가 이곳을 지날 때는 선원들에게 귀를 밀랍으로 틀어막으라 하고 자신은 기둥에 묶어 두어 무사히 빠져나올 수 있었다는 우리가 잘 아는 그 전설의 장소였다.

아우구스투스 정원은 한 독일인 실업가가 이 섬을 사랑했던 로마 황제 아우구스투스의 이름을 따 조성한 공원이다. 정원의 나무나, 꽃, 조각품이 아름다운 데다가 정원 한 귀퉁이 높은 곳에서 바다를 내려다보는 아름다운 조망은 그림엽서에서 자주 보던 한 컷이다. 정원에 올라 왼쪽으로는 파라글리오나라 불리는 큰 두 개의 바위가 바다에 솟아 있는 절경이고 오른쪽으로는 마리나 피콜라의 기암절벽과 항구의 모습이 또 다른 그림 한 폭으로 눈에 들어온다.

카프리는 천혜의 아름다움과 더불어 흥밋거리가 많은 섬이다. 호화스럽게 자고 먹지 않아도 자연과 섬의 히스토리만 가지고도 멋지게 즐길 수 있는 추억여행이 될 것이다. 평범한 발걸음에 가득 실어보는 카프리의 선물, 누구 하나 부럽지 않았다. 행복을 만끽해보시라!

■ 여행 수첩

1. 여행하기 제일 좋은 때 : 항상 많은 여행객으로 붐비는 섬이지만 비교적
   봄, 가을이 나은 편이다. 여름은 성수기로 발 디딜 틈이 없다.
2. 가는 길 : 우리나라에서 로마까지 직항이 있다. 로마에서 나폴리나 소렌토
   까지 기차나 버스를 타고 항에서 카프리 행 배를 탄다. 카프리에는 공항이
   없다.
3. 여행 포인트 : 푸른 동굴, 솔라로 산 정상, 마리나 피콜라 비치, 움베르토
   광장, 아우구스투스 정원

풍경이 있는 여행

방효필

효필@hanmail.net

은박지를 바닥에 깔아놓은 과수원 사과밭은 단풍만큼이나 붉다. 고운 색의 사과 맛은 자연이 만들어준 신비의 요술쟁이다. 푸르던 수수는 햇살 먹고 자란 가을을 은은한 붉은 빛깔로 곱게 갈아입혔다. 수수의 이상형이다, 매력이다.

농부들이 가장 바쁜 시기이다. 그러나 흉작인지 풍작인지는 아직은 알 수가 없다. 다 털어 봐야 한다. 할머니는 털다가 튀어나간 곡식들을 한 알 한 알 주워 모은다.

새참의 풍속도 달라졌다. 예전엔 광주리 이고 물주전자에 삽살개까지 온 가족 한마당 잔치를 치렀다. 하지만 지금은 트럭과 콤바인으로 산업화가 진행되면서 바뀐 시골 풍경들이다. 도리깨질하며 콩 터는 아저씨가 가을이 왔음을 알린다.

단양은 마늘로 유명한 고장이다. 석회암으로 형성된 지역의 천혜의 조건을 갖춘 단양에서 가을걷이가 한창인데 가을걷이가 끝나기 전 내년을 준비하고 있다. 농부는 자연의 섭리를 잘 아는 까닭에 분주하기만 하다.

단양 여행에 빼놓을 수 없는 동양 최대의 고수동굴이 있다. 그의 나이 4억 5천 년. 유구한 세월만큼 신비의 풍경을 자아내고 있다. 종유석과 석순의 만남은 또 얼마를 기다려야 할까. 독수리 바위, 곰, 사자 등 만물상을 방불케 하고 수억 년 전 동굴의 아주 오래된 이야기를 들려주고 있다.

천하의 비경을 자랑하는 적성산성. 신라와 고구려가 명운을 걸고 전쟁터인 이 단양에서 그 옛날 평강공주와 온달 장군의 사랑이 전해져 오는 곳이기도 하다. 온달 장군이 최후를 맞은 곳이 이곳이다. 온달이 최후를 맞고 관에 넣어 이동하려 했으나 움직이지 않아 평강공주에게 알려 눈물로 호소하자 관이 움직였다는. 말 타던 온달과 긴 머리 평강공주의 사랑의 로맨스가 전해 오는 곳이기도 하다.

보발제의 풍경은 요새의 계곡처럼 가파른 길을 따라 몰려오는 가을의 붉은 물결이다.

전망대는 발길을 멈추게 한다. 구인사의 스님이 자주 찾는 이곳에는 극락이 또 어디 있으랴 할 정도의 비경이다. 단양군 양촌면에 구인사가 있다. 가을 오후 구인사의 풍경은 고요하다. 남천 계곡은 1km만 개방돼 있고 등산로는 폐쇄되었지만 그 아름다움은 과히 절경이다.

　새소리 물소리 바람 소리 그것이 전부다. 10월 말 계곡에는 벌써 겨울의 소곡이 들려온다. 아쉬움도 가을 앞에 섰다. 마지막으로 눈앞에 다가온 단풍은 절정을 이룬다. 이제 겨울이 멀지 않다.

참고자료

　적성산성赤城山城은 사적 제265호로 지정된 문화재로 충청북도 단양군 단성면 하방리에 위치하고 있다. 길이는 923m이고 면적은 88,648㎡나 된다. 적성산성은 석축성으로 성의 길이가 923m이지만 대부분 붕괴되었고 북동쪽 내외 협축한 부분의 안쪽벽 높이 2~3m, 폭 1m의 석축이 일부만 남아 있다. 삼국 시대의 산성으로는 비교적 큰 규모에 속하며 신라와 고구려 세력 관계 변동을 알아보는데 큰 의미를 가진다. 성내에서 발견된 비문에는 신라의 북진과 이곳 주민들의 선무활동이 담긴 내용으로 국내 최고의 금석문인 적성비가 있다. 축성 방법이 매우 견고하게 되어 있어 신라의 축성술을 연구하는 데 귀중한 자료로 평가하고 있다. 단양팔경 중 제2경이기도 하다.

중세마을 피란Piran을 찾아

전효택

chon@snu.ac.kr

슬로베니아의 중세 항구도시 피란을 겨울과 여름 두 번에 걸쳐 방문한 적이 있다. 한 번은 학회 참석차 12월 중순(2010)에, 또 한 번은 여행으로 7월 초순(2017)이었다.

슬로베니아는 발칸의 스위스로 불리며, 유고슬라비아연방에서 1991년 독립한 소국(인구 210만, 면적은 2만 평방km로서 전라도 크기)이다. 유럽연합에 일찍이 가입하였고 현재 국민소득이 연 4만 달러가 넘는 동유럽에서 가장 잘 사는 나라이다. 슬로베니아는 아드리아 해에 유일하게 46km의 해안선을 보유하고 있다. 해안선 북쪽은 이탈리아이고 남쪽은 크로아티아와 접하고 있다. 피란은 해안선 남서쪽 끝에 있다. 이 중세 해안마을을 언제쯤 다시 방문할 수 있을까.

피란은 이스트리아 반도의 숨은 진주라고 알려져 있다. 이스트리아 반도는 아드리아 해의 북쪽에 있으며 대부분은 크로아티아의 영토이다. 이 반도는 생긴 모양이 심장 모양이고 서울의 6배 크기이다. 이 반도는 크로아티아의 가장 북서쪽에 위치하며 슬로베니아와 국경을 맞대고 있다. 피란은 이 반도의 서북쪽 끝 해안에 작은 항구를 이루고 있어 하루 이틀이면 전체를 답사할 수 있다.

　피란은 13세기부터 500여 년간 베네치아 공국의 지배를 받아 당시 지어진 건축물들이 곳곳에 남아 있고, 주민들 대부분이 이탈리아어를 사용한다. '아드리아 해의 작은 베네치아'라고도 불린다. 피란은 유럽에서 18세기에 잘 알려진 음악가 주세페 타르티니(1692–1770)의 고향이다. 타르티니는 기교파 바이올린 연주자이며 작곡가이다. 그는 이탈리아에서 음악 교육을 받아 이탈리아의 음악가로 알려져 있다. 나에게는 익숙하지 않은 음악가여서 그의 바이올린 협주곡 하나를 감상했다. 그의 탄생 200주년(1892)을 기념하여 피란 사람들은 그의 기념비를 피란 마을 광장에 세우기로 하고, 1896년에 광장 중심에 바이올린과 활을 들고 서 있는 청동상을 건립했고 광장 이름도 그에게 바쳐졌다. 타르티니 광장은 피란 여행의 출발점이다. 나는 이 광장을 출발하여 해안가 방파제 산책로를 따라서 또한 미로와 같은 골목길로 언덕으로 올라 피란 전경을 탐색했다.

이 광장에는 고딕 양식의 시청사(1879년 건립)와 타르티니하우스, 베네치아하우스, 해양박물관 등이 있다. 언덕 위로 15세기 후반 축조된 피란 성벽이 200여 미터 남아 있다. 피란 마을을 전망하는 장소여서 가장 먼저 찾는 곳이다. 피란 마을 끝까지 건립된 베네치아 고딕 양식의 붉은 벽돌 건물들을 다양한 푸른 색깔의 바다와 함께 조망할 수 있는데 마치 한 폭의 사진처럼 보인다. 광장 서쪽 언덕에 중세에 건립된 성 조지 성당이 있다. 이 성당은 피란에서 가장 오래된 대성당이며 피란의 어디에서나 보인다. 피란의 수호신인 14세기 인물 성 조지를 기념하기 위해 1637년에 완공한 르네상스-바로크풍의 성당이다. 이 교회의 종탑 건립 시기는 1608년까지 거슬러 올라가는데, 베네치아의 산 마르코 대성당 종탑을 모델로 했다. 해안 산책로 끝에 성 클레멘트 교회의 종탑이 보이며 그 뒤로 등대가 있다.

피란은 하늘과 바다가 일 년 내내 푸른색을 띠고 있어 여행객을 반긴다. 삼각형 모양의 피란 마을 해변에는 모래사장이 없다. 이 해변을 둘러싸고 있는 산책로를 따라 걸으며 바다와 마을 풍경을 즐길 수 있다. 여름철에는 바닥까지 훤히 들여다보이는 깨끗한 바다와 방파제에서 일광욕과 바다 수영을 즐기는 아이들과 관광객들을 볼 수 있다. 교회가 있는 언덕 골목길로 오르면 푸른 바다와 함께 옹기종기 조화를 이루는 분홍색 지붕의 옛 시가지가 내려다보인다. 뒷골목 탐방 후 언덕에서 바라보는 일몰 경치가 일품이다. 미로처럼 얽힌 좁은 골목길과 지중해풍의 창문과 테라스는 베네치아를 연상케 한다. 골목길을 다녀보면 당시 사람들의 아이디어에 감탄하곤 한다. 한 사람 정도 다닐 수 있는 좁은 골목길은 낮에도 그늘져 있어 뜨거운 햇빛을 피할 수 있다. 골목길을 건물 지상층에 마치 터널 모양으로 뚫어 연결한다. 이 골목길로 전쟁과 같은 유사시에 도피할 수 있고, 적군이 대규모로 진입할 수가 없다. 타르티니 광장과 해변 산책길에 카페, 식당, 기념품점이 있다. 특히 피란 가까이에 오래된 유명한 자연 염전이 있어 14세기부터의 전통 방식으로 소금을 생산하고 있고 그 소금 상품이 특산품이다.

피란 바로 옆 남쪽에 고급 호텔들이 늘어선 해변 휴양지로 유명한 포르토로즈Portoroz가 있으며 학회나 회의는 주로 이곳에서 개최된다. 피란에서 해안선을 따라 동쪽으로 10km 거리에 코페르Koper 항구가 있는데 철도역으로 연결되어 있다. 코페르는 수도 류블랴나에서 한 시간 반 거리 정도로 가깝다. 이 항구를 통해 체코 동부 질리나Zilina에 있는 현대자동차 동유럽공장으로 자동차 부품을 운반하고 있다고 현지에서 들었다.

나는 관광객이 많은 여름보다는 겨울을 선호하는 편이다. 아드리아해 주변은 여름에 관광객이 너무 많아 숙소 예약도 어렵다. 겨울철에도 그다지 춥지 않고 선선한 느낌이며 사람들로 너무 북적거리지 않고 조용하여 소박한 느낌이 든다. 겨울철에는 숙식비 등 여행비용이 훨씬 적게 드는 장점도 있다. 적어도 한 주일 이상 머물며 아드리아해의 푸른 바다와 붉은 주황색 건물 전경을 만끽하며 책을 읽고 글을 쓰고 싶다.

신두리 해안 모래 언덕

박하영

hayoung718@hanmail.net

그곳에 가고 싶었다.

우리나라에 만년이 넘는 사구가 끝없이 펼쳐져 있다고 해서 찾아온 곳.

신두리 사구 천연기념물 431호 사구의 길이는 3.5킬로 최대 폭은 1.3킬로에 이른다. 우리나라에도 이렇게 길고 넓은 모래언덕이 있다는 걸 처음 알았다.

사구는 단순히 모래만 쌓여 있는 곳이 아니라 해안과 마을을 경계해 주는 공간의 역할, 바다와 농경지를 구분해 주는 역할 뿐 아니라 동식물의 서식 공간이 되기도 하고 지하수를 저장해 주는 공간의 역할을 톡톡히 해내고 있다고 한다. 모래언덕에는 해당화 숲이 길게 펼쳐져 있고 붉은 꽃들이 바람에 하늘거리며 향기를 덤으로 실어 오고 있다. 바닷가에 가야 만날 수 있는 반가운 해당화에 얼굴을 묻고 사진 몇 장을 찰칵, 넓게 펼쳐진 모래밭과 모래 언덕들을 바라보니 가슴이 툭 트이는 것 같다. 군데군데 해말갛게 피어있는 해당화 무리가 더없이 청초해 보인다.

아마도 수천 년 전엔 이곳도 바다였으리라. 그래서 이렇게 크고 작은 모래언덕이 넓게 남아 있을 것이다. 가장 높은 모래언덕은 19미터를 정점으로 좌우로 끝없이 펼쳐져 장관을 이루고 있다. 모래언덕을 걷다 보면 모래땅을 뒤덮고 있는 순비기나무를 볼 수 있다. 거기에는 순비기 언덕이라는 푯말이 붙어 있다. 순비기나무는 바닷가의 모래나 자갈 바위 등 건조하고 바람이 잘 통한 데서 자란다고 한다. 모래 위에 작게 엎드린 순비기나무가 뒤덮혀 있는 걸 보면 생명력이 강한 의지의 나무로 보인다. 순비기나무 언덕을 지나 내려가다 보면 해안 뒤편 소나무 숲이 방풍림을 이루고 있는 탐방로가 나온다. 솔향이 코끝을 스미는 그곳은 소나무 숲길이라 그늘지고 시원하다.

숲길을 따라 한참을 걸으면 고라니 숲이 나오고 모래 속에 찍힌 고라니의 발자국을 볼 수 있다. 그 다음은 곰솔 생태 숲이 나온다. 곰솔은 해송이라고도 하고 흑송이라고 부르기도 한다. 곰솔은 태풍이나 해일 등의 자연재해를 막아준다고 한다. 나무껍질이 검은색을 띠고 있어 강인해 보인다.

느릿느릿 한참을 걷다보니 작은 별똥재라는 안내판이 나온다. 오래전 운석이 떨어진 모래밭에 움푹 패인 둥글고 큰 구덩이를 볼 수 있어 신기하다. 이렇게 큰 운석이 떨어진 흔적이 남아 있다니 오랜 세월 속에 내가 이 자리에 서 있음이 실감난다.

마지막으로 억새골이 나온다. 억새가 있다는 것은 모래땅에 유기물이 섞어진 토양으로 변해서라고 한다. 가을에 오면 하늘하늘 춤추는 억새가 장관일 것 같다. 억새골은 봉준호 감독의 영화 〈마더〉에서 김혜자가 춤을 추는 멋진 장면으로도 유명하다고 하니 가을에도 꼭 다시 와보고 싶은 곳이다.

코로나로 집콕하고 있다가 오랜만에 나와서일까, 신두리 해안 사구가 나의 숨통을 트이게 한 고마운 장소이자 오랜 세월의 변화를 느끼게 한 아주 특별한 명소로 남게 되었다.

흔들리지 않는 전체

김상미
seabird59@hanmail.net

식문화라는 말이 민족에 따라 지방에 따라 다름을 어필하는 시대에 살고 있다. 그 정서 속에는 뛰어넘기 힘든 문화적 장벽이 있게 마련이다.

오래전에 본 영화 중 〈불안은 영혼을 잠식한다〉가 기억이 난다. 독일 영화였는데 오십은 훨씬 넘었을 것 같은 독일 여자가 아랍인 술집 앞을 지나다가 이국적인 음악 소리에 이끌려 안으로 들어간다. 그 여자가 주인공이었지만 영화가 한참 진행될 때까지 구별할 수가 없었다. 그 여자는 젊지도 예쁘지도 않았고 매릴 스트립처럼 늙어도 여주인공이 아니면 안 될 것 같은 카리스마가 있는 것도 아니었다. 그저 그런 얼굴에 몸매관리에도 신경 쓸 여유가 없었다는 듯 군살이 비죽대는 두루뭉술한 여자가 주인공이라면 그 영화는 재미없을 게 분명했다. 돈이 아깝다는 후회를 하기 전에 스토리가 슬슬 재미있어졌다.

술집에 들어와 콜라 한 잔 시켜놓고 마냥 앉아 있는 여자를 우습게 여긴 주인 여자는 단골손님인 근육질 아랍 남자에게 늙은 그녀와 춤을 추라고 꼬드긴다. 술집 주인 백인 여자는 아랍 남자의 정부이기도 했다. 아랍 남자는 시키는 대로 늙은 여자에게 정중하게 춤을 청하고 여자는 부끄럼을 타면서 볼품없는 코트를 벗고 그의 청에 응했다. 화려한 원피스는 그 여자의 절구통 같은 허리를 더 잘 드러냈지만 두 사람이 추는 춤은 그다지 흉하지 않았다. 몸도 마음도 유연해진 남자는 여자를 아파트까지 바래다준다. 늙은 여자는 잘생긴 아랍 남자에게 차나 한잔하고 가라고 붙잡는다.

여자는 고된 청소부 일을 해서 먹고 사는 과부이고 아들딸은 다 결혼해 제각기 살고 있다. 그녀 이야기를 들은 아랍 남자는 자기네 나라 같으면 자녀들이 혼자 사는 어머니를 모시고 대가족을 이루며 살 것이라고 말한다. 아랍 남자가 보기에 독일 여자의 외로움은 동정할 만한 조건이었다. 그러나 독일 여자는 일할 능력이 있고 사회보장제도가 잘 된 선진국에서 최소한의 인간다움을 보장받는 아파트에 살고 있지 않은가. 그런 환경은 아랍인이 보기에 궁전 못지않은 으리으리함이었다.

아랍 남자도 건실한 근로자로 살지만 대여섯 명이 한방에서 뒹굴어야 하는, 인간 이하의 생활밖에 할 수 없는 처지였다. 여자가 놀라자, 남자는 독일에서 아랍인은 사람도 아니라고 말했다. 독일 사람들은 상상도 할 수 없는 짐승 같은 생활을 하고 있었다. 여자는 돌아가려는 남자를 붙들어 죽은 자기 남편의 방에서 하룻밤 쉬게 한다. 그리고 여자 혼자 침대에서 책을 읽고 있는데 남자가 말없이 여자의 침실로 들어온다.

둘의 결합은 피할 수 없는 절박함이었다. 사랑이나, 동정, 성욕으로 설명되어질 수 없는 그보다 훨씬 밑바닥에 있는 인간의 원초적인 추위 같은 걸 녹이려는 행위로 느껴져 눈물겨웠다. 두 사람은 동거에 들어간 지 얼마 안 되어 성당에서 결혼식을 올리게 된다. 그러나 같은 아파트에 사는 이웃들은 그들의 사랑을 눈꼴사납게 바라본다. 비슷비슷한 처지의 삶을 하고 있지만 백인이 아랍인하고 사는 꼴을 못 봐준다.

집주인한테 이들을 내칠 음모를 꾸미는 등 집단적인 따돌림이 시작된다. 여자는 어려운 결심을 한다. 아랍 남자와 결혼을 인정받으려고 자식들을 초대해 인사를 시킨다. 그러나 평소 남남과 다름없이 지내던 자식들도 그것만은 참을 수 없어 한다.

딸하고 사이가 안 좋은 사위의 비웃음에 소름 끼치고, 격분한 아들이 어머니의 중요한 재산목록인 텔레비전을 발길로 차서 부수고 가버린다. 그러나 여자는 이웃에게나 동료 청소부들에게나 자식들에게 시종일관 당당하게 대한다. 둘이 같이 살면서 절약되는 돈을 저축하며 미래를 설계할 수 있는 것은 여자가 처음 맛보는 행복이었다.

여자는 정말 행복했을까. 가난하고 보잘것없는 늙은 과부의 고독보다 더 무서운 건 동족, 동료로부터 집단 따돌림이었다. 어느 날 그녀는 울면서 이렇게 사느니 죽고 싶다고 하소연을 한다. 그나마 여자가 삶을 지탱할 수 있는 것은 푸념을 들어줄 상대가 있는 거였다. 남자도 잃지 않고 이웃도 잃지 않으려는 여자의 꾸준한 노력 끝에 이웃들이 점점 그들의 삶을 인정하게 되었다. 그것은 호기심 수준이었다.

같은 아파트에 사는 늙은 여자들이 아랍 남자를 구경하러 와서 아랍 사람도 매일 목욕하는 것을 신기해하면서 남자의 매끄러운 살갗과 단단한 알통을 신기한 물건 만지듯 만져보며 법석을 떨기도 했다. 정욕의 느글느글한 찌꺼기가 느껴지게 하는 것은 여자와 남자가 잠자리를 같이할 때보다 동네 여자들이 그 남자를 가지고 놀 때였다.

인종과 연령차라는 정서의 벽을 극복하려는 그들의 노력은 필사적이었다. 그것보다 더 건너뛰기 어려운 장벽은 음식 문화였다. 어느 날 남자가 쿠스쿠스couscous를 먹고 싶으니 해달라고 말한다. 어머니가 아들 대하듯 헌신적인 여자가 단호하게 "노"라고 거절한다. 여자가 일언지하에 남자가 먹고 싶어 하는 음식을 무시할 수 있었던 것은 백인문화의 우월감을 무의식적으로 표현한 것은 아닐까.

쿠스쿠스는 맛이나 모양이나 절대 혐오식품이 아니다. 생긴 것은 두부를 물기 없이 꼭 짜서 잘게 부숴놓은 것 같다. 밀이나 보리를 굵게 갈아서 짜놓은 것 같은 희끄무레하고 푸슬푸슬해 보인다. 맛도 곡물처럼 무미에 가까운데 씹을수록 깊은 맛이 난다.

여자가 남자에게 냉랭한 거부감을 나타내는 것을 볼 때 남자가 느꼈을 실망감과 수모 열등감 같은 것이 내가 당한 것처럼 절절하게 느껴졌다. 한국 사람이 국제결혼을 하여 상대가 김치찌개나 청국장 먹는 것을 싫어하는 것은 참을 수 있어도 먹고 싶은 음식을 못 먹게 한다면 같이 살 이유가 있을까.

채워지지 않는 식욕으로 아랍 남자는 젊은 정부에 대한 정욕을 분출한다. 백인 사회에서 누적된 남자의 소외와 불안은 강철처럼 단단해 보이지만 육신을 병들게 한다. 여자는 어떻게든 남자의 병을 고쳐보겠다고 울부짖지만 쿠스쿠스에 대한 혐오감을 떨치지 못하는 한 그게 가능할까. 그것은 특정 식품에 대한 혐오감이 아니라 상대방 문화에 대한 뿌리 깊은 모멸과 천대이다.

문화 나들이

현정원

khyunjw44@hanmail.net

고개를 절래 저으며 책을 펼친다. 표지의 동그라미 안에서 웃고 있는 데이비드 호크니를 보자 남편의 찡그린 얼굴이 생각난 거다. 암튼 못 말리는 남편이다. 연일 확진자가 30만 명을 넘어서고는 있었다지만 이왕 서울에 오지 않았던가. 정부와 정부보다 까다로운 지아비의 방역지침에 지친 제주아낙이 비행기 탄 김에 문화나들이 삼아 책방에라도 가겠다는데 그마저 막아서면 어떡하겠다는 건지! 이유란 게 이유가 될 법하기는 했다. 함께 사는 시아버님과 교회 할머니들을 위해 젊은 우리가 아니, 우리부터 아니, 우리라도 사람 붐비는 곳은 피해야 한단다. 하지만 그때만큼은 나도 고집 아닌 고집을 부렸다. 영화나 공연관람도 아니고 스카이뷔페에서 밥 사먹겠다는 것도 아니고, 내가 원체 집순이기에 망정이지 해가며… 그리하여 책방에서 책을 여럿 골라 인터넷 주문해 받

있다. 그리고 읽기를 아껴 가장 나중 순번으로, 야외에서의 마스크의무가 해제된 지금에서야, 데이비드 호크니와 마틴 게이퍼드의 《봄은 언제나 찾아온다》를 펼치는 것이다.

한껏 기대하며 책장을 넘긴다. 몇 년 전 구입한 같은 형식의 《다시, 그림이다》를 지금도 좋아하는 나로서는 '노르망디에서 데이비드 호크니로부터'라는 부제를 단 이 책에 가슴 부풀지 않을 수 없다. 과연 첫 페이지에서부터 밑줄 그을 문장을 발견한다. …**생각하는 관점이 달라졌다. 이전에 없던 지점에서 생각하기 때문이다. 그것은 바로 현재다.** 너무 멋진 표현이지 않은가! 이전에 없던 지점, 현재라니! 줄긋기가 이어진다. **나는 다른 사람들이 무엇을 하고 있는지에 대해서는 이제 그다지 관심 없습니다. 나는 나의 작업에만 관심이 있을 뿐입니다.** 와아, 정말이지 동감 동감이다, 이제에 방점을 찍어 말이다. …**반대로 호크나나 반 고흐처럼 자신이 제작한 작품들로 둘러싸이는 것을 좋아하는 부류도 있습니다.** 입이 절로 벌어진다. 내 감히 세계적으로 가장 핫하다는 80대 거장에 나를 빗대도 되나 떨떠름해 하면서다.

줄긋기는 계속된다. **죽음의 원인은 탄생이죠, 삶에서 유일하게 진정한 것이 있다면 그것은 음식과 사랑입니다. 내 강아지 루비에게 그렇듯이 바로 그 순서대로입니다. 나는 이 점을 진심으로 믿습니다. 예술의 원천은 사랑입니다. 나는 삶을 사랑합니다.** …세계는 아주아주 아름답지만 그 알아채기 위해서는 열심히 그리고 자세히 보아야 한다. 그러다 다음 문장에서 슬쩍 놀란다. 일몰사진은 늘 상투적입니다. 단지 한순간만을 보여주기 때문입니다. 사진에는 움직임이 없고 따라서 공간도 없죠. 하지만 그림에는 움직임과 공간이 담깁니다. 우리에게 태양은 우리가 볼 수 있는 한 가장 멀리 떨어져 있는, 눈에 잘 띄는 대상입니다. 우리는 태양으로부터 족히 수백만 킬로미터 떨어져 있습니다. 그래서 우리는 그 거리를 봅니다. 하지만 사진은 그것을 포착하지 못하죠.

사진이 내 눈이 보는 것과 달라 실망한 적이 많았는데 그 이유가 움직임과 공간과 거리를 담지 못 해서란다! 문득, 《사진철학의 풍경들》이 생각난다. 진동선의 그 책을 읽을 때도 나는 엄지척하며 연신 고개를 끄덕였었다. 당장 호크니를 놓아두고 수첩을 뒤적인다.

사진은 침묵의 표현매체다. 그러나 말을 못한다는 것이지 말이 없는, 말을 담지 못하는 것은 아니다. 드러나지 않을 뿐 새기지 못한 것은 아니며, 읽지 못한 것이지 내포하지 않은 것은 아니다. 역시나 엄지척이다. 감탄과 함께 같은 책에서 옮겨 쓴 다른 문장을 이어 읽는다. 감성이 없다면 아무런 대상도 주어지지 않을 것이고 지성이 없다면 아무런 대상도 사유되지 않을 것이다. 지성만으로는 아무것도 직관할 수 없으며 또한 감성만으로는 아무것도 사유할 수 없다. 인식이란 감성과 지성의 합일이다. 감성의 규칙이 감성학이라면, 지성의 규칙은 논리학이다. 이것들의 깊이 없이 어찌 참되게 직관하고 사유할 수 있을까. 당시 책을 읽으며 감성과 지성의 합일인 인식의 무게에 위축되던 내 모습이 떠오른다. 그때 나는 말없이 책속 사진만 바라봤었다.

집순이의 입에서 한숨이 새어나온다. 호크니도 조금 전 책에서 열심히, 자세히, 보라고 했기 때문이다. **우리는 기억으로 본다**며, 우리의 **봄은 심리적**이라며…. 진동선의 인식이든 호크니의 **눈目이 연결되어 있다는 마음**이든 허구한 날 집에 박혀, 어쩌다 나가는 산책도 늘 같은 코스로만 돌며, 어떻게 얼마나 향상·확장시키려나 싶어서다.

그런데 불쑥, 깨달음 비스무레한 것이 머리를 스친다. 지금 이 책으로도 내 자신을 바꾸지 않았나 하며! 멀리 나가 진기한 것들에 둘러싸이지 않아도, 학식 높은 사람을 만나 새로운 이야기를 듣지 않아도, 내 집 내 방에서 예술체험과 문화 나들이가 가능하지 싶은 거다. 그뿐인가, 이참에 아예 칩거를 선언해 버릴까 싶은 생각마저 든다. 커스터블의 **집에 머무는 사람**이 되어 루소의 **자발적 감금상태**를 즐겨볼까 싶은…. 호크니처럼 말이다. 그러나 그건 아니지 싶다. 나란 인간, 책과 그림에 붙들려 노상 집에 들박혀 있지만 여행은 여행대로 신나하지 않던가. 아직은 밖에서 해야 할 일도 많고….

갑자기 내가 한 걸음 뗄 때마다 아 어 아 어하는 바보인 것 같다. 사실, 책을 통한 문화 나들이를 방금 깨달은 건 아니다. 피부에 와 닿는 체험을 하고 새삼 떠벌린 거다. 칩거니 감금이니 호들갑 떤 건 너무 좋아서다. **그림을 그리고 있을 때에는 나 자신을 잊어버릴 수 있습니다. 그리고 이것이 궁극적으로 대부분의 사람들이 자신들이 이룰 수 있는 가장 높은 경지라고 여기는 상태이기도 합니다,** 라는 호크니의 말에 '나도 그런데…' 하며 흥분하다, 우쭐대다, 오버해 호크니의 일상까지 따라하려 한 기다.

절래 고개를 저으며 책으로 돌아온다. 명료하고 산뜻하고 투명하기까지 한 그림들에 홀리며, 방대한 독서량에 놀라며, 깊고 예민한 음악성에 경외감마저 느끼며 노화가의 생활을 들여다본다. **하루 한 점 이상 드로잉을 완성한다는, 그 에너지원은 다름 아닌 작업**이라는 80대 젊은 화가의 열정에 감탄하며 그의 삶을 좇는다. 머릿속 한편에선 조심성 없는 마누라에게 잔소리하다 '나간 김에 ㅁㅁ도 부탁'을 메아리인 양 듣게 된 철통방역자를 떠올리면서다. 부디 그도 오일장 장보기를 문화 나들이로 즐기고 있기를….

우리 음식 문화

문만재

jesimoon@hanmail.net

　문화는 그 나라의 얼굴이며 품격이다.

　문화는 한 세대에서 다음 세대로 전달되며 자체의 생명을 지니고 자민족 중심으로 전통화되어 후대에 대물림된다. 한 나라의 민속에서 글로벌까지 확대되며 우리 삶의 모든 것이 문화가 된다.

　우리의 생활양식이 선대로부터 전해오는 훌륭한 문화유산을 잃어가며 실생활에서 적용 못하고 있다. 우리의 음악이 있어도 서양음악만 듣고 선호하며 고액의 티켓을 구매해서 음악회를 간다.

　미술도 다른 나라에는 없는 우리 고유의 민화가 있어도 외면하고 음식도 고유의 우리 한식보다 서양 음식을 선호하며 식생활이 변하고 있다. 우리의 손자 세대에는 같은 식탁에서 공유가 불편할 정도로 세대차를 느낀다.

　강남에 한 햄버거 집 오픈 하는 날 1,500명이 3시간 대기하다 입장했다는 기사를 읽고 이 시대의 우리가 당면한 어쩔 수 없는 현실을 절감한다. 우리 세대가 가고 나면 가정에서는 한식이 사라지는 것이 아닌가 하는 기우가 앞선다. 아직까지는 매일 접하는 음식 문화가 지역별, 가정별로 남아서 실제 생활로 유지되고 있다. 그나마 유지하고 있는 음식 문화는 내가 사랑하는 우리 문화유산이다.

각 가정과 한 집에 가문에서 대물림으로 내려오는 전통한식을 매일 먹고 특히 몸이 아플 때는 더더욱 한식을 선호하며 나이 들수록 음식에 대한 귀소 본능이 있다. 외국에서 반평생을 보낸 지인은 약속 장소 불문하고 한식 도시락을 지참하고 오신다. 유년의 향수를 음식에서 음미하신다.

우리 한식의 궁중요리는 고급스럽고 기품이 있고, 가정식 요리는 소박하며 정감이 있다. 매일 먹어도 물리지 않는 음식이 우리 한식이다.

일본 초밥, 이태리 피자, 멕시코 타코, 미국 햄버거는 그 나라를 대표하는 음식의 브랜드다. 우리 음식도 얼마든지 대표음식의 세계화가 가능하다.

정부와 음식관계자들이 투철한 목적의식을 가지고 국가의 백년대계를 이루어야 한다. 음식의 소스도 우리 고유의 된장, 고추장, 간장, 새우젓 오랜 세월 사용해온 소스가 실생활과 전통문화의 예술이다. 한류문화와 더불어 음식 문화를 세계화하면 국가 브랜드가 올라갈 것이다.

양식은 각자의 접시에 자기 몫이 정해져 있는 개인주의다. 한식은 공동으로 식탁에서 권하는 상대에 대한 배려와 관심과 사랑과 우정이다. 손을 내밀어 악수를 청하는 것 이상으로 따뜻한 인간 관계가 있다. 식사를 같이 하는 상대에게 식구라고 하는 가족을 느끼는 우리 음식 문화다.

이 름

최진옥

choijo1769@gmail.com

존재하는 모든 것에는 이름이 있다. 사람이든 사물이든 새로 태어나면 이름을 부여한다. 이름이 생긴다는 것은 의미 있는 존재가 되는 것을 뜻한다. 아이가 태어나 이름을 지을 때, 항렬을 지키고 작명법에 맞으면서 의미 있는 이름을 짓는다. 아이에 대한 소망과 염원을 담아 신중하게 글자를 선택한다. 이름이 일생에 영향을 미친다고 생각해 전문가에게 맡기기도 했다.

시대가 달라지면서 이름 짓기도 달라졌다. 기존의 작명법에 매이지 않고 선호하는 글자를 쓰고, 부르기 좋은 이름, 순 한글 이름, 특별한 의미를 부여한 이름, 영문 발음이 쉬운 이름을 짓는 경우가 많아지고 있다. 이름의 쓰임새와 영역, 짓는 방식도 훨씬 다양해졌다. 본명 외에 직업에 따라 필명, 예명, 영어 이름, 또 다른 이름의 유형인 인터넷 ID도 지어야 한다.

예전에 사대부들은 본명 외에 아명, 자, 호를 가지고 있었다. 이름을 소중히 여겨 함부로 부르지 않고 이름보다 자나 호를 많이 불렀다. 이황李滉과 이이李珥보다 퇴계나 율곡이 우리에게 더 친숙한 이유이다. 오늘날과 전혀 다른 풍속이다. 대신 요즈음 젊은 부부들은 아이가 태어나기 전에 태명을 지어 부르고 있다.

옛사람들의 이름을 알 수 있는 호적과 족보에 남녀의 기재방식이 달랐다. 호적에 남자는 성과 이름을 기재하였지만 부녀자들은 이름 없이 성만 기재되어 있고, 미천한 신분인 비婢의 경우는 성 없이 이름만 올라 있다. 족보에는 딸의 이름은 오르지 않고 사위의 이름이 올랐다. 반면 왕실 족보에서는 공주, 옹주의 이름을 기재하였다. 여성의 이름은 신분에 따라 달리 기재되었다.

여성의 사회활동이 없었던 조선시대에 이름이 알려진 여성이 거의 없다. 역사적으로 이름을 남긴 여성들도 신사임당, 임윤지당, 빙허각 이씨와 같이 이름이 아닌 당호로 전해진다. 황진이, 매창, 논개와 같은 경우는 기명妓名으로 전해진다. 여자들은 이름이 있어도 이름이 있는 게 아니었다.

오늘날은 예전과 달리 차별을 두지 않는다. 사회적 지위나 남녀의 구별 없이 누구에게나 동등하게 이름이 주어진다. 족보에도 딸의 이름이 오른다. 결혼한 여성이 사회활동을 하지 않으면 이름 대신 아무개 엄마, 누구의 아내로 불리는 경우가 남아 있기는 하지만. 결혼한 여성에게 주어진 택호가 친정 소재의 지명에서 비롯된 것을 보면 예나 지금이나 여성에게는 개인으로서보다는 가족의 일원으로서 존재 가치를 더 부여했나 보다.

역사적 사건도 이름이 있어야 역사적 사건으로 기억된다. 중대한 역사적 사건인 임진왜란(1592), 병자호란(1636), 갑오개혁(1894), 을사조약(1905)은 사건이 발생한 해의 간지를 붙여 명명했다. 한때 임진왜란을 '7년 전쟁'으로 부르자는 주장이 있었지만 호응을 얻지 못했다. 역사적 사건의 이름은 이름만 들어도 당시의 시대상과 그 이름이 담고 있는 의미와 이미지가 함께 연상된다.

3·1운동은 사건이 발생한 날에 사건의 성격을 담아내는 이름 짓기의 시작이다. 6·10만세사건, 6·25동란, 4·19의거 등이 날짜와 사건의 조합으로 이름을 지은 것이다. 이런 방법은 오늘날도 널리 행해진다. 7·4공동성명, 5·24조치와 같이 남북관계나 계속 쏟아지는 각종 부동산 정책에도 앞에 날짜가 붙는다.

역사적 사건의 이름에는 이름을 붙인 주체의 역사 인식이 반영된다. 같은 역사적 사건이라 해도 시대와 역사 인식의 변화에 따라 달리 불린 대표적인 사건이 동학농민혁명이다. 1894년 당시엔 동학교도들을 동비東匪로 표현했다. 도적떼 정도로 인식한 것이다. 그 후 동학란, 동학농민운동, 갑오동학농민항쟁, 동학농민전쟁으로 불리다가 이제는 동학농민혁명으로 정리되었다. 그렇게 되기까지 숱한 세월과 역사 인식을 함께하는 사람들의 노력이 있었다. 역사적 사건에 대한 명칭의 변화는 시대정신과 정치 환경의 영향을 많이 받는다. 이름 짓기의 변화는 개인뿐 아니라 사회 여러 분야에서 찾아볼 수 있다. 연예인들의 이름, 새로 짓는 아파트의 이름, 기업의 영어 이니셜 이름, 출처가 애매한 외국어 조어로 된 이름을 도처에서 찾아볼 수 있다.

지금은 이름이 경쟁력이 되는 시대이다. 글로벌 시대에 이름의 의미와 가치는 점점 커지고 있다. 개인이나 기업의 성장이 이름에 담겨 알려지고, 이름 하나가 막강한 브랜드 파워를 갖는다. 이름 하나가 국가를 대표하고 상징하는 시대이다.

개인이나 사회, 국가에 이르기까지 이름값을 어떻게 키우느냐에 따라 위상이 달라진다. 이름을 날리지 못할망정 오명은 남기지 않아야 한다.

사라지는 우리 정원庭園 문화

류문수

ryubioo@hanmail.net

새큼한 솔 향을 맡으며 소나무를 돌보는 일은 행복한 일상이다. 새 가지의 곰살궂은 감촉이 피부를 부드럽게 자극한다. 20여 년 전 통점골로 이사하면서 정원수로 심은 소나무가 사계절 생기 찬 즐거움을 준다. 정원수의 손질은 햇빛을 못 받는 속가지와 곁가지, 웃자란 끝가지를 쳐내 본모습을 살려 자연미를 유지하게 한다.

F. 베이컨은 "전능하신 신은 최초에 정원을 만드셨다"라 하여 인간 삶의 터전을 아름답게 가꾸고자 한 신의 뜻을 기렸다. 정원의 아름다움이란 '자연 생태적인 질서' 속에서 서서히 나타나는 변화를 음미하는 것이다. 시각 위주가 아닌 오감五感을 통해 감상하는 감성적인 아름다움이 있으면 더 좋다.

이웃집에 5, 60여 년쯤 되어 보이는 큰 소나무가 있어 그 장엄

함에 늘 시선이 갔다. 하루는 주인이 정원사에게 전지작업을 맡겨 하루 종일 자르고 다듬었다. 이튿날 아침에 그 소나무를 보니 솔잎은 거의 보이지 않고 앙상한 가지만 남아 삭막하고 건조해 보였다. 소나무 특유의 우람한 자태와 기백이 사라져 아쉬웠다. 지나침은 모자람만 못한 과잉전지가 낳은 결과이다. 유년시절 살던 고향 이웃집이 생각났다. 일본사람이 살다가 해방이 되자 쫓겨 간, 잘 정돈된 넓은 정원. 전후좌우 질서 있게 잘 다듬어지긴 했지만 가공의 흔적이 지나쳐 꽃과 나무들이 애처롭게 보였었다.

요즘 우리나라 지방자치는 지역발전과 더불어 특색 있는 지역 관광자원 개발에 경쟁적으로 힘쓰고 있다. 자연을 아름답게 가꾸고 볼거리, 먹거리, 즐길 거리를 창출하여 많은 관광객이 즐기도록 최선을 다한다. 전국 정원 대회를 개최하여 정원 문화 발전을 선도하기도 한다. 각 가정에서도 정원을 아름답게 조성하고 즐기려는 취향이 점차 늘어나고 있다.

1866년 병인양요로 강화도 땅을 밟은 프랑스 해군장교 앙리 쥐베르가 쓴 책에는 강화도 관아에 있는 우리 정원을 보고 "영국식으로 가꿔진 정원"이라고 기록했다. 그리고 "영국식 정원은 프랑스식에 비하여"란 말로 이 둘은 아주 다른 상대적 개념으로서 정원 문화를 소개하고 있다. 나도 여러 차례 유럽여행을 통하여 비교 확인할 수 있었다.

영국식 공원과 정원은 크고 작은 나무들이 섞이어 자연스럽게 숲을 이루고, 다니는 길도 주변 환경에 맞춰 자유롭게 이뤄져 있다. 숲에서 사람들이 나무에 기대거나 나무 그늘에서 한가로이 즐길 수 있게끔 사람 중심으로 꾸민 것이 특징이다.

프랑스식 정원에 심은 나무들은 키가 균등하고 대칭적이며 조형의 의미를 첨가하여 기하학적으로 배열한 것이 큰 특징이다. 자연스런 나무의 자태보다도 날카로운 가위질로 직선, 곡선, 직면直面, 곡면의 조형을 추구한다. 정원을 방문하는 사람은 지정된 길 외에는 자유롭게 다닐 수 없는 구조다. 이 두 나라의 정원은 각기 다른 문화적 냄새를 풍기며 아름다움을 선사한다. 한국과 일본 정원 문화의 상반된 문화적 아름다움을 연상시키기 때문이다. 즉, 두 나라 정원 양식에 담긴 문화적 냄새가 한국과 일본에 너무도 닮은꼴이다.

일본식 정원의 나무는 보는 이의 시선 방향에 맞춰 심어져 있다. 나뭇가지는 심한 가위질로 조형미를 지나치게 살려 나무의 기본 형태를 무시하고 다른 사물을 연상하게끔 이끈다. 이렇게 크고 작은 나무, 화초, 각종 석물石物들은 조화롭게 꾸며져 아름답기는 하다. 그러나 이는 지극히 '관상용'이며 '인공적'이다. 일본 특유의 축소지향의 문화 양식을 엿볼 수 있다. 이와 같이 일본 전통정원은 프랑스식 정원과 그 맥이 통한다고 볼 수 있으나 그렇다 하더라도 프랑스식에서 볼 수 있는 기하학적이며 대칭적인 조형미는 찾아보기 힘들다.

반면 한국의 전통 정원은 여러 측면에서 영국의 정원과 맥을 같이 한다. 서울의 비원과 창덕궁은 우리 정원전통이 잘 살아 있는 공간이다. 나무를 심하게 '가위로 다듬질'하지 않고 자연미를 살리면서 사람이 정원 안에 들어가 자연과 함께 즐긴다. 자연친화적 정서가 짙게 살아있다. 사색하며 선비들이 자유롭게 거닐던 공간. 인공적 조작이 최소화된 마음의 평화를 부르는 장소로 자유와 행복이 있는 곳이다. 강화도 관아 정원을 본 프랑스군인 쥐베르도 이런 자연스런 정서를 느끼고 영국식 정원이라고 말했을 것이다.

이처럼 한국정원과 일본정원이 갖는 문화적 격조와 정서는 엄연히 다르다. 그러나 요즘 우리 생활공간은 자연스런 우리 전통 정원보다는 일본식 정원의 아름다움을 따라하고 있다는 느낌을 지울 수가 없다.

요즘 국가에서 관리하는 수많은 공원, 정원들이 온통 일본풍으로 '머리 깎기' 가위질을 하여 앞장서 시범을 보이고, 일본식 정서를 아무 생각 없이 선동하고 있는 것 같아 안타깝다. 이를 본 일반 가정집 정원이나 도로변 정원, 영업집 주변도 말할 나위 없이 각종 다듬질로 일관하고 있다. 물론 개개인의 정서가 일본풍 정원을 취향으로 선호했다면 문제될 것이 없다. 문제는 일본식 정원의 심한 '가위질'이 우리 눈에 익숙해졌을 거라는 염려가 든다.

한 나라의 문화는 나라 공동체 조직원들의 정신적 뼈대이자 영혼의 양식이며 민족성의 근간이라 할 수 있다. 남의 것을 생각 없

이 모방하는 것은 우리의 주체적인 아름다움을 재고할 기회마저
저버리는 일이다. 왜소하게 깎여나간 일본식 정원을 대할 때마다
무거운 마음을 가눌 수 없는 것은 나만의 일인가. 우리네 정원에
담긴 아름다운 문화적 격조와 정서를 잊은 채, 소리 없이 왜침을
당하는가 싶다.

3

고요에서 맑음으로

고요에서
맑음으로

고요에서 맑음으로

조재은
cj7752@hanmail.net

 "괜찮아요?" 전화와 문자가 친지들로부터 온다. 코로나에 걸렸냐고 묻는 안부가 아닌, 외출하지 않고, 사람 만나지 않고 일 년 넘게 어떻게 견딜 수 있느냐는 물음이다. 몇 가지 기저질환이 있어 스스로 조심해야겠다는 생각과 나도 모르는 사이 남에게 피해를 줄 수 있다는 코로나 특성 때문에 당분간은 사람을 만나지 않겠다고 결심했다.

 안부는 카톡과 전화로, 수업은 비대면으로 하니 생활에 별 불편 없이 일 년여를 지낸다. 주위에서 은둔자란 별명을 붙여준다. 은둔자, 괜찮은 별명이다. 그런데 시간이 쌓일수록 어느 때도 느끼지 못한 묘한 변화를 느낀다. 표면적으로는 갇힌 듯하나 느낌이나 내면적으로는 어느 때도 경험하지 못한 신선한 자유를 향유한다. 마치 행사 때문에 입었던 실크 한복을 벗으며 이제 무사히 끝났구나 하는 느낌이 들었을 때와 흡사한 감정이다.

코로나 시작 즈음에 읽은 책이 앤서니 스토의 『고독의 위로』였다.

고독은 단지 주위에 사람이 없어 외롭다는 상황이 아니다. 고독은 자신과 심오한 대화에 문을 열어 주는 중요한 시간이다. 자신과 대화할 수 있는 내가 된다면 최고의 친밀한 친구를 만나는 것이다. 행복하려면 인간관계가 중요하다고 주장하는 요즘, 행복을 좌우하는 것이 관계만이 아니라는 통념을 깨뜨리는 문장을 읽고 어려운 수학 문제 하나 푼 것같이 후련하다.

"한나 아렌트는 소크라테스에게서 고독을 보았다. 소크라테스의 잘 알려진 기벽 중 하나는 길을 가다 갑자기 멈추고 생각에 잠기는 것이었다. 고독의 시간이 그에게 찾아온 것이다. 그때 그는 자기 자신과 대화를 시작하고 이 대화를 '생각하기'라고 부른다." 이때가 소크라테스의 철학이 완성되는 순간이 아닐까.

제주도에 내려간 후배가 보내준 다섯 가지 차는 맑은 햇빛 맛이 느껴진다. 은둔자에게 보낸 위문품으로 적격이다. 미칠 듯한 빨강색 때문인지 비트는 어느 차보다 손이 자주 갔고 굴차에서 나는 햇살 내음은 향기로웠다. 똑같은 방법으로 만들었다는 데도 이전에 보내준 차보다 훌륭하다. 만든 사람 컨디션과 말리는 그날의 햇빛 차이도 있겠지만, 마시는 내 입이 비로소 차 맛을 안 것 같다. 바쁘거나 마음이 들뜨면 못 느껴지는 차 맛이 다가온다.

이즈음 변화 중 또 한 가지는 그동안 어렵다고 덮어둔 책을 꺼내 다시 읽으니 문자가 엉키지 않고 낱말 뜻이 머릿속으로 제대로 들어온다. 조금씩 시간 여유가 생기면서 스케줄 확인하는 대신 걷는 시간도 늘고 있다. 상쾌한 바람이 옷 속으로 스며든다. 항상 일정한 온도, 같은 모양의 어항 물을 떠나 차고 맑은 시냇물 속을 유영하는 상상이 즐겁다.

고독은 단지 주위에 사람이 없어 외롭다는 감상적인 생각이 아닌, 풍요로운 인생을 위해 함께 있어야 하는 자아와 만남이다. '혼자 있는 능력'을 가지고 자신과 대화하며 멀리 두고 돌보지 못한 내면 깊은 곳의 나를 깨운다. 고독을 통해 배울 수 있는 것은 참 자아의 모습이고 그 힘은 타인과 관계도 쉽고 원활하게 해주는 윤활유 역할을 하기도 한다.

현재에 몰두하고, 지금 서 있는 자리에서 동서남북 바라보며 시선을 허튼 곳에 두어 마음을 잃지 말자고 다짐한다. 상상의 자리까지 도착하여 더 넓고 높은 곳을 보고 싶다. 고독으로 다채롭게 채워 자신만의 세계를 펼쳐 보일 수 있는 자원을 조금씩 쌓으며 멀리 있던 자신을 챙긴다. 초라하지만 창조적인 삶 근처에 가는 꿈이라도 꾸니 살아있는 느낌이 난다. 릴케가 당신의 내면으로 들어가 생명이 솟아나는 깊은 밑바닥을 보라는, 젊은 시인에게 보낸 말이 젊음이 한참 지난 지금에야 눈에 들어온다.

햇빛에 널어놓은 흰 셔츠들이 눈에 들어온다. 흰빛이 주는 익숙한 여백의 느낌에 어디선가 깊게 만났던 감각이 살아난다. 지하에 있는 나오시마 이우환 미술관. 미술관 앞뜰에 놓인 조각에 정신을 빼앗겼던 기억이 난다. 그의 시집 《멈춰 서서》에 쓰인 "언젠가 내가 돌을 보고 있자니 눈길은 돌 저쪽으로까지 꿰뚫어 나가고 동시에 돌의 눈길 또한 내 등 뒤로까지 꿰뚫어 간다." 이 말에 이끌리어 바다에 인접한 순한 곡선을 따라 미술관으로 향하니 주위는 깊은 적막에 싸여 있다. 그 고요함이 말과 움직임을 멈추게 해 심호흡을 한다. 정靜의 한가운데 서서 바다와 하늘의 푸른빛에 동화된다.

수평 벽이 있고 여기에 대응하는 18.5m 육각 콘크리트 기둥과 자연석 철판이 절묘하게 조응하고 있다. 앞에 설치된 수직 콘크리트 기둥은 끝없이 높아 보인다. 골짜기와 언덕과 나무들 너머 멀리 보이는 바다를 이 광장으로 불러 풍경에 합일을 이룬다. 그 광장에는 하늘 공기가 미술관 지하의 온기와 서로 연결되어 하나가 된다. 주위의 고요가 먼 바다를 불러 대화하듯 서로 스며든다. 압도하는 기둥의 높이는 하늘에 이르고, 자연은 온전한 모습으로 각자 존재한다. 바다가 보이는 넓은 앞뜰에 독립된 조각. 물체와 자연이 만나 정淨의 세계를 만든다. 마음이 씻기고 평안이 찾아온다. 창작하는 사람은 그 자신이 하나의 세계여야 한다는 말을 절감한다.

'인간과 인간 사이의 강, 그리고 나와 나 사이의 강.' 좁히기 힘든 강폭은 정靜이 정淨을 만나니 조금은 줄어든다.

내 안의 지족知足

정인호
tae7335@daum.net

　한 해를 맞이하는 음력 정월 초닷새. 해 뜨기 전에 집을 나서 합천 해인사로 향한다. 솔 향내 밴 에너지가 통째로 굴러들어올 것 같은 이런 좋은 날 특별한 새해를 맞이하고 싶은 생각이 왜 없겠는가. 불심이 깊지 못한 나로서는 정초부터 부처님을 찾아간다는 것은 웬만큼 작심하지 않고서는 어림없는 일이다.

　소원을 빌거나 삼배를 드리러 간다기보다 운전기사를 자처해서 아내를 따라나선 것뿐이다. 우리 집 실세에게 고분고분하면 불국정토요, 삐딱하면 삼시 세 끼를 해결하는데 지장이 있을 것 같아 작심하고 달려온 길이다. 깊은 산골 주차장치고는 의외로 붐빈다. 화엄대찰을 찾아 삼사순례를 나선 꽃 보살들이 관광버스로 단체 참배를 온 때문이다.

　그날 승용차를 운전해 고속도로를 달려올 때였다. 뒤따라오던 차가 내 꽁무니에 바짝 붙어서 두 눈을 부릅뜨고 밀어붙이는 형국이라 내심 불안했다. 부처님을 찾아가는 길에 내달려야 할 이유가 있던가. 추월해 가라는 신호를 보냈더니 두 눈을 깜빡이며 쏜살같이 지나간다. 그러자 마음속엔 어느덧 초조감이 사라지고 편안해진다. 자신을 관조하고 그 본분을 지켜야 한다는 뜻의 '지족知足'이란 단어가 퍼뜩 떠오른다.

해인사 일주문은 청정도량 가람답게 고즈넉하다. 도리어 저 아래 시끄러운 세상을 걱정하는 표정이다. 예전에 잿밥에 관심을 두고 오르내릴 때는 현판 글자가 눈에 들어오지 않았다. 이날은 모든 진리가 하나임을 나타낸다는 뜻을 어렴풋이 알고 고개를 젖혀 자세히 읽었다. '사인해산야가寺印海山倻伽'라고 굵은 글자로 새겨졌는데 거꾸로 배열이다. 높은 문을 지난다는 것은 머리 숙임이란 뜻도 있겠지만 소소한 잡념을 여기서부터 내려놓으라는 뜻이리라.

해인사가 어떤 절인가. 법당을 향해 오르면서 심호흡을 하다 보니 인생사 번뇌가 죄다 내 마음속에서부터 시작된다는 생각이 든다. 모름지기 불교경전을 들먹이지 않더라도 자기 분수를 알면 어리석음이 사라지는데 그게 바로 지족이라고 했다지 않은가. 무작정 가던 길도 멈춰 서서 숨을 고른 후에 한 발짝 한 발짝 뗀다면 매사에 신중해진다고 가르치는 것 같다.

아하! 이런 것이 분수를 지킨다는 지족이구나. 아내가 부처님 앞에서 염주를 돌리고 있는 시간에 나는 법당 뒤에 서 있기만 했는데도 편안한 마음이 인다. 더없이 충만하게 경내를 돌아볼 때 억겁의 세월을 머금은 해인사 뒷산 가야산이 아름답게 다가온다. 간밤에 내린 눈을 인 솔과 대나무, 이끼 낀 바위까지 웅장하고 엄숙하다. 절 마당을 지나가기만 했는데도 내 오감을 사로잡는 것 같다. "댕그랑! 댕그랑!" 그 소리는 팔만대장경을 품은 법보전法宝殿 처마 끝에 달린 풍경이 꼿꼿한 내 자세를 더 낮추라고 질타하는 것이 분명하다.

인간이 아둔함에서 못 벗어나는 이유는 무엇일까. 남보다 앞서야 하고 좀 더 많이 움켜잡아야 하는 욕심과 집착 때문이라고 했다. 그 허욕을 칼로 베어내듯이 없앨 수는 없을까. 그것이 멸滅이라 하면서 대 해탈의 길이라고 팔만대장경에도 새겨져 있다고 한다. 절 마당에서 청정도량을 구경만 해도 속세의 때가 씻겨 나가는 느낌이다. 지금 이 순간의 알량한 깨침이 영원히 내 마음속에 팔만대장경 경판의 각자처럼 새겨지기를 바란다.

어느덧 짧은 해가 설핏 기운다. 어정거리는 내 그림자를 대빗으로 곱게 쓴 법당 마당에 드리우고 있을 때 나도 모르게 합장한다. 어리석은 중생의 소원이 이뤄지기를 빈다. 이래서 절에 가면 저절로 깨달아지고 불심이 인다고 했던가. 내 안에서 일어나는 지족이란 말을 새기며 허리를 굽혀 두 손을 모은다. 옴마니반메훔!

성녀와 친구

노정숙

지난주에 친구 자임에게 《아빌라의 성녀 데레사 자서전》과 온열 양말을 선물 받았다. 솔직히 이런 책은 부담이 간다. 단정한 자세로 읽어야 할 것 같고, 분명 부실한 내 기도생활을 자책하게 될 것이다.

500년 전에 살다간 성녀 데레사가 하느님을 만나며 느낀 환시와 신비를 기록했다. 19세에 가르멜 수도원에 입회하고 병고와 회의, 고통을 겪으면서 서서히 기도와 관상의 힘을 깨닫게 된다. 교회로부터 기도 신학의 탁월한 권위자로 인정받아 여성으로서는 처음으로 교회학자가 되었다.

어떤 일을 할 때 실패를 두려워하는 사람에게 실행에 옮기라고 권하는 것은 순정한 믿음에서 나온다. 아무런 공로도 없이 강력한 은총을 믿는 것 또한 은총이다. 스스로 아무 선행도 한 일이

없고 가난하다는 것을 늘 기억한다면, 더욱 진보하며 진정한 겸손
에 이르게 한단다. 겸손의 덕을 이리 높이 보다니⋯ 100쪽이 넘으
면서 푹 빠져든다.

　나는 성체를 받아 모시고 미사에 참여했으나, 어떻게 그렇게 했
　는지는 모릅니다. 나는 황홀경이 아주 잠시 동안만 계속되었다고
　생각했는데 시계가 울렸을 때 깜짝 놀랐습니다. 나는 그 황홀경과
　영광 속에서 두 시간이나 있었다는 것을 알았습니다. (472쪽)

　성녀의 자서전을 읽는 내내 1년 전에 하늘나라로 이사한 친구
를 떠올렸다. 수녀는 아니지만 수녀같이 살다 간 친구, 그녀에게도
이런 고뇌와 회의와 황홀이 오갔으리라 생각하며 마음이 먹먹해
졌다.
　중1 때 내 짝꿍 김미숙 미카엘라, 공무원 생활을 하다 명퇴를
하고 본격적으로 병원에서 자원봉사를 했다. 자신도 지병이 있으
면서 더 아픈 사람들 손을 잡아주었다. 느릿한 몸짓에 멋쩍은 미
소를 짓고 있었다. 친구는 사후 모든 장기를 기증했으나 마지막에
누군가에게 줄 수 있는 건 두 눈이었다. 맑고 선한 눈이 세상 어딘
가를 따뜻하게 바라보고 있을 것이다.
　며칠 전, 미숙이 동생에게 톡이 왔다. 동생의 꿈에 나타나서 "그
렇게 슬퍼하지 않아도 된다고, 세상을 떠나보니 여기도 좋은 세상

이라고, 그러니 이제 날 생각하며 슬퍼하지 마라"며 위로했다고 한다. 덕분에 국립장기조직혈액관리원 사이트를 알게 되었다. 생명나눔 추모관에 미카엘라의 사진이 있다. 예의 그 선한 미소를 만났다.

'미개봉 반납'이라는 묘비가 어울릴 것이라며 그녀의 순결을 생각하던 게 떠올라 미안하다. 한 가정이 아닌, 더 넓고 깊은 사랑에 관여한 생은 오히려 열렬했던 거다. 이타적 마음과 행동을 끌어내 보지 못하고 죽음을 맞는 사람도 많다. 어떤 삶에 가치를 두는가를 자유의지에 맡기셨기에 우리는 선하거나 악하게, 지혜롭거나 무지하게 뒤엉켜 산다. 선한 마음을 열고 행동하지 못한 사람도 미개봉 반납이다.

친구가 못한 이야기를 성녀 데레사의 삶을 바라보며 감히 헤아려 본다. 이 땅이 아닌 하늘에 영광을 쌓는 게 수도자들의 믿음이라고 생각했다. 그러기 위해서 현재의 즐거움을 유보하는 것이라 여겼는데, 아니다. 온전히 믿는 자는 땅에서 마지막 순간까지도 기쁘고 즐거웠을 것 같다.

사이트에 추모글을 쓰고 온라인으로 나도 장기 모두를 기증 등록했다. 옆에 있던 남편이 자기도 등록해 달라고 한다. 어쩌면 나보다 더 쓸 게 있을 수도 있다나. 줄이긴 했지만 여전히 술과 담배를 즐기면서 하는 말이 뻔뻔하지만 순순히 해줬다. 장기기증 신청은 가족의 동의도 필요 없고 간단하다. 신청한 지 사흘 만에 희망

등록 카드가 왔다. 거저 받은 몸을 다 쓴 후에도 나눌 수 있으니 얼마나 좋은가.

퇴직 후 연금생활자로 넉넉지 않은 형편을 알면서도 친구의 나눔 생활에 도움을 주지 못한 게 걸린다. 나는 그때 노후 대책은 않고 넘치는 일을 한다며 되레 걱정을 했다. 돌아보니 말수가 적었던 그녀는 세상 셈보다 하느님과의 소통으로 마음이 넉넉했던 거다. 얄팍한 내 계산이 얼마나 가소로웠을까. 그럼에도 나는 여전히 땅의 일에 마음을 두고 산다. 그나마 다행인 건 멀리 떠난 미숙이처럼 '보시기 좋게' 사는 친구들이 가까이 있어 자주 일깨워준다. 기도생활에 게으른 내 행실은 냉담에 가깝지만 기도의 힘을 믿는다.

자임에게 받은 온열 양말은 신는 즉시 발을 따뜻하게 해 주고, 성녀 데레사의 일생은 더디지만 정신에 따뜻한 기운을 일깨워준다. 그럼에도 내가 올리는 화살기도는 그냥 감사만 하는 싱거운 기도다.

비우고 비워도 남는 것은

초우 박영의

pyelkh@hanmail.net

삼라만상은 쥐죽은 듯 조용하다. "타닥타닥 타닥"…. 코끝이 싸한 추운 겨울 새벽공기가 갈라진다. 소리의 진원지로 향한다. 통나무로 깎아 형형색색 치장을 한 커다란 물고기가 공중에 매달려 기다란 막대기로 뱃속을 헤집는다. 있어야 할 창자는 온데간데없고 둔탁한 소리가 뱃속에 가득 찼다. 그 공명의 소리는 리듬을 타고 물로 침잠해 유영游泳을 시작한다. 소위 물속에 사는 모든 중생을 제도하고 해탈케 하겠다는 대단한 염원의 소리였다. 불교의 네 가지 법구法具 중 목어木魚의 법음法音이었다. 간절한 상징성을 내포하고 있다.

사람들은 흔히 속이 복잡하고 머릿속이 어지러울 때는 "비우고 아무것도 생각하지 말라"고 한다. 그게 말처럼 쉬우면 얼마나 좋을까. 미동도 없는 마음을 붙잡고 '잊자 잊어버리자'를 골백번 되뇌어보지만, 활화산처럼 타올라 좀처럼 수그러들지 않는다. 꼬리에 꼬리를 무는 물음표와 느낌표의 부호가 얼마나 많았던지⋯. 지금은 추운 겨울임에도 불구하고 여름날 모래사장 깔때기 모양의 개미지옥 앞에 서 있는 듯하다. 눈앞이 뱅뱅 돈다. 깊은 웅덩이를 스스로 파놓았건 타인에 의해 파였건 순간 빠져듦을 직감한다. 한번 빠지면 체력소모가 장난이 아니다. 허우적거리며 주위를 둘러봐도 잡을 것이 마땅치 않다. 포시랍고 넉넉했던 기억은 깡그리 지워야 했다. 스스로 해결해야 한다는 현실의 벽은 엄혹했다. 부정도 긍정도 할 수 없었고 버티는 게 대수였다. 참 어려운 일이지만 여러 가지 잡념을 매일 하나씩 걷어내기보다 무뎌지게 하는 방법을 택했다.

두 손을 가지런히 가슴 중앙에 모으고 긴 숨을 토해내며 바닥에 자신을 내려놓는다. 목적을 두고 임하면 의무에 조바심과 서두름이 앞서고, 목적 없이 일과로 임하면 그 행위 자체가 위안이 된다. 수행하는 사람처럼 일구월심이었다. 그렇게 해야만 아무렇지도 않은 듯 툭툭 털고 기운을 차릴 수 있어서였다. 앞으로의 나를 관조하는 버릇 심상心想이 생겼다. 대수롭지 않은 것도 조심스럽게 뒤를 돌아본다.

야트막한 앞산을 가리고 마천루가 우후죽순처럼 들어차 위용을 뽐낸다.

오늘 밤 달은 소나무가 아닌 마천루 위에서 만월이 휘영청 뜨겠지. 그다음 날부턴 차츰 기울어 그믐이 되면 달의 몰락을 보게 되겠지. 차면 기울고, 비우면 비운만큼 채워지는 것이 세상의 이치인 것을 우리는 살면서 터득한다. 지금 이 순간도 그 섭리는 꿋꿋이 현재진행형이다. 보름달은 보름달대로 그렇다고 반달을 부족하다고 말하지 않는다. 나름의 이유가 있기 때문이다. 보름달 속에 반달은 이미 존재하니까.

해탈, 구원의 상징인 목어는 속에 든 창자를 걷어내고 거기에 둔탁하지만 숭고한 염원의 메시지를 담고 있다. 그런데 인간이라는 생각의 동물은 아무리 비운다고 비웠어도 돌아서면 채워지는 것에는 도리가 없다. 요동치는 생각을 없앤다기보다 자신을 그 중심에 세워 보면 없던 용기도 생긴다. 자기 자신을 사랑하기 때문에, 무상無常함에 기대어본다. 앞다퉈 피는 꽃도 질서와 순서가 있듯이 차근차근 생각을 가다듬는다.

스스로에 말을 건다. 혼자 복닥거리며 애면글면해도 모두 내가 감당해야 하는 몫이요 값이라는 것을.

무위자연無爲自然

서용선

suyoungsun@hanmail.net

　코로나로 방콕 생활을 하다 보니 몸 속 DNA가 바뀌는 것만 같다. 만사가 귀찮아지고 해야 할 일을 하루하루 미루는 나쁜 습관은 몸을 자연히 지치게 하고 정신 상태를 흐려지게만 한다. 게으름의 원천을 코로나에게만 돌리고 코로나 탓만 하고 있는 것은 아닐까? 내 자신을 정리하며 게으르게 지내버린 하루생활을 다시 되돌아본다.

　새봄을 맞아 온갖 식물들도 생기의 물을 퍼 올리며 실눈을 부비는 것을 보면 자연의 신비만큼 우리를 상큼하게 해 주는 것도 없다. 작은 씨앗들도 때를 알아 싹을 틔우고, 돌 틈 사이로 졸졸거리는 물줄기조차도 봄을 알리느라 저마다의 맡은 바 소임을 다 하고 있다. 봄의 생동 없이 성장의 여름은 없을 테고 결실의 가을 또한 있겠는가.

난 나태해질 때마다 새순 돋는 식물들을 한참씩 들여다본다.

온 대지에 움트는 푸르름은 우리의 힘이요, 삶의 원동력이다. 움츠린 겨울에서 또다시 피어나는 대지의 봄을 보며 다시 살아갈 꿈과 새 희망을 얻는다.

오늘도 베란다에 피어있는 갖가지 꽃송이들을 바라보다가 더 넓은 산자락이 보고 싶어 주섬주섬 등산복을 갈아입는다. 산은 언제나 희망이고, 편안함이고, 한 모금의 단내 나는 생명수이다. 발자국마다 움트는 아기풀들, 한꺼번에 와아-하고 쏟아지는 벚꽃잎들이 내게 정신 차리라고 말하는 것만 같다.

변화하는 계절의 윤회를 맛보며 자연 속에서 살아가는 인생이란 참으로 즐겁고 신비하다. 자연의 이치보다 더 위대한 것이 또 있을까. 자연 속에서 자연과 더불어 자연의 순리대로 살아간다는 무위자연. 난 무위자연의 정신으로 자연에 순응하며 살기를 희망한다. 욕심 없이 자연을 거스르지 않고, 자연인으로 산다는 것이야말로 인생에서 가장 큰 행복이라는 것을 늘 생각해 본다.

'나는 자연인이다'라는 TV프로그램을 즐겨 시청하는데 욕심 없이 살아가는 그들이 참 부러울 때도 있다. 세상에서 입은 상처들을 한 꺼풀씩 벗기고 씻어내며 사는 그들의 삶이 무위자연 그대로이니 어쩌면 그들은 자연에게서 우선으로 선택을 받았는지도 모른다.

누구의 간섭도 받지 않고 자신만의 인생을 사는 그들은 이제야 자연 품에 안겨 참 행복이란 단어를 알았다고 한다. 그럴 때마다 나도 조그만 텃밭이라도 가꾸며 자연 속에 살고 싶어지는 것을 보면 사람은 어차피 흙으로 돌아가는 것이 인지상정인가 보다.

게을러진 몸과 마음을 툭툭 털어내고 새봄을 맞는 자연인처럼 다시 내 생활을 갈고, 닦고, 조이며 묵은 것은 갈아엎고 새로운 인생의 봄날을 구상해야겠다.

카르페 디엠

오차숙

sokook21@naver.com

몽테뉴(1533-1592)의 명언이 생각나는 순간이다.

그는 "사람들이 겨우살이를 준비하면서 세상과의 결별은 준비하지 않는다"고 일침을 가한 사상가다. 이 격언은 쓰나미처럼 몰려드는 삶을 살아가기에 바빠 자신과는 상관없는 일, 자신에겐 돌아올 것 같지 않을 일이라고 생각하며 고개를 내두르고 있는 지도 모르겠다. 누가 일회적인 삶을 살아가면서 음침한 그 세계를 갈망이야 하겠는가. 문제는 예기치 못한 순간에 그곳으로 걸어가는 친구들도 있으니, 순간순간 주어진 삶을 응시하며 살아갈 수밖에 없다.

카톡에는 다섯 명의 친구 방이 있다. 2022년 4월 23일 12시, 한 멤버가 제주도에 사는 친구, 'MRS가 서울에 올라왔을 때 만나자'며 번개팅을 날렸다. 휴일이지만 너나없이 약속 장소로 달려갔다. 카톡을 날린 친구가 점심을 대접해서 쓱싹쓱싹 해결한 후 일행은 다시 커피숍으로 자리를 옮겼다. 수문水門이 열리듯 이야기보따리가 쏟아지기 시작했다. 모인 이들은 중학교 동창이라 1970년 초 해변에서의 추억을 간직한 이들이다.

"애들아, 우리 오랜만에 만났쩌 게."

분기별로 만나던 모임이 코로나로 2~3년간 만나지 못한 입장이라 이야기가 많을 수밖에 없었다. 황소 얘기, 암소 얘기, 송아지 얘기, 사슴 얘기, 얼룩소 얘기, 미래를 해결할 요양원 얘기, 무릉도원 버금가는 실버타운 얘기까지 확대되어 갔다. 실버타운을 희망한 MRS는 공무원으로 정년한 후 고향으로 내려간 입장이라, 결혼도 하지 않은 상태로 90대 노모를 모시며 '토종 된장'을 제조해 부업을 하던 입장이라, 그녀의 내면은 더욱 수선화 향기와 꽃무릇 향기를 머금은 것 같기도 했다.

친구는 그날 카페에서 맞은편에 앉아 커피를 마셨는데 느닷없이,

"차숙아, 작년 9월 말에 MJ이가 죽었어, 갑자기…"

"뭐라구, 걔가 죽었다구? 현역 때 파일럿이라 하늘을 날아다니는 줄 알았는데…"

얘기는 쇼크로 다가왔다. MJ는 동급생으로 고등학교 때 도서관에서 나를 기다린 적도 있어, 남편의 무의식 속에는 혹시 '마누

라의 첫사랑'이 아닐까 착각하고 있을 지도 모를 대상. 앞으로는 바람이 불면 나의 뇌리에도 간간이 스쳐 지나갈 수도 있어, 감정과 표정이 출렁이지 않을 수야 있겠는가.

각설하고, 우리는 MRS가 대접해 주는 저녁까지 뚝딱 비운 후, 매장을 나오다 같은 크기, 같은 모양의 핸드백을 결제하고 말았다.

나는 그날 MRS의 뒤를 따라 나왔는데 그녀가 가장 건강하다고 생각했다. 연두색 코트를 걸쳐 입고 걸어가는 그녀의 발걸음과 머릿결이 '건강미'를 발산하고 있다고 생각했다. 그럼에도 MRS는 그 자신도 예측하지 못한 순간, 제주에서 마당청소를 하고 수돗가에서 손을 씻다 알 수 없는 곳으로 떠나고 말았다.

MRS가 생生을 떠난 시간은 2022년 4월 26일 오전, 비밀을 말하듯 MJ의 죽음을 전해준 그녀가 예고도 없이 바람처럼 떠나가고 말았다.

카톡 내용을 본 친구들은 비행기를 예약하고 장례식장으로 달려갔다. 안치실에는 구순의 노모와 형제들, 친구들, 그보다 사랑의 콜센터를 통해 '보랏빛 연서'를 부른 가수 '진眞'의 사진이 확대되어 향불 뒤에 세워진 채 고인의 넋을 위로해 주고 있었다. 장례 절차를 진행하는 스님에 의해 그 사진이 공원까지 따라가진 못했지만, 고인이 그 가수 CD 40장을 구입해 수시로 들었다는 유족의 말을 듣는 순간, 숨통이 막힐 것만 같았다. 무심코 고개를 *끄*덕였다.

　인간은 떠나가는 시기가 다를 뿐, 갑순이와 갑돌이도 세상과 작별해야 한다는 사실, "인간 최대의 발명품이 죽음"이라고 했던 스티브 잡스(1955–2011) 말이 다시 한 번 명품임을 실감하게 했다.

　그러나 여보게, 울적한 그 세계에 매몰될 수만은 없지 않은가. 그 감정을 뛰어넘어 춤을 출 수 있어야 하지 않겠는가. 유한적인 삶을 되새기며 코뚜레에 메인 소牛가 되더라도, 뚜벅뚜벅 걸어가야 되지 않겠는가. 잿빛 감정 때문에 허우적대지 말고, 들이닥치는 삶에 "하이, 하이" 목청을 달래가며 랩송을 불러야 되지 않겠는가.

　생각이 밀려온다.

　잘 보낸 하루가 그날 밤 편안한 잠을 잘 수 있듯, 잘 살아낸 인생이 평온한 죽음을 맞이하게 한다는 레오나르도 다빈치(1452–1519) 말을 해부해 보며, 친구들의 떠나간 자리를 그려본다.

아름답게 늙는 지혜

최민자(최정안)

mj0313@hanmail.net

나이 들면 모든 것이
용서된다는 생각은
어리광이다.

가정은 마음을 트고
서로 이해하고
사랑하는 장소이다.

변명을 자주 하면
귀에 거슬리니
참아야 한다.

남이 무엇인가를
해줄 것을 기대
해서는 안 된다.

지난 이야기는
적당히 하면 된다.

큰소리로
이야기하지 말자.

너와 내가
만년 인연이 소중하다.

상대방을
마음 상하게
하는 일은 입에
올려도 된다는
생각은 잘못이다.

거기가 거기

전라도 충청도
따져 봐야
거기가 거기

먹고살 집
있으면 족하지

부슬비가 내리네.
달팽이가
나왔네.

가다 쉬고
오다 쉬고

걸어도 걸어도
거기가 거기

여행을 떠나요

조혜진

hjjo09@naver.com

　반복되는 일상과 당연한 나의 공간이 불현듯 나를 가두어 둔 우리같이 느껴졌다. 탈출을 꿈꾸는 야생동물처럼 호시탐탐 기회를 엿보다 보니 계기가 생겼고, 망설임 없이 제주행 티켓을 예매했다.

　비행기를 타는 여행의 시작은 언제나 따뜻한 배웅의 손짓이다. 비행기가 이륙하기 전 두어 분이 손을 열심히 흔들어주는 순간을 좋아해서 가능한 이 손짓을 놓치지 않는다. 무사 비행을 기원해주는 듯한 저 손짓을 바라보면 묘한 안정감이 들면서 감상에 젖곤 한다. 이번 배웅의 손끝에서 여행의 행운을 기원해주는 듯한 느낌이 들었는데 경비를 줄여보고자 빌린 무옵션 렌트카의 길이 잘 들어있었다. 액셀과 브레이크 감이 아주 훌륭했다. 무옵션이라 운전에 자신있는 여행자들만 빌려 탔던 것일까. 여행의 시작이 좋았다.

이번 여행은 정말 욕심을 내지 않으려 했다. 오랫동안 나에게 여행은 들이는 시간, 경비, 기회비용이 있으므로 반드시 성공한 투자가 되어야 했다. 욕심으로 가득 찬 일정에 그럴듯한 의미를 부여해서 빡빡한 일정을 합리화하고 일정에 맞춰 몸을 욱여넣었다. 하나의 일이라도 빼먹으면 안 되는 출장을 온 사람처럼 종종거리다 보면 '지금, 여기'는 없고 일정만 훈장처럼 남았다. 내려놓고 힘을 빼야 했다. 그래야 온전히 '지금, 여기'를 느낄 수 있는데 이게 참 쉽지 않았다.

3박 4일의 일정 동안 제주도 서쪽에서만 꼭 가보고 싶은 두 곳을 정했다. 제주도 동쪽에서 이 계절에 정말 아름다운 장소가 보여도 과감하게 포기했다. 도착하는 날과 떠나는 날도 욕심내지 않았다. 오롯이 제주에서 일어나서 잠드는 이틀에만 집중했다. 그마저도 하루에 꼭 가야 하는 곳은 한 곳으로 정해 예약해 두고 나머지는 상황에 맞게 움직이기로 했다. 근처 식당과 가볼 만한 곳은 네이버 지도 어플에 표시만 해뒀다. 꼭 가고 싶은 곳은 예약을 통해 고정시켜둠으로써 여행이 너무 나태해지지 않게 했고, 나머지 일정은 자유롭게 하되 방황하지 않기 위해 정보를 모아두었다. 누군가에게는 이 정도도 힘이 들어간 여행일 수 있겠지만 힘을 뺀 여행의 모습은 사람마다 다를 것이다.

'힘을 빼고 내려놓는다'라고 했을 때 중요한 것은 '지금, 여기'를 본인이 오롯이 그리고 평온하게 집중하여 몰입할 수 있는가 하는 여부라고 생각한다. '지금, 여기'에 몰입하기 위해 아무것도 정하지 않아야 하는 사람이 있는가 하면 모든 것을 정해두어야 하는 사람도 있을 수 있다. 중요한 것은 자기 자신이 어떤 상황에서 몰입이 가능한 사람인지 제대로 아는 것이다.

힘을 뺀 여행일정 덕에 나만의 타이밍이 만들어졌다. 나만의 타이밍이 생기니 여행은 한층 더 여유로운데 아이러니하게도 부지런해졌다. 비로소 '지금, 여기'를 충만하게 느끼는 여행이 된 것이다. 순간을 온전히 살아간다는 기분은 한없이 자유로웠고 여유로운데 부지런해지는 느낌이었다. 수많은 시행착오 끝에 얻은 나의 기준에 부합한 힘을 뺀 여행은 역설적이게도 알차고 힘차게 나에게 돌아왔다.

여행하면서 참 행복했는데 여행의 끝이 전혀 아쉽지 않았다. 여행지에서의 모든 순간을 누린 덕분에 후회가 남지 않기 때문이다. '후회가 남지 않는 삶'은 오랫동안 내가 지향해온 삶의 가치지만 어떻게 살아야 후회가 남지 않을까에 대해서는 계속 고민해왔는데 이번 여행으로 하나의 방법은 찾은 것 같다. '지금, 여기'를 사는 것, 그러기 위해 나만의 기준을 가지고 '내려놓고, 힘을 빼는 것'이다.

여행지에서 내려놓음의 행운을 실컷 맛보아서일까. 돌아온 일상에서 힘을 빼는 것이 어렵지 않게 느껴진다. 힘을 가득 쥔 일상의 익숙함은 때론 탈출이 시급한 나태함과 지루함이었다면 힘을 뺀 일상의 익숙함은 평온함과 감사함을 느끼게 한다. 평정주의자였던 에피쿠로스가 지향하던 쾌락을 조금이나마 맛보고 있는 기분까지 든다. 어느 날 문득 일상이 도망쳐야 할 것 같은 우리로 다시 느껴지면 손에 가득 쥔 걸 내려놓고 훌쩍 여행을 떠나 다시금 삶의 중심을 잡아봐야겠다.

링스의 오프로드

정재윤
lg0019@hanmail.net

온 나라가 아니 전 세계가 코로나19로 국가비상사태까지 치렀다.

이로 인해 2월과 3월 모든 일정을 취소하고 동참하는 차원으로 그야말로 집콕이다. 집과 직장만을 오간다. 퇴근하고 와서는 저녁 식사 마치고 그냥 잠드는 일과가 계속되고 있다. 수그러들 기미가 보이지 않고 점점 확진 환자의 수와 사망자의 수치만 높아가고 있다. 시민들의 사회적 거리두기의 동참과 마스크 착용과 손 씻기 등은 아주 잘 지켜지고 있는 듯하다. 그러면서 일각에서는 점점 예민해져 가고 있는 모습도 보이고, 서로가 서로를 경계하는 정도가 심하기도 하다.

퇴근 후 취미활동을 여러 가지 하던 나도 모든 것이 중단되어 무료하고 힘들어하던 차에, 오프로드 동호회에서 계획했던 모임을 강행한다는 소식에 떠나기로 했다. 회원 외에 외부인들을 만나는 자리가 아니라는 긍정 해석을 자신에게 하면서….

오프로드 동호회인 'Lynx'에서 이번에 유명산 정상에서 시산제를 지내고 가평의 경반분교를 off-road하는 것이다.

'Lynx'는 4WD를 사랑하는 사람들에 의해 만들어진 다음의 동호회카페이다. 차량정보를 나누고 오프로드를 즐기는 모임이라고 보면 된다. 나는 늘 사실 옵저버지만 함께한 지가 벌써 10년차가 돼간다. 산악회장님의 소개로 알게 되어 매번은 아니더라도 종종 함께 하고 있다. 이번에도 카풀을 하기 위해서 전차님이 있는 도농역까지 이것저것 준비해서 떠난다.

떠난다는 것은 늘 즐겁다. 서울을 벗어난다는 것만으로도 그저 신나고 옆 강가의 바람이 시원하다. 코로나 여파로 도로는 한산하여 막힘없이 약속장소까지 금방이다.

먼저 와 계신 로드님과 아드님이 맞아 준다. 토리님에 은실이님까지… (카페만의 닉네임). 오랜만에 보는 얼굴들이라서 더 반갑다.

Go!

유명산 정상을 향해 달린다. off-road이다. 땅이 조금 녹아 진흙탕 튀기며 몸은 경마를 하듯 출렁인다. 일전의 환상의 덕산기

계곡 때의 체험이 생각나며 오랜만에 환호성을 질러본다. 정상부근에 패러글라이딩 활공장이 있어 기구 나르는 차들도 연신 오르락내리락이다. 곳곳엔 버들강아지들이 곱게 피어있다.

드디어 정상!

다섯 대의 차가 정말 밀림을 헤쳐 나온 듯한 모습이고, 각자의 운전 실력들도 대단하다. 나야 옆자리에서 즐거움만을 만끽했지만 와! 대단한 분들이다.

산 정상 가까이 좋은 자리를 잡고 시산제를 올린다.

산신령님께 2020년 링스의 무탈함과 이 코로나19가 사라지기를 바라며, 많은 분이 함께 못했어도 가정의 안녕과 Lynx 가족이 안전하게 자연과 함께 할 수 있기를 빌어본다.

산 정상에 서니 막혔던 기분도 앞이 탁 트이는 기분이고 시원하다. 두 팔 벌려 가슴 가득 숨을 들이켜 본다.

곳곳엔 오색찬연하게 패러인들의 활공이 그림처럼 아름답다. 멋지게 활공하는 모습을 사진에 담아본다. 나 역시 패러글라이딩의 첫 경험 때가 생생히 떠오른다. 정말 하늘을 나는 듯한 기분이었는데…, 언제 다시 해 보려나? 오길 참 잘했다.

정리하고 하산이다. 하산 길 역시 산 정상에서 지그재그 형태로 멋진 체험이다.

오랜만의 오프체험이라 다들 기쁜 모습들이 역력하다. Lynx 본래의 모습이었다고 하면서….

하산해서 가평군청 앞에서 기다리는 째즈님과 합류하여 이어서 가평 칼봉산 경반분교를 향해 간다. 나는 처음 가보는 곳인데 들어서니 작은 계곡을 다섯 번쯤 건너왔나 보다. 경방분교가 있고 그 옆에는 캠핑장이 있다. 캠핑을 즐기는 사람들이 참 많았다. 경반분교는 1박 2일에 출현한 곳이라며 허름한 안내판이 알려준다.

경반리에 거주하는 100여 가구의 화전민 아이들이 다니던 분교였는데 한때는 80여 명의 아이들이 다녔던 이곳은 1982년에 폐교되었다고 한다. 지금은 세 가구만이 살고 있다고 한다. 앞의 작은 운동장이 지금의 오토 캠핑장이 된 것이란다.

그 위로는 수락폭포가 있는데 다음 기회로 남겨둔다.

이제 전차님네 작업실인 남양주시 수동면으로 이동이다. 잠시 후 근처 30분 거리에서 일한다며 들국화님도 왔다.

저녁만찬이다. 닭 능이백숙이다. 그야말로 자연인 버금가는 은실이님이 그동안 채취해 놓은 능이를 한가득 냉동시켜 가지고 와서 보약 같은 능이닭백숙이 되었다. 근처에서 달래와 냉이까지 공수해 와서 그야말로 라면 하나에도 자연첨가제가 많아져 보약라면으로 탈바꿈한다. 잡학다식하고 자연에서 나는 것에 대한 지식이 무궁무진하다. 탄성이 절로 나올 때가 한두 번이 아니다.

늦게 붕어님도 합류다. 오늘도 보약 한 사발에 사람들 간의 온

정으로 에너지가 충전되는 밤이다.

　다음 날 어김없이 일찍 눈이 떠져 동네를 산책한다.
　시원한 바람! 수돗가는 수도는 얼어 있고 어제 받아 놓은 물은
살얼음이다. 동네 어귀에서는 필요 없는 것들을 태우는 것인지 불
길이 활활 타오르고 있다.
　이 아침의 기운을 녹이기라도 하듯 주변은 훈훈하다.
　위로 올라가 본다. 산수유 나무에는 노란 꽃이 피었고 거의 외
지인들의 전원주택으로 많이 활용되는 듯하다.
　뒤를 돌아보니 해가 뜨고 있다. 아름다운 장관이다. 눈을 감고
해의 기운을 받는다.
　더 위쪽으로는 철마산 명품마을이 조성되어 있나 보다. 한적한
곳에 사나운 개 짖는 소리에 여명의 시간에 만끽한 조용한 정적은
깨지고 하산이다.
　시원한 아침 산책으로 생기 있게 충전하고 어제의 회포의 잔해
들이 가득한 자리로 돌아온다. 이런 아침 시간은 늘 평온한 새벽
의 기운이 나를 풍성하게 만든다.
　이번 여행은 또 다른 체험으로 다운되어 있던 나를 이렇게 충전
하여 일상으로 돌아온다. 햇살 가득한 어제와 오늘이다.

슬러시 볼 현상

오정순

as5441@hanmail.net

희귀한 사진 한 장과 마주친다.

마치 호수에 골프공 축구공을 쏟아놓은 듯 반투명 얼음 알갱이가 채워졌다. 어마어마하게 큰 유리그릇에 슬러시 볼을 담은 듯한 장면이다. 카누 업체를 운영하는 호프바우어는 이 얼음을 반으로 쪼개 보았더니 눈으로 변했다고 말했다. 전문가의 말에 의하면 물이 어는 점에 이르렀을 때 바람이 불면 완전히 고체가 되기 직전의 물방울들이 바람에 휩쓸려 이리저리 굴러다니면서 파도에 부서지다 '슬러시 볼' 현상을 보인다고 한다.

실로 우리네 삶에도 기후처럼 다양한 변화가 불어닥치고 그로 인한 다양한 현상을 보인다. 어떤 이는 상황이 좋지 않아 냉기류를 타다가 도저히 이해하기 어려운 현상을 보이기도 하며 특이한 정서 상태를 보일 때가 있다. 어떻게 사람이 그럴 수가 있느냐고

하며 특이한 상황을 이해하기보다는 낯설어서 고개를 살래살래 젓곤 한다. 보편적으로 일어나는 현상에 대해서는 다소 너그러운 반응을 보이지만 자신에게서 어떤 일이 일어나는지도 모르게 특이한 현상이 나타날 때는 변화를 겪는 당사자도 의아해 한다.

자연의 특이한 변화를 접할 때마다 다양성에 대해 공부하지 않을 수가 없다. 슬러시 볼이나 눈이나 결국은 모두 물과 온도의 차이로 인한 변화가 아니던가. 우리네 삶에서의 변화도 특이하게 동글동글 알갱이처럼 얼어붙거나 빙판으로 얼어붙었다가도 상황이 좋아져서 녹으면 같은 물이 될 것이 자명하다.

나의 젊은 날에도 무수히 다양한 바람이 불어갔다.

안산에서 나의 첫 사회생활이 교사로 시작되었다. 어떤 이유로 건 이 길이 내 갈 길이 아니라는 걸 간파하고 사표를 냈다. 당연히 교사자격증 박탈이다. 당시의 교사자격증은 지금의 자격증과 같이 대접받는 자격증이었다. 나는 개의치 않았다. 무엇이 나를 자신감 있게 했는지 아직도 모르겠으나 그 정도의 수입을 충분히 내고 살 수 있을 것 같았다. 서울로 들어와야 공부를 더 할 수 있을 것이기에 교사자격증을 포기하는데 어려움이 없었다. 하지만 언제나 나는 잘 풀려야 한다는 내적 갈망이 컸다.

세상을 너무나 몰라서 용감했던 나, 하고 싶은 일을 찾기 위해 디자이너, 속기, 경리, 영어회화 등의 학원등록을 하고 바삐 다니다가 교사 수기 응모에 당선되었다. 그 연으로 출판사의 디자이너로 길이 열렸다. 일에 근성을 가진 나는 완성도 높이 결과가 나오기까지 무수히 노력하면서 펜 하나로 식물도감을 그려냈고 필체가 좋아서 교과서를 활자처럼 펜글씨로 써서 참여해야 하던 시절에 직장에서 나는 일당백의 기능인이었다. 그러나 수고 대비 첫 월급이 적어서 단호하게 질문을 하였다. 내가 수고한 대가가 그것밖에 아니라면 이 직업에도 희망이 없어서 그만 두겠다고 하였다. 놀랍게도 그 자리에서 봉급이 두 배로 뛰었다. 이 또한 회의가 들기는 마찬가지다. 저항하기 전에 대가를 제대로 주었더라면 좋지 않았을까. 속말을 못해 울음이 앞서던 성장기의 나를 탈피하고 싶어 의사 표시를 한 것은 돈으로 값을 매기기 어려운 성장이었다.

그러구러 능력을 인정받으며 다니는 직장생활은 순탄하였으나 직업으로부터 오는 재미나 쾌감이 없었다. 더 나아지려는 욕구도 생기지 않고 창의적인 일이 아니라서 나는 언제라도 새로운 길이 열리면 나갈 준비를 하고 다녔다. 그리고 어린이 도서 출판사에서 스카우트 제의가 왔고 나는 특이한 실력 테스트를 받았다. 1밀리미터 안에 가는 선을 몇 개나 긋는지, 목측으로 거리를 얼마나 가깝게 맞추는지를 테스트 받았다. 재미난 테스트로 무사통과하였고 일은 시작되었다. 묻지도 않았으니 말할 이유가 없는 건 내가 미술 전공을 하지 않았다는 걸 아무도 모르더라는 것이다.

다양함을 추구하기는 했으나 정작 나에게 주어지는 일이 들어

보지도 않은 일이었다. 미술학원에도 가보지 않았던 나에게 독서 감상문 대회에 수상자들에게 줄 트로피 시안을 만들라는 주문이다. 아이디어가 떠올라도 보지 않고 생각을 그릴 자신이 없었다. 그로부터 몇 시간은 극한 고통이다. 위기 대처능력이 어느 실력보다 큰 실력임을 나 자신에게 증명해 보여야 할 타이밍이다.

점심시간이 되자 직원들이 다 빠져나가고 나는 서고로 들어갔다. 세계명작화집을 뒤적거리다가 라파엘의 그림 속에서 고수머리에 오동통한 팔다리를 가진 아기천사를 만났다. 양팔을 위로 올리고 한 다리를 들었으며 날개를 달았다.

내 머리로 번개가 지나갔다. '옳거니. 팔을 안으로 굽혀 책을 들게 하고 세 살부터 독서하는 어린이를 상징하면 되겠다.' 이리하여 창문에 대고 스케치북에 베껴 그린 다음, 입체적으로 음영을 넣어 결재하러 들어가 설명을 하였다. 수정 없이 통과하였다. 나는 살면서 이 날처럼 쾌감이 큰 날은 없었다. 전 직장의 두 배로 연봉을 올려 받는 사람의 일이 자꾸 마땅치 않게 여겨지면 직장생활이 어둠의 수렁이 되고 만다.

또 한 번의 위기의 바람이 불어 내 마음을 슬러시 볼 상태로 몰고 간다. 학생대백과사전의 제호를 쓰는데, 아무리 대가의 흉내를 내며 레터링을 하여도 감이 다르다. 어딘지 어설프다. 나는 과감히 생각을 바꾸었다. 대가에게 청하여 글자를 써오는데 월급의 반 정도를 바치고라도 내 이름에 오자가 남지 않기를 택했다. 속이는 게 아니라 회사에 누를 끼치지 않아야 프로라고 생각했다. 내 솜씨가 아니라는 것을 다른 사람을 통해서 이실직고하였다. 아무리 회사가 탄탄하여도 월급 주기 아까운 사람이 되어서는 전문인이 아니라는 내 판단 때문이었다. 몇 년에 한번 올까말까 한 일로 능력의 한계를 느껴 회사를 접을 수는 없는 일이다.

몇 차례 바람이 불어가면서 나는 사는데 위기에 대처하는 법을 익혔다. 최선을 다 하고 솔직하자는 나의 선택은 틀리지 않았다. 머리에 쥐가 나고, 하얗게 바래버린다고도 하고, 슬러시 볼 현상이 된다고도 하는 힘든 바람, 이 나이가 되어도 졸업했다는 보장은 없다. 문제 해결의 능력이 내 한계 밖일 때는 대가를 치르고 전문인을 찾으리라는 답을 얻은 것이 득템이다. 때로는 기다림도 답이다.

4

먼 바다를 불러

먼 바다를
불러

야생 사과나무

사과나무 한 그루가 언제부터 그 자리를 지키고 있었는지, 아무도 모릅니다.

갑자기 눈앞에 모습을 드러낸 나무는 작고 발그레한 사과를 주렁주렁 매달고 있었는데, 미처 가을이 끝나기도 전에 까치밥 하나 없이 마른 가지뿐입니다. 사과는 모두 어디로 사라져 버린 것일까요. 수풀 가에 서 있던 키 큰 삼나무 밑동까지 잘려 나간 뒤 사과나무 한 그루가 나타났습니다. 수풀에 자리해 쉽게 드러나지 않던 야생 사과나무입니다. 가지에 매달려 노라발갛게 익어가는 사과 얘기는 갈바람 타고 삽시간 소문으로 퍼졌겠지요. 어린 시절 기억처럼 아련아련 피어나던 야생의 붉은 열매, 사과는 누가 다 따 먹어버린 것일까요.

먼 바다를 불러 179

어릴 적 초등학교 시절, 방학이 시작되면 마음은 늘 몸보다 더 빨리 외갓집으로 향했습니다. 읍내 5일 장을 보러 나온 외할머니 손을 잡고 산골 마을로 향하는 발걸음은 꿈길을 걷는 것처럼 가벼워서 좋았지요. 외갓집 과수원은 사과밭이 아주 넓었던 거로 기억합니다. 할머니 사과밭에는 지금은 찾기 힘든 홍옥과 국광이라 불리는 탐스러운 사과를 맺는 잘 자란 나무가 나란히 줄지어 서 있었지요. 여름날 세차게 퍼붓던 비가 그치면 낙과를 줍고 나무를 돌보는 할머니 옆에서 뛰놀던 까마득한 기억이 있습니다.

외할머니는 사과를 홍옥이나 국광 구분 없이 '능금'이라 했지요. 수풀 속 사과나무는 그리운 할머니와 오래 잊고 살았던 정겹고 이쁜 이름, 능금을 떠올리게 하네요. 능금은 우리의 옛 과일입니다. 삼국시대쯤 우리나라에 들어온 것으로, 그 이름은 '임금林檎'에서 나온 것으로 추정되지요. '임금'은 왕을 뜻하는 임금과 소리가 같아 고귀한 과일이라 생각했으며 고려 때나 조선 초기에는 수도에 능금나무 심는 것을 장려했다고 하네요. 예전엔 흔히 마을 주변에 심고 열매를 즐겨 먹었으나 새로 외국에서 들어온 사과에 밀려 지금은 거의 없어져 버렸답니다. 아마도 능금이 사과보다 열매가 작으며 시고 떫은 맛이 나기 때문이겠지요.

사과를 능금이라 부르던 외할머니의 시간은 이미 오래전에 다했습니다. 멈추지 않는 세월 속 우리의 세상도 흘러가고 있지요. 야생상태로 자란 사과나무 한 그루. 한 100년 전쯤에 떨어진 능금 씨앗 하나 깨어나 뿌리내린 것은 아닐까 상상해 봅니다.

서양 문명과 역사에는 사과에 얽힌 얘기가 많지요. 창세기 창조 설화에 나오는 금단의 열매인 선악과, 그리스 신화엔 불화의 열매인 파리스의 황금사과, 스위스 국민의 저항과 투쟁을 상징하는 빌헬름 텔의 사과, 또 뉴턴, 스피노자, 백설 공주의 사과가 있습니다. 지금, 가장 많이 떠오르는 사과는 IT 회사 애플의 '벌레 먹은 사과'이겠지요. 세상을 바꾸는 혁신의 아이콘 – 벌레 먹은 사과는 따 먹을 수 없는 금단의 열매 혹은 넘어야 할 목표의 대상입니다. 선택과 결정은 흘러가는 시간 속에 사는 우리의 몫이지요. 살면서 결정한 순간의 선택은 돌이킬 수 없고, 비싼 대가를 치른 성공이라도 영원한 것은 없습니다.

이제 아무도 사과를 능금이라 부르지 않습니다. 변하는 세월 따라 잊혔던 기억을 되살려 준 야생 사과나무 한 그루. 가지마다 품고 있던 자그마한 사과는 어쩌면 모두 벌레 먹은 사과일지도 모르지요. 주렁주렁하던 사과를 누가 다 따 먹었을까, 궁금하네요.

한 여인이 막대기로 사과나무 가지를 막 후려쳤습니다. 두 번째 여인이 뒤꿈치를 들고 가지를 붙들며 허리 맨살이 다 드러나도록 사과를 잡고 당기는 것도 보았지요. 마지막 여인은 고리와 그물 주머니를 단 긴 막대기로 사과를 따려 했지요. 불화의 여신 에리스가 던진 황금사과를 차지하려고 싸우는 신화 속 세 여신, 헤라와 아프로디테, 아테나를 보는 듯했습니다. 트로이의 아들 파리스는 황금사과의 주인으로 아프로디테를 선택해 세상에서 가장 아름답다는 헬레네를 아내로 얻지요. 파리스의 선택은 결국 자신과 트로이를 멸망에 이르게 합니다.

신화 속 세 여신의 비유는 삶의 가치를 상징하겠지요. 헤라의 권력, 아프로디테의 사랑, 아테나의 지혜는 인생의 목표로 내세울 만한 가치입니다. 이성은 인생의 가치를 어느 한쪽에 치우치지 않도록 항상 균형 있는 삶을 꿈꾸지만, 가슴에서 솟아나는 감성은 마음대로 움직이지 않을 때가 많지요. 우리의 시간은 권력과 사랑, 지혜의 아름다운 균형으로 조화로운 순간이 흐르고 쌓이면 좋겠습니다.

야생 사과나무 앞에 서 있습니다. 텅 빈 가지 사이를 하릴없이 맴돌던 바람의 줄기는 천천히 늦은 저녁노을 속으로 묻혀 들어갑니다. 잡풀 더미에 떨어져 있는 자그마하고 못생긴 사과 하나 어슴푸레 눈에 들어오네요. 분명 벌레 먹은 사과이겠죠. 발 아래 나동그라진 사과를 선뜻 집어 들지 못해 망설이고 있습니다. 어쩌다 하나 남은 사과는 미약한 마음을 이리도 어지럽히고 있는지요. 내일은 저 벌레 먹은 사과를 견뎌낼 용기와 지혜를 가질 수 있을까요.

주렁주렁 야생 사과 모두 어디로 사라졌는지

야생 사과나무 아래 만남도 우리 시간인 것을,
세월 가듯이 세상이 흘러 인연도 흐르겠지요.

봄날은 간다

김재숙

kjs502@hanmail.net

7시 30분에 주차장에서 만나기로 했다.

파주에 있는 벽초지 수목원에 가기로 한 날이다. 이른 시간에 출발하여 그곳을 본 후 곧바로 서울로 돌아와 점심을 먹기로 했다. 길에서 허비하는 시간을 줄여보자는 생각이다. 사실 일요일, 가족을 두고 떠나는 주부의 입장에서, 이 시간은 그의 새벽이나 마찬가지다.

창문 너머 공원에, 꽃이 피려는 조짐이 보이면 내 마음은 해마다 분주해지기 시작했다. 이 봄엔 기필코, 피어나는 꽃을 모두 마중하기로 마음을 정했다. 어느덧, 양재천에 꽃이 폈다는 소식이 전해오자 더 이상 미룰 수 없는 일이 되었다. 이맘때면, 늘 그랬던 것처럼 꽃샘추위로 밝은 바람이 불고 아직은 주변이 을씨년스러웠다. 눈 수술 후, 처음 병원 가는 날이 내일이니까 병원진료 끝나면 양재천 벚꽃부터 실컷 감상하리라.

진료 후 곧바로 양재천으로 갔다. 꽃은 어느새 만개했는데 내 눈은 부셔서 제대로 꽃을 볼 수가 없었다. 눈 수술이 잘못되었나 겁이 났다. 햇빛이 없는 쪽으로 가서 구름 같은 꽃무리를 줄줄 눈물을 흘리며 바라보았다. 돌아와서 생각이 났다. 진료를 위해 눈을 산동한 것을 잊고 꽃을 보고자 하는 열망에 햇빛 속을 쏘다니다니, 시린 눈은 뜰 수가 없어 계속 감고 있어야 했다.

다음 날도, 그다음 날도 갖가지 약속을 만들어 새벽같이 꽃이 있는 곳으로 여행을 다녔다. 눈이 아파 칩거했던 날들을 보상받기라도 하듯, 계절의 순환을 눈으로 확인하고 싶었다. 꽃들은 각기 다른 모습으로 그곳을 밝히고 있었다. 같이 간 동행자나 모임의 성격에 따라서도 꽃들의 느낌은 달랐다.

어느새 벚꽃이 지고, 그 다음 순서로 튤립과 수선화가 조금씩 빛을 잃어 갔다. 화무십일홍이라더니, 꽃이 피어 머무는 순간이 너무도 잠깐임에 놀랐다. 한편, 주변에서는 다 지고 없는 목련이 어느 산속 깊은 곳에선 이제사 피어오르고 있어, 시간을 거스르는 환상에 빠지게 했다. 천지에 필 수 있는 것들은 모두 피어올라 자신의 존재를 밝혔다. 그들의 형태가 어떠한지는 전혀 개의치 않는 듯이 보였다. 가만히 있으면 일 년 내내 존재감을 알지도 못할 앙상하고 초라한 가지에도 조롱조롱 하얀 꽃이 맺혀서 가늘게 떨고 있다. 내가 이렇게 유난히 올해, 마음이 꽂혀 허둥지둥 찾아오지 않았다면 저 산골짜기 이름 없는 풀꽃은 서럽게 피었다 혼자 지고 말았을까. 그렇게라도 피어있어야 하는 심정을 물어보고 싶어졌다.

벽초지 수목원은 9시에 개장한다고 적혀있었다. 우리는 개장시간보다 빨리 도착하여 일찍 온 다른 관람객들과 함께 줄을 섰다. "자연을 사랑하는 한 사람과, 예술을 자연으로 그려내는 한 화가가 만나 벽초지 수목원의 기나긴 여정이 2005년에 시작되었다"고 적혀있었다. 6가지 특색 있는 공간을 돌며 그때그때 생각나는 이야기를 두서없이 나누었다. 벽초지가 있는 감동의 공간이 특히 마음에 들었다. 그 평화로운 정경 속에 하염없이 앉아 봄의 정취에 취해있고 싶었다. 이 봄을 보지 못하고 떠난 그녀 생각이 났다. 금방 내 이름을 부르며 '참 좋구나!' 하고 감탄사를 연발할 그녀가 옆에 있으면 얼마나 좋을까. 유난히 생에 애착을 지녔던 그녀는, 몸에 좋다는 음식만 먹고 몸에 좋은 갖가지 열매를 달인 차를 상복하며 어김없이 공원으로 나가 운동한 후 일찍 자고, 새벽이면 깨어 기도하던 바른생활 그녀였다. 그랬던 그녀가 왜 그렇게 이른 나이에 떠나갔단 말인가. 그녀가 간절히 보고파 했을 봄꽃 속에서 그녀가 그리워, 그녀를 가만히 불러본다.

얼마쯤 지나자 늦게 돌아오는 나를 보는 남편의 시선이 곱지 않다. '노프라블럼, 괜찮아. 재미있게 놀다와' 하며 흔쾌히 나의 계획을 기뻐하던 처음 모습과는 달라 보였다. 잠시 그를 바라봤지만 나는 이번 봄날은, 오롯이 나인 채로 '나'이고 싶었기 때문에 내 마음을 설명하지 않았다. 연이은 꽃놀이를 마치고 돌아와 그대로 지쳐 누웠다. 내가 보았던 아무것도 생각나지 않았다. 창밖을 바라보았다. 나를 부추겼던, 공원 앞 화사하게 피어오르던 꽃들은 내가 먼 곳을 헤매던 그날, 나 없이 잔치를 마치고 모든 것이 마무리된, 초연한 모습이다. 꽃이 진 자리에 연초록이 새 세상을 열고 있었다. 그것은 내 마음의 요동을 일시에 잠재우는, 정화의 색이었다.

어렸을 때 진달래가 피면, 이 동네, 저 동네 처녀 총각들이 꽃놀이를 가는 연례행사가 있었다. 그들은 시시덕거리며 삼삼오오 산으로 올라갔다가 저녁 무렵이면 술에 취한 모습으로 돌아왔다. 그들이 왜 꽃을 보러 산으로 갈까 궁금했다. 꽃이 피면 나도 어딘가 꽃을 보러 떠나야 할 것 같은 울렁임은 그때부터 시작되었나. 나는 내가 찾던 아지랑이 같은 봄날을 놓치고 있는 바쁜 날들이 서운했다. 꽃 무더기 속, 그 너머에 있을 나의 파랑새를 찾을 수만 있음 얼마나 좋을까, 늘 애가 탔다. 이윽고 이 봄, 꽃 속을 헤매던 나는 아무것도 가진 것 없이 돌아왔다. 멀리 이곳저곳을 누볐지만 꽃도, 파랑새도 내가 잡을 수 있는 것은 아무것도 없었다. 찰나의 유혹, 그것에 현혹되지 않을 초록이 저만치서 다정히 웃고 있다.

갈잎의 노래

문두리
duri4309@hanmail.net

산기슭에
고운 옷 벗어놓고
바스락바스락
길 떠나는 나그네

후미진 골목, 님의 발자국
밟혀 흙이 되더라도

빛나던 푸른 날
추억은 모두 내려놓고
바람을 손에 쥐고

못 잊을 이름 하나 부르며

목 메이게 목 메이게

골목길

김인채

ickim326@naver.com

50년이나 넘어 고향을 찾은 사람도 드물 것이다. 피붙이라곤 아무도 남아있지 않아, 갈 일이 없기도 하였지만, 그럴 만한 애틋한 인연이나 사연도 없었다던가?

옛집 마당과 노란 탱자 달린 가시 울타리가 떠오르고, 골목 안 열려있던 대문들이 아른거리자 하루가 멀다고 마음이 먼저 달려간다.

급기야 머리가 반쯤이나 벗어져 버린 토박이 고향 친구를 앞세우고, 아마득한 기억을 더듬어 골목길로 꺾어 들었다. '욕쟁이 할매' 집, 앞 도랑은 덮이고 돌다리도 없어졌다. 찾은 번지에는 아래채 위채가 따로 있던 터를 모두 채워 큼직한 2층 양옥이 들어서 있다. 철문이 열린 채, 한가로이 시래기 손질을 하고 있는 아낙에게 말을 건넨다. 옆집 할아버지, 지긋한 눈길로 고개를 끄덕인다.

"이 냥반이 50년도 더 전에 이 집에서 살았다요."

한낮의 골목은 텅 비어있다.

동네 개와 고양이도, 일본말로 구걸하던 실성한 그 걸인도 스스럼없이 드나들던 삽짝문, 그 자리에 철대문이 완강히 서 있다. 이 멋모르는 새 집이 철저하게 개벽을 하여 옛 모습을 하나도 남기지 않았다. 눈을 감는다.

밭 귀퉁이에는 개울물이 잠시 멈춘 웅덩이가 있었는데, 내가 맡아 기르던 오리들의 놀이터였다. 새벽녘에는 따뜻한 알들을 거두어 담는 흐뭇함이 있었다. 또 한쪽에는 기둥 나무에 야전 침대봉을 얹어 만든 평행봉이 있어, 달이 밝으면, 건너온 친구와 '달밤 체조'를 하곤 하였다.

'이제사 오나?' 하고 신발을 끌고 축담을 내려서는 어머님 모습이 떠오른다. 아버지는 언제나 말없이 뒤에 서 있는 모습으로 남아있다. 지금의 내 나이보다 훨씬 더 젊었던 부모의 옛 모습들이 애잔하게 가슴을 짓누른다. 희망찬 모습으로도 기억되어 위로가 된다.

내가 다녔던 초등학교, 철조망이 얹혀있던 목조 교문 자리에, 한글 교명을 단 새 문이 단정하게 서 있다. 길쭉하던 단층 교사는 층별로 색깔이 다른 삼층 건물로 바뀌었고 급사가 종치던 자리는 없어졌더라. 문 밖, 찰칡을 팔던 지게 자리도, 설탕 녹여 붓던 '오리 떼기' 자리도 아스팔트로 덮였다.

재잘대는 어린 학생들과는 분주한 발걸음만 스치며 담장을 한 바퀴 돌았다.

아래채에 살았던, 형님 같던 그분을 부근 노인정에서 찾아냈다. 내 부모에게는 믿음직한 말 동무였는데, 듬성한 백발의 외톨이 할배가 되어있다.

"걔 남편은 월남전에서 죽었고, 너를 따라 다니던 걔도 이민 갔다"로 시작된 이바구가 내 기억의 빈자리를 성글게 채워주었다. 나를 데리고 놀던 멋쟁이 누님 패거리들은 지금은 어떤 모습일까? 할매가 된 가시나들을 한번 보고 싶다.

멀기도 했던 등굣길에서 익은 얼굴들도, 돌 담벼락에 기대어 있던 하꼬방 대폿집, 최은희를 닮았다며 간간이 드나들던 그곳도 흔적이 없다. 졸업반이라 2부로 기른 머리에, 사발 잔을 기울이며 헤세를 논하고, '차륜 밑에서' 신음하던 한스의 죽음에 가슴 아파했었지. 그때, 어설픈 그곳에서 둥지를 떠날 두 젊은이의 고뇌가 시작되고 있었던 거였어.

60년 3·15 부정선거 데모 날, 자정이 가까워지자 마산 시청 앞으로 몰려든 시위대를 향해 드디어 총이 발사되고, 땅에서 총알이 튕기는 불빛이 번쩍였다. 우리는 밀려 이 골목으로 도망쳐 왔는데, 맞은편에서 경찰이 닥치면 오갈 데 없는 외길, 숨이 멎던 순간을 잊지 못한다.

  길은 낮은 곳으로 이어져 '불종 거리'와 만나고, 널따란 광장이 있던 마산역에서 밤 기차로, 이곳을 떠나 한길로 하늘 길로 반세기를 돌았다.

  태어난 물목을 찾는 연어같이, 은퇴하고서야 찾아온 골목, 인연들은 떠나고 없어, 다른 사연들이 깃든 문들을 하나씩 닫는다. 고향을 버린다.

  탁주잔을 비우고 입맛을 다시며, 찔러드리는 용돈을 물리는 듯 받아 쥐는 노인의 모습에서, 내게 구겨진 몇 닢을 넣어주던 옛 장면이 겹친다. 그때의 복사열이 아스라한 긴 세월을 건너온다.

  온기가 남아있는 골목의 기억들을 그리움으로 가슴속에 재운다.

  '야 됐다. 가자.'
  습찬 소리가 하늘로 흩어진다.

동백꽃과 쌍가락지

박현경

phksam20@naver.com

60년 전 봄 결혼을 앞두고 행복한 꿈에 젖었던 날들이 생각난다. 마음 꽃밭에 떨어진 동백꽃 잎이 내 마음도 붉은빛으로 물들였다. 동백나무 아랫도리에 떨어진 꽃잎이 붉은 유똥 보자기를 덮어 놓은 것 같았다. 외출에서 돌아와 보니 어머니가 시집가는 딸을 위해 붉은 비단 천을 재봉틀에 박고 있었다. 붉은 비단 덮개는 혼인 예식에서 빠질 수 없는 것이었다. 떡시루 위를 보자기로 덮고 그 위에 시댁에서 온 함을 올려놓았다.

시댁에서 보내온 함에 담긴 예물은 검소했다. 시모님은 요란한 노리개 예물은 오랑캐 쌍놈이나 하는 짓이라며 생략했다고 하셨다. 색시를 사 오는 저급한 풍습과 닮아 양반 체면을 살리려 예물을 간소화했다는 메모도 포함되어 있었다.

딸이 시댁에서 반반한 예물도 받지 못하고 결혼하는 것에 대해 나의 어머니는 몹시 서운해 하셨다. 함을 열어보신 어머니는 끝내 눈물을 감추지 못했다. 시루떡 보자기에 어머니의 눈물방울이 떨어져 금새 얼룩졌다. 마음이 아프셨던 어머니는 오히려 나를 위로하며 은밀하게 선물을 내밀었다. 비취 브로치, 금 표주박, 은 칠보 노리개 등 패물을 따로 장만해 두셨던 모양이다. 그중에서 내가 어머니를 대하듯 지금까지 고이 간직하고 있는 것은 금 쌍가락지다.

세월이 우리를 데리고 흘러가는 것이 맞을까. 내 몸을 빌어 태어난 큰딸이 올해로 환갑이다. 내 젊었을 때만 해도 60 환갑은 축하받는 잔치였는데 딸은 조용하게 보내는 모양이었다.

나의 환갑잔치는 조용한 듯했지만 요란스러웠다. 아이들이 조용히 지나는 듯하여 서운했던지 남편은 깜짝 선물을 준비했다. 인생 60을 잘 살았다는 축하로 유럽 여행 티켓을 내밀었다. 우리 마음을 읽고 딸과 사위가 친척들을 모시고 잔치도 열어주었다, 우리 집에서 노래방을 열고 블루스를 추며 밤늦도록 신명나게 놀았다.

옛날에는 부부가 환갑까지 해로하고 자녀들이 모두 살아서 행복한 가정을 유지하고 있으면, 나라 원님이 잔치를 베풀어 주었다. 부부의 회혼례는 큰 잔치에 속했다. 요즘은 100세 시대에 걸맞게 환갑은 청춘이라며 잔치를 하지 않는다.

나는 큰딸아이의 환갑을 축하해 주고 싶은 마음에 딸들을 모두 불러 한자리에 모였다. 딸아이는 어머니께서 낳아주셔서 감사하다며 오히려 식사 대접을 했다. 그 자리에서 문득 오래된 어머니와 추억이 떠올랐다. 내 어머니께서 베풀어 주신 사랑에 비하면 나는 딸들에게 참 부끄러운 엄마다. 살아생전 어머니께 용돈 한번 맘먹고 드린 적이 없어 지난 세월이 야속하기만 하다. 어머니는 떠나셨고 후회해도 소용없는 일 아닌가.

내 결혼예식에 함을 받던 날, 딸을 헐값에 팔아버렸다는 생각에 눈물을 글썽이던 어머니가 여전히 가슴을 먹먹하게 한다. 어머니가 그리울 때마다 나는 영혼의 만남을 시도해보곤 한다. 어머니께서 주신 쌍가락지를 만져보며 모녀간의 못다 나눈 사랑을 혼잣말로 주절거린다. 어머니를 회상하다가 문득 네 명의 딸들에게 금가락지를 환갑 선물로 주고 싶은 생각이 들었다. 아이들이 잘 살아 환갑을 맞는 생각을 하니 혼자 가슴이 벅차오르고 설렜다.

동백꽃이 피는 계절에 어머니가 나에게 준 쌍가락지를 추억하며 큰아이에게 선물하고 싶어 반지를 맞추러 갔다. 반지 호수를 물으며 내 마음을 전달했더니 큰아이 목소리가 격앙되는 듯했다. 아마도 인연의 끈을 놓기 전 엄마의 정이 담긴 선물을 갖고 싶었던 모양이다. 금반지는 귀금속이 아닌 엄마의 마음이 묻어나는 정표일 것이다.

막내딸 환갑까지는 십 년을 더 기다려야 하는데 막내에게 금가락지를 끼워주고 이별할 수 있을까. 봄날 동백꽃처럼 내 마음이 하염없이 붉어진다. 약속은 지키기 위해 있는 것이라고 혼잣말을 하는데 봄바람이 말을 지우며 지나간다.

엄마의 봄

배소희

hee9066@daum.net

집을 나서는 길에 하얀 꽃망울을 터뜨린 목련나무를 보았다. 잠시 걸음을 멈추고 하얀 꽃망울과 어우러진 파란 하늘을 보았다. '아 봄이구나!' 문득 꽃을 좋아했던 엄마가 생각났다, 봄을 좋아한 엄마는 봄꽃이 하르르 지는 봄날에 먼 곳으로 떠나셨다.

문인들의 작은 행사가 있는 토요일이었다. 행사를 마치고 가벼운 발걸음으로 몇몇 문인들과 차를 마셨다. 오랜만의 만남에 여유가 있어서인지 그녀들과 서로 안부를 물으며 대화가 길어졌다. 그동안 서로 바빴고 코로나로 대부분 눈으로만 인사했던 우리는 봄이라는 계절과 따스한 봄 햇살로 마음이 편안해졌는지 대화가 길어졌다.

어느새 머리카락이 희끗해진 그녀들은 그동안의 근황을 이야기하면서 빠져든 것은 손녀를 키운 이야기였다. 몇 년 전에 결혼한 딸들이 손자 손녀를 낳아 서울로 가서 돌봐주었거나 마산으로 데려와서 돌봐 준 이야기였다.

무엇보다 놀라운 것은 자신의 몸도 건강하지 않아 병원에 다니면서 아픈 몸임에도 딸을 위해 손자들을 돌봐주러 꾸준히 다녔다는 것이다. 자신들도 힘들지만 딸이 더 힘들까 봐 자신의 건강을 뒤로하고 한 달에 절반은 딸집으로 가서 손자를 봐주고 와서 자신은 병원에 가서 치료를 받는다고 한다. 요즘은 대부분 맞벌이 부부들이 많으니까 힘들지만 맞벌이하는 딸을 위해 도와주지 않을 수 없다고 다들 말한다. 엄마이니까 할 수 있다고 한다. 여자는 약하지만 어머니는 강하다는 말이 있듯이.

딸집에서 혼자서 손자 돌보다가 결국 부부가 딸집 옆으로 이사까지 가서 손자손녀를 봐주러 떠나간 이웃이 생각났다. 우리 사돈도 손녀를 돌봐주다가 협착증까지 걸려 수술까지 받고 지금도 손녀를 봐주고 있다. 일이 많은 나는 늘 그런 사돈에게 미안한 마음을 가지고 있다. 나는 일주일에 한 번 정도 봐준다고 하자 그녀들은 아들 가진 나보고 부럽다고 하지만 나도 막내딸이 있어 막내딸의 아이를 봐줄 때까지 건강하기를 바라는 것이 요즘의 소원이다.

그녀들의 희생적인 이야기를 들으며 문득 친정 엄마가 생각났다. 엄마는 아들 둘이 있는 내가 시가에서 분가하자마자 집에 매일 오셔서 손자들을 돌봐주셨다. 창원에서 버스를 타고 신마산에 살고 있는 딸집까지 오셔서 아이들을 목욕시켜주고 간식을 챙겨 준 엄마였다. 지금 생각하면 그 당시 당신 건강도 많이 좋지 않으셨던 것 같았는데 딸인 나를 위해 힘든 내색도 하지 않고 아이들이 어느 정도 자랄 때까지 와서 돌봐 주신 것이다.

　세상의 모든 엄마는 우렁각시 같다. 우렁이는 알이 깨어나면 자신의 살을 먹여 새끼를 기른다고 한다. 새끼는 어미 우렁이의 살을 파먹고 자라나고 혼자 움직일 수 있을 때쯤이면 어미 우렁이는 자신의 살이 모두 없어져 껍질만 남아 물 위에 동동 뜨게 된다. 껍질만 남은 우렁이는 흐르는 물살에 아무 말 없이 떠내려간다고 한다. 자신의 살을 녹여내어 자식들에게 영양분을 주는 엄마의 사랑은 진정한 사랑이며 무조건 사랑인 것이다.

　봄을 좋아했고 꽃을 좋아했던 엄마는 이제 곁에 없다. 아이들을 키우느라 힘들어 할 때 엄마는 "지금 이때가 인생의 봄날이란다." 말씀하셨던 엄마는 먼 곳으로 떠나가셨다. 강물 따라 우렁각시처럼 떠내려간 엄마가 무척 그리운 봄날이다.

웅변대회

서강홍

4409122@hanmail.net

"온 세상이 고요히 잠든 새벽, 한 줄기의 신호탄에 뒤이어 지축을 흔들 듯 울려 퍼진 탱크 소리는 동족의 가슴에 총부리를 들이대고 조상이 물려준 옥토를 잿더미로 만든 분통스럽고도 원통한 6·25의 비극을 아십니까? 여러분!" 1960년대의 어느 날에 시행되었던 웅변대회 원고의 첫 구절이다.

더듬어 보는 기억 속의 세월 중, 지금의 육십 대 이상 노년층의 재학 시절에는 전국적으로 웅변대회가 성행하였다. 반공, 인권 옹호, 불조심, 교통안전, 국산품 애용 등 각종 국민적, 사회적 관심사에 따라서 이를 계몽하고 홍보하며 강조하고 다짐하는 차원에서 이루어진 일련의 행사였다.

6·25를 전후하여 실시되는 반공 웅변대회를 비롯하여 12월 10일 세계 인권 선언일을 맞이하여 개최되는 인권 옹호 웅변대회,

동절기를 맞아 이루어지는 불조심 강조 웅변대회 등으로 일종의 연중행사이기도 하였고, 각급 학교에서 교내 행사로 실시하는 애국, 애향심 고취를 위한 교육 활동이기도 하였다.

공산주의 침략자로부터 나라를 지키며, 의식을 개혁하고 산업을 발전시켜 하루빨리 살기 좋은 나라를 만들자는 온 국민의 여망으로 전국의 어느 지역 할 것 없이 웅변대회의 열기는 뜨거웠고 학생들의 관심사도 지대하였다.

나는 중학교 일학년 때부터 웅변대회에 참가하였다. 우연한 기회에 웅변과의 인연을 맺게 되어 해를 거듭하면서 여러 번 참여하곤 하였다. 그러므로 웅변대회와 관련되는 여러 종류의 사례와 애틋한 기억을 간직하고 있다.

대회 일자가 예고되고, 참가할 의사가 결정되면 대회의 심사기준에 맞추어 그날부터 수련의 과정이 시작된다. 심사기준은 대개 원고 내용, 음성, 태도, 청중의 반응 등으로 대별되었다. 무엇보다도 우선 과제가 원고의 준비였다. 심사기준 점수의 반 정도의 비중을 차지하는 것이 원고의 내용이었다. 좋은 원고를 확보하기 위한 노력부터 눈물겨웠다. 유명한 문필가나 명사들을 찾아 부탁하기도 하고 학교에서 가장 필력이 있는 선생님들께 의뢰도 하였으며 스스로 직접 원고를 준비하는 경우도 있었다.

원고가 마련되면 음성 준비를 하여야 했다. 음악으로 말하면 발성 연습에 해당하는 영역이었다. 웅변은 많은 청중을 향하여 큰 소리로 외쳐야 하는 작업이기에 큰 소리를 낼 수 있는 육성을 갖추어야 하였다. 말하자면 웅변을 하기 위하여 목소리를 틔우는 과정이었다. 대회장에서 청중을 압도하는 목소리와 청중의 마음을 사로잡을 수 있도록 호소력을 지닌 육성이 절실하였다.

발성 연습을 위하여는 등산을 해야 했다. 아무 데서나 큰 소리를 지를 순 없기 때문이었다. 포교당이나 교회의 종소리가 잠을 깨웠다. 이른 새벽에 잠을 깨어 어둑어둑한 산길을 올랐다. 산길을 따라 오르면서 원고의 내용을 수없이 되씹었다. 산등성이에 다다를 무렵이면 날은 밝아오고 싱그런 새벽 공기가 정신을 한층 맑게 하였다.

산봉우리에 올라서면 발 아래 동네를 향하여 "으아~" 하며 뱃속에서부터 우러나오는 소리를 여러 번 질러본다. 그리고는 산등성 너머 골짜기를 향하여 큰소리로 웅변연습을 하였다. 원고의 내용에 따라 억양을 조정하면서 마음껏 소리 질러 열변을 토했으니 멀리 보이는 산등성이랑 비탈에 늘어선 수목들이 모두 청중인 셈이었다.

드디어 대회 당일, 참가자들의 추첨 결과에 따라 발표의 순서가 정해지고 대회가 시작된다. 야릇한 긴장감이 밀려온다. 이제 내 차례가 돌아오면 저 연단에 올라 나의 기량을 마음껏 쏟아야 한다. 주어지는 시간은 5분 전후다. 이 5분의 순간을 위하여 얼마나 고심하였고 얼마나 많은 땀을 흘렸던가. 지금껏 노력한 그 힘을 5분 동안 다 터뜨려야 한다. 그리하여 만장한 청중들로 하여금 흥분의 도가니에 빠지게 하고 드디어는 열광적인 호응과 박수를 이끌어내야 한다.

처음부터 흥분하여 고함을 지르지 않는다. 최선의 힘을 쏟아야 하는 5분의 시간에도 기-승-전-결의 원리에 따라야 한다. 물 흐르듯 잔잔하고 차분한 음성으로 처음을 시작하여 청중들의 가슴과의 만남을 유도하고 그들의 공감을 이끌어내야 한다. 차츰 소리의 크기를 더하여 청중과의 교감의 열도를 높인다. 그들의 가슴이 나의 열기에 빠져들 무렵, 그 흥분감을 이용하여 더욱 크고 웅장한 발성과 몸짓으로 그들의 가슴에 불을 지르고 드디어는 "이 어찌 통탄하지 않을 수 있으리오? 여러분!"이라며 연단을 두드리는 순간 장내에서는 박수가 쏟아진다. 이 순간이 곧 클라이맥스다. 다시금 열망에 젖은 음성과 몸짓으로 하여금 청중의 마음을 사로잡고 교감을 이룬 시점에 차분하게 끝맺음을 함으로써 주어진 5분간의 불덩이를 쏟아내고 연단을 내려온다.

웅변에의 열망을 불태우던 시절이 그립다. 원고를 준비하고, 음성을 조절하고, 몸짓을 구사하여 열변을 토하던 그 시절을 되돌아본다. 몇 달의 수련을 거쳐 드디어 대회를 치르던 날의 광경을 회상해 본다. 발표의 순서를 기다리며 대기하던 순간의 마음 졸임을 말로 설명하기는 참으로 어렵다. 성적발표 때의 마음 졸임 역시 말로 설명하기 어렵다. 입상자로 호명 받아 시상대에 오를 때의 기쁨을 말로 설명하기도 어려우며 상장과 상품을 받아 들고 응원 나온 재학생들의 대열에 끼어 귀교할 때의 설렘 또한 말로 설명하기가 어렵다.

'웅변은 은이요, 침묵은 금이다'는 금언이 전해온다. 입으로 떠드는 것보다 말 없는 실천이 더 소중하다는 성현의 가르침이다. 그렇다. 말로서, 입으로서 아무리 큰 소리로 떠들고 소리치고 흥분하여도 몸이 움직이지 않는다면 그 수고에 무슨 의미가 있으랴.

내 비록 침묵보다는 못한 웅변으로 그들과 만났지만 입으로 떠듦이 말없는 실천보다 못함을 알면서도 호응하여 주던 수많은 청중들. 그 학생들의 실천이 따라주지 않았더라면 땀 흘려 준비한 웅변이 무슨 의미가 있었으랴. 기억을 더듬어 되새겨 보는 추억 속의 웅변대회. 반세기의 세월이 훌쩍 지난 그날의 장면이 눈에 선하다. 나라를 사랑하고, 고장을 아끼는 마음으로 박수치며 공감하여 주던 학우들의 모습이 눈에 선하다.

김 밥

정보연

cherish0524@naver.com

"볶음밥?"

"아니요, 유부초밥이요."

"응, 알았어."

이번에도 김밥은 싫다고 한다. 처음 소풍 가던 날부터 그랬다. 소풍 도시락이라면 으레 김밥인데 우리 딸은 김밥이 싫다고 한다. 도시락통도 예쁜 것으로 준비하고 간식도 손이 많이 가는 것으로 만들어 보낸다. 엄마가 귀찮아서 김밥을 안 만든 것이 아니라는 묵언의 표시다. 아이들이라면 김밥을 좋아하던데 나는 그 점이 의아했다. 설마 외모도 성격도 아빠를 쏙 빼닮은 우리 딸이 김밥을 싫어하는 것만 나를 닮은 것은 아닐 텐데….

사실은 나도 그랬다. 언니들은 김밥이 없어서 못 먹을 지경인데 나만 김밥을 싫어했다. 언니들과 같은 학교라 소풍날도 같은 날이었다. 언니들은 서로 한 줄 더 가져간다고 싸우는데 나는 김밥이 싫다고 고집을 피웠다. 사실 김밥이란 게 한 줄을 싸나 열 줄을 싸나 한번 재료만 준비하면 되는데 나 때문에 엄마도 힘들었을 것이다.

엄마는 계속 김밥이 맛있다며 나를 유혹했다. 특히 김밥 꽁지는 더 맛있다고 입에 들이밀었다. 방금 싼 김밥은 나름 맛있었다. 하지만 소풍 가서 먹는 축축해진 김밥은 비릿한 맛이 났다. 나는 그게 싫다고 했다. 결국 엄마는 김 대신 계란 지단으로 김밥을 싸주었다.

소풍날 흔한 김밥 도시락 사이에서 내 계란 김밥은 인기가 좋았다. 선생님도 아이들도 구경을 했다. 병아리처럼 노란 김밥이 나도 마음에 들었다.

"엄마 유부초밥 밥 만들 때 김치볶음도 잘게 썰어 넣어주세요. 좀 맵게요."

"네네, 알았어요."

까다로운 딸이 이번 소풍에는 유부초밥을 주문한다. 조건도 붙여서. 날 닮아서 김밥을 싫어하나 생각이 든 뒤로 이렇게 말하는 딸의 모습도 얄밉지 않다. 하지만 유부초밥 도시락을 싸주면 다른 사람들이 엄마가 귀찮아서 그런가 생각할까 봐 마음이 편치 않다. 그래서 계란 김밥을 제안해 보았지만 딸은 싫다고 한다. 계란도 비리다는 것이다. 그제야 나는 계란도 비리다는 생각이 들었다. 그럼 나는 왜 김밥이 싫었던 것일까.

어릴 적을 생각하면 나는 늘 외롭지 않았고 또 한편으로는 늘 외로웠다. 언니들이 세 명이나 있으니 외롭지 않았고, 언니들이 껴주지 않아 외로웠다. 그럴 때면 엄마는 날 감싸줬는데 그래서 언니들은 또 나를 껴주지 않았다. 엄마는 그런 나를 늘 따듯하게 품어주었다.

언니들은 엄마가 나만 예뻐한다고 했다. 자기들이 어렸을 때는 엄마가 일을 했고 하루 종일 집에서 엄마를 기다리다 엄마가 퇴근할 시간에 버스 정류장에 가서 기다렸다고 했다. 일하는 엄마라, 그리고 엄마가 집에 없다니 나는 상상이 되지 않았다. 내가 기억하는 때부터 엄마는 늘 나와 같이 집에 있어주는 가정 주부였고 그래서 내게 엄마는 공기처럼 늘 있는 존재였다.

그런데 그런 내게 엄마가 없는 며칠이 있었다. 그것은 정말 새로운 경험이라 충격이었고, 내 기억에 선명히 각인되었다. 그때 나를 보살펴 준 건 엄마가 형님이라고 부르던 2층 아줌마였다. 나는 아침에 눈을 뜨면 2층으로 올라갔다.

아줌마는 예쁜 쟁반에 1인분의 밥상을 매번 따로 차려주었다. 대학생 언니는 모아 둔 예쁜 성냥갑을 구경시켜주고 탑 쌓기 놀이를 해주었다. 원한다면 맘에 드는 걸 몇 개 주겠다고 했다. 회사를 다니던 큰언니는 어떤 빵을 좋아하냐고 물어보더니 퇴근하면서 매일 빵을 사다 주었다. 작은오빠는 내게 전래동화와 명작 동화책을 읽어주었다. 집에서 누리지 못한 호사였다. 하지만 나는 하나도 즐겁지 않았다. 엄마가 없었다. 하루에도 수십 번씩 엄마가 어디 갔는지 언제 오는지 이제 계속 없는지 나는 묻고 또 물었다. 다들 어색한 미소만 지을 뿐 나에게 알려주는 사람은 없었다.

사실 그때 셋째 언니가 작은 수술을 했다. 엄마는 병원에서 언니를 간호하고 있었다. 그러다 밤에 언니가 잠들면 집에 왔다가 언니가 깨기 전에 아침 일찍 다시 병원으로 갔다. 나는 그런 것도 모르고 엄마가 갑자기 사라져서 무슨 마법이나 저주에 걸렸나 했다.

그러던 어느 날, 엄마가 왔다. 그동안 어디에서 무얼 했는지 왜 없었는지 말도 없이, 엄마는 내게 스티로폼 도시락을 내밀었다. 나는 받지 않았다. 엄마가 노란 고무줄을 풀자 도시락은 조개 입처럼 벌어졌다. 엄마는 먹으라고 했다. 나는 계속 고개만 저었다.

"언니는 병원에서 주는 밥은 안 먹고 이것만 맛있다고 맨날 사 달래, 너도 먹어 봐."

엄마는 나를 달래며 김밥을 먹였다. 비닐에 든 시큼한 단무지도 종종 먹이면서…. 엄마는 내가 맛있게 먹는 모습을 보고 싶었을 것이다. 하루 종일 같이 있지 못한 미안한 마음을 채우고 싶었을 것이다. 하지만 나는 정말 먹기 싫었다. 도시락 뚜껑에 맺힌 물방울은 또르르 굴러 떨어져서 안 그래도 눅눅한 김밥을 적셨다. 젖은 김에서 훅 올라오던 비릿한 냄새와 맛. 나는 계속 고개를 가로저었다. 김밥이 싫어서인지 엄마가 싫어서인지 알 수 없었다. 그

물방울이, 그 눅눅함이 내 눈에도 가득 배어 들었다.

다음 날 아침, 역시나 엄마는 없었다. 나는 2층으로 올라갔다. 아줌마가 챙겨주는 밥을 먹고 나면 아줌마는 TV유치원이나 TV만화를 틀어준다. 하지만 나는 이층 계단으로 간다. 그곳은 내가 엄마 대신 얻은 나의 아지트였다.

그곳은 우리 집 계단과 달랐다. 어디선가 비스듬히 햇빛이 들어와 있었다. 그 빛은 서서히 낮은 계단에서 높은 계단으로 올라갔다. 나도 그 빛을 따라 한 칸씩 계단을 올라갔다. 계단 위에 빛과 그림자가 만든 그림을 손가락으로 따라 그리다 보면, 뽀얀 먼지가 손가락에 달라붙었다. 계단 모서리의 먼지까지 모아서 후 불면 먼지는 햇살 속으로 날아갔다. 먼지가 반짝이는 금가루가 되어 떠도는 우아한 유영. 나는 그 모습을 홀린 듯 한참을 바라보았다.

어느새 계단은 온통 햇빛이었다. 데워진 나무 계단은 엄마 품처럼 따뜻하다. 나는 나무 계단을 쓰다듬고 또 쓰다듬는다. 영원할 것 같던 빛은 어느새 엿가락처럼 길게 늘어지고, 조금씩 옆으로 비켜 벽을 타고 올라가다 영영 사라졌다. 나의 외로움을 채워주던 밝고 따스한 빛이 성냥팔이 소녀의 불빛처럼 사라지면, 나는 혼자 어두운 계단에 앉아 있었다.

"음료수는 뭐 싸줄까? 오미자에 얼음 넣을까?"

"매실청은 없어요?"

"있어, 그걸로 줄까?"

"그냥 오미자 주세요. 너무 달지 않게요."

나도 모르게 작은 한숨이 나온다. 우리 엄마가 들었으면 너는 왜 애한테 일일이 다 물어보냐고 잔소리하실 것이다. 엄마는 아이들에게 일일이 물어보지 말고 그냥 주라고 한다. 그렇게 하면 나만 힘들다는 것이다. 나는 이왕 하는 거, 애들 먹고 싶은 걸 해 주는 것이 좋다고 생각한다. 우리 엄마도 내게 계란 김밥을 해주시던 분이 아닌가. 엄마가 우리를 그렇게 키워서 힘드셨다는 건지, 아무리 사랑하는 손녀라도 자기 딸이 힘들면 싫다는 건지 알 수 없었다.

소풍 가는 딸을 배웅하고 현관을 막 들어서는데 전화가 온다. 셋째 언니였다.

"잘 지내고 있니? 밥은 먹었고?"

"아직. 오늘 소풍 가는 날이라서 도시락 싸서 이제 막 보내고 집이야."

"소풍? 도시락? 김밥 싼 거야?"

"김밥 말고 유부초밥. 애 김밥 싫어하잖아. 나도 이제 남은 유부초밥 먹으려고."

"야, 그래도 김밥이 최고지. 유부초밥이 뭐니? 참 희한하단 말이야. 근데 갑자기 김밥 먹고 싶네. 주말에 우리 김밥 한번 만들어 먹자. 너 좋아하는 그 계란 김밥도 하고 말이야."

언니는 아직도 김밥을 좋아한다. 집에서 만든 김밥을 제일 좋아하지만 시장 김밥이든 편의점 김밥이든 가리지 않고 다 좋아한다. 아마도 언니에게 김밥은 동생에게 뺏긴 엄마의 사랑을 온전히 다시 찾아 준 묘약과 같았던 것일까. 나는 전화를 끊으며 조용히 미소 짓는다.

서재에 대한 허영

염혜순

yuramom@hanmail.net

드디어 서재에 불을 켰다. 오고가며 들여다만 본 지 며칠만이다. 그 방 옆에 있는 거실에서 거의 모든 시간을 보내면서도 몇 발짝 떨어진 방안에 들어서는데 왜 그리 용기가 필요한 것인지 알수가 없다. 벼르고 벼르다 들어선 방에서 컴퓨터를 켠다. 그 속에 글을 쏟아 놓는 것은 방에 들어서는 것과는 또 다른 용기를 요구한다. 옆에 널려있는 책도 가지런히 놓아야 할 것 같고 미뤄둔 설거지도 떠오른다. 그러다가 세탁기에 다 돌아간 빨래가 생각나면 결국 다시 일어서서 그 빨래들을 펴서 널어놓고는 방에 대한 일을 잊어버리곤 했다. 다행인지 오늘은 내가 이 방에서 컴퓨터와 마주앉을 만큼 힘을 모은 모양이다.

어려서는 나만의 방이 없었다. 기껏해야 벽에 붙여둔 작은 앉은

뱅이책상 하나가 내게 주어진 유일한 공간이었지만 그것도 감지 덕지였다. 방바닥에 배를 깔고 엎드리거나 상을 펴고 동생들과 발로 장난을 치며 책을 보곤 했었다. 어느 날 아버지가 들고 오신 작은 책상은 난생처음 가져 본 나만의 영역이 되었다. 나만의 책이 꽂힌 책상, 서랍에는 종이인형과 동네 애들에게 딴 딱지며 구슬도 들어있는 나름 꽤 부유한 '영토'였다.

동아전과나 표준수련장이 꽂힌 곳에 앉아 나는 숙제를 했다. 대강의 뜻, 문단 나누기, 짧은글 짓기를 하던 날은 행복했다. 동생들은 만질 수 없는 나만의 공간, 저녁 햇살이 창호지 너머 기웃거리도록 《소공녀》를 읽으며 혼자 울던 그 책상이 훗날 나는 가끔 그리웠다.

그러던 어느 날, 제목도 기억나지 않는 영화 속에서 스쳐 지나간 부잣집 서재를 본 후 나는 작은 앉은뱅이책상에 앉아 꿈꾸기 시작했다. 난 어른이 되면 나 혼자를 위한 방에 테이블책상을 놓고 회전의자도 들여놓아야지. 요 하나에 이불 하나를 동생들과 나누어 덮고 잠들던 밤에도 책이 가지런히 꽂혀있는 내 방을 머릿속으로 꾸미다 잠들었다.

결혼하고 나서는 아이들 방과 남편 책상이 먼저였다. 식구들이 모두 잠들면 혼자 일어나 식탁에 앉아 책을 보며 어린 시절 꿈꾸던 서재를 목말라 했다. 아이들 모두 떠나 집이 텅 비고도 어쩌다 오면 잘 수 있는 방부터 만들고 남편 서재부터 마련하니 나는 여전히 식탁에서 책을 읽었다. 그땐 마치 내 방이 없어서 책을 더 못 읽는 것처럼 스스로의 게으름도 그렇게 묻어버렸다.

지난겨울 새 집으로 이사를 온 후에야 겨우 갖게 된 서재, 평생 꿈꾸어왔던 내 방이 마련되었다. 어렴풋한 옛 영화에서처럼 나는 돋보기안경을 쓰고 반백의 머리를 한 채 인생의 해가 기울어가는 시간이 돼서야 내 책상 앞에 앉았다. 누구의 방해도 없이 내 공간과 시간을 허락받은 기쁨은 참 더디게도 찾아왔다.

서재도 생기고, 시간이 많아지고, 정말 원 없이 책을 읽을 수 있는 날들인데 꼭 숙제를 미루는 어린애처럼 나는 이 방에 들어서는데 자꾸 뜸을 들인다. 처음 나를 위한 서재를 꾸미고는 자주 방에 들어와 나도 모르게 벙글거렸다. 누가 보면 이상할 정도로 서재와 사랑에 빠졌는데 사실 오래 앉아 책을 읽지는 않았다. 바닥에 눕기도 하고 의자에 앉아서 창밖을 보기도 하고 이 책 저 책 꺼내서 후루룩 넘겨보고는 다시 꽂는 게 전부였다. 이제 여기서 오래 시간을 보낼 일만 남았다고 생각하다가 안방 침대에 눕거나 소파에서 텔레비전을 보았다.

거실서 여기가 몇 천 리 떨어진 듯 아득하다. 무엇일까? 내 발목을 잡고 늘어지는 이 묵직한 것은. 게으름? 타성? 아니면, 혹시? 서재에 대한 꿈이 그저 나의 허영이었을까? 지식을 탐구하는 멋진 삶에 대해 막연히 가지고 있었던 지적 허영심이 나로 하여금

방 하나를 비우게 한 것일까? 독서를 열심히 하지도 않으면서 책장 가득 책을 꽂아두고 사는 나. 머릿속에 오가는 많은 생각들을 글로 써야지 마음먹을 뿐 실제로는 글 한 줄 제대로 쓰지 않는 게 으름에 갇힌 내가 아무래도 이 방 가득 허영심을 채워 둔 모양이다. 오랜 꿈이라 여겼던 것이 한낱 허영에 불과하다니 마음속이 복잡해진다.

책을 읽고 글을 쓰는 곳이 서재라면 사실 책은 서재에서만 읽질 않는다. 그저 내 손 가까운 곳이면 어디나 책을 두고 여태 그래왔듯이 거실에서도, 식탁에서도, 침대에서도 책을 읽는다. 막상 이 방을 만들고 가장 많이 한 일은 나만의 방에 들어와 창밖을 보며 차를 마시거나 조용히 눈을 감고 음악을 들으며 생각에 잠기는 게 다였다. 생각해 보니 내게 그런 장소가 간절했던 것도 사실이다. 그러나 서재를 서재이게 하지 못한다면 그것 또한 허영에 불과하지 않겠는가.

결국 컴퓨터를 켜고 서재에 대한 나의 허영심을 꺼내 글을 쓴다. 미안하다. 누구에겐지 모르게. 방 하나를 채우고 만 나의 호사가. 그래도 나는 오늘 오래된 꿈이라고 여겨왔던 내 서재에서 허영심 한 움큼을 집어 창밖으로 던지려 한다. 헛된 꿈이 되지 않도록 반성문이라도 쓰고 있으니 말이다. 그리고 정말 내가 그려왔던 노년의 모습을 이곳에서 풀어내려 한다. 나를 더는 허영에 들떠

사는 사람으로 두고 싶지는 않다.

앉은뱅이책상에서 기우는 해에 비춰가며 책을 읽던 날들처럼 이제 나는 내 책상과 내 의자가 있는 방에서 아무 방해 없이 책 속으로 들어가야겠다. 그 호사가 더는 허영으로 사라지지 않도록.

다붓한 사랑초

채홍 이영숙

lys51@hanmail.net

사랑초 한 잎이 흙덩이 속에서 가녀린 얼굴을 내민다. 구근을 묻은 적이 없어 더 사랑스럽다. 베란다 한쪽 보일러실에서 나오는 온기를 차용, 겨우내 그렇듯 곰지락 곰지락거렸나 보다.

다붓한 잎사귀 무더기를 만들더니 별사탕 같은 하얀 꽃들이 밀고 올라온다.

'당신을 버리지 않는다'는 꽃말을 가진 사랑초, 고것들이 아침마다 남향의 햇빛을 따라 허리를 비스듬히 하여 옆으로 기울이며 얼굴을 빼갠다. 늦잠에서 깨어난 내 얼굴을 환하게 해준다.

나의 글쓰기도 이처럼 미미하게 시작하여 열악한 환경 속에서 어렵게 성장했다. 좋은 문장 하나 만들어 보겠다고 많은 날을 허비했다. 대장장이가 쇳덩이를 불에 달구어 쓸모 있는 연장을 만들듯이 나도 쇠붙이를 갈아 바늘을 만드는 심정으로 갈고 다듬는 일을 30여 년 해왔다. 하지만 문학이란 친구는 선뜻 내게로 오지 않고 실체를 보여 주지 않아 여전히 목마르다.

순결하고 고결한 삶을 살다간 노천명의 수필 《설야 산책》은 나로 하여금 문인의 길을 탐나게 했다. 각고의 노력 끝에 첫 수필집을 펴내던 날 많이 행복했었다. 역시 '첫'자가 가지고 있는 비중은 깊고 크다.

늦깎이인 난 날로 몸이 쇠약해져 이제는 읽고 쓰는 일이 어려워지고 있다.

그래도 내 머리 서랍 속엔 생각들이 늘 줄 서서 지면에 옮겨 주길 기다리고 있어 그저 쓰게 된다.

나는 타고난 능력보다 몇 배 더 발휘하며 살았다. 사랑초가 부단한 생명력으로 잎과 꽃을 피워, 보는 이를 즐겁게 하듯 내 수필도 읽는 사람의 마음에 파장을 일으켰으면 한다. 그래서 나름대로 나의 글쓰기에도 철칙이 있다.

수필 문학은 삶의 행간을 표현하는 것만큼 사람 됨됨이가 먼저인 사람이 써야 한다고 생각한다. 생각이 적나라하게 드러나니 가치관이 뚜렷하고 도덕적이어야 한다. 잘난 체는 금물, 겸손을 으뜸으로 삼아야 한다.

글 속에 인생이 녹아 있어야 독자를 휘어잡을 수 있다. 상상력이 풍부하고 생각이 열 길 물속보다 깊어야 하리. 작가는 다른 사람의 삶을 읽어야 한다. 죽은 사람의 넋까지도 읽을 줄 알아야 함이다. 꽃을 보고 뿌리까지도 짚어내야만 한다.

깔끔한 문장 하나는 다른 이의 인생길을 결정지을 수도 있다는 신념과 책임 의식을 가져야 한다.

글은 절실하지 않으면 쓰지 않아야 한다. 맑은 물이 고일 때까지 기다려야 한다. 설익은 글을 섣불리 지면에 발표하는 것은 독자를 모독하는 일이라 생각한다. 지구상에 존재하는 우주 만물은 더 없는 좋은 소재다. 부지런한 삶을 사는 사람은 글감이 넘쳐 날 것이다.

문학은 머리가 아닌 가슴이 하는 말을 꺼내어 종이 위에 윤색하는 작업이다. 그래서 정직하고 독창적인 글은 작은 '나'다. 차분한 사람도 원고지 앞에서는 열정적이어야 한다. 영혼이 맑은 사람일수록 신선한 글이 나올 것이라는 믿음이다.

이 밤 독자들이 잠든 밤에도 불을 환하게 밝히고 남의 살아가는 얘기를 되새긴다. 내게 있어 글쓰기는 살아 있음의 증표이고 살아가는 의미이자 희망이다.

다붓한 사랑초 같은 은근과 끈기의 기개를 닮고 싶은 밤이다.

도서관, 조우

임미리
emr1124@hanmail.net

　오랫동안 냉담했던 도서관을 찾았다. 옛 연인과 조우라도 하듯 심장이 찌릿했다. 문득 오늘 새벽에 꾼 꿈이 생각났다.

　꿈속의 상대가 누군지 잘 기억나지 않지만 아는 사람처럼 느껴졌다. 죽도록 티격태격 싸우다가 헤어지는 장면에서 키스를 했다. 아침에 일어나 아무리 기억을 더듬어도 그가 누군지 떠오르지 않고 그 상황만 기억이 났다. 젊은 청춘도 아니고 나이가 몇인데 흉측하게 뭔 이상스러운 꿈을 꾼 것인지 민망하기까지 했다. 그래도 누군지 기억하지 못하니 얼마나 다행인가? 얼굴이 기억난다면 그 것처럼 민망한 일도 없을 것이라는 생각을 했었다.

　꿈 해몽이 궁금하여 급하게 핸드폰을 열어 디지털 노마드가 되어 꿈 해몽을 검색했다. 어렴풋한 기억을 더듬어보아도 적당히 맞출 수 있는 내용이 없었다. 유난히 일어나기 싫은 몸을 일으켜 세워 나갈 준비를 했다. 개꿈을 꾼 것이라고 생각하며 하루 종일 아무 일 없이 지나가기를 바랐었다.

창밖에는 추적추적 비가 내리고 있었다. 오랜만에 내리는 비였다. 아직은 봄비다. 이 비는 농사에 때맞추어 내린 것 같다. 더불어 산천에도 도움을 주는 비다. 저 멀리 만연산에는 운무가 가득했지만 연둣빛으로 찬란했다. 저 연두를 마주하니, 민망한 꿈속의 일도 개운하게 사라진 느낌이었다. 문득 색채와 관련된 의미가 궁금해졌다. 인터넷을 검색해도 내가 알고 싶은 내용은 없다. 집에도 관련된 책이 없고 서점도 가까운 곳에 없으니 어떻게 할 것인지 궁금증에 몸이 달았다.

갑자기 도서관 생각이 났다. 그동안 문득문득 도서관이 그리웠다는 것이 맞을 것이다. 오늘은 기필코 도서관에 가야겠다는 생각으로 냉담했던 도서관의 홈페이지에 접속했다. 책을 대출하려면 회원 가입을 하고, 전화로 정회원 신청을 해야 된다는 내용이 있다. 정회원 신청을 하고 모바일 회원증을 발급받았다. 애증의 관계처럼 드나들던 도서관. 문득 오늘 새벽꿈이 도서관과의 조우를 말해주는 꿈이 아니었을까? 나름대로 구색 맞추기를 해본다.

예전에는 도서관을 많이 이용했었다. 해가 잘 드는 열람실에 앉아 주옥같은 글을 읽기도 하고, 화가들의 그림책을 읽으며 혼자서 행복을 만끽했던 적이 있었다. 그것도 부족하면 대출을 받기도 했었다. 갈 곳 없으면 도서관에 들러 몇 시간씩 보내고는 했었는데 여러 가지 이유를 핑계로 발길을 뚝 끊었었다.

냉담했던 시간만큼 도서관을 이용하는 매뉴얼이 바뀌어 있었다. 하루가 다르게 달라지는 것들 앞에 소심해지는 것은 어쩔 수가 없다. 읽고자 하는 책이 있는지 컴퓨터로 검색을 해서 책의 바코드를 확인하여 도우미의 도움을 받아 책을 찾아냈다. 대출기 앞에 책을 올려놓고 회원증을 찍어 대출을 누르니 대출 확인증이 나왔다.

식당이나 커피숍에서 메뉴를 검색하여 주문을 하듯 대출하는 방법이 바뀌어 있었다. 처음에 바뀐 시스템 앞에서 얼마나 불편해하며 투덜대었던가. 나이 먹은 사람들은 어떻게 하라는 것인지. 모른 척 직원을 부르기도 했었다. 빨리 적응하는 일이 쉽지는 않았다.

세상의 많은 것들이 기계화되고 있다. 고속도로 통행료가 하이패스로 바뀌고, 직접 통행료를 기계에 넣어 정산했을 때 서툴러 얼마나 당황했던가. 어쩔 수 없이 시대에 발맞추어 가기 위해 하이패스를 설치했던 때가 생각났다. 많은 것들이 쉬이 변하고 있다. 잠시 한눈을 팔면 세상은 그만큼 달라진다. 그렇다고 새로운 기기 앞에서 불편하다고 호소할 수만은 없다. 느리지만 내 속도에 맞추어 갈 수밖에 없다.

색채와 관련된 책을 품에 안고 돌아오는 길, 많은 생각들이 스쳐 지나간다. 지금이야 좋은 시절이라 알고 싶은 것이 있으면 핸드폰으로 검색하여 무엇이든 얻을 수 있다. 조금 더 깊이 알려면 전문적인 서적을 찾아야겠지만 웬만하면 금방 해결이 된다. 요즘은 전자책도 많이 유통이 되어 핸드폰 하나면 하루가 48시간이라고 해도 지루하지 않게 되었다.

종이의 질감을 느끼지 않고 눈으로만 읽는 전자책도 나름대로 좋은 점이 있을 것이다. 그럼에도 불구하고 아직은 종이책이 좋다. 종이책의 질감도 좋고 종이 냄새도 좋다. 읽지 않고 곁에 쌓아 두면 허기가 지지 않는다. 그 수많은 종이 냄새가 나를 키웠다. 그 속의 작은 글귀를 읽을 생각을 하면 아직 심장이 뛴다.

'내 나이가 몇인데?'라고 좌절하지는 말자. 아직 뛸 가슴이 있다는 것은 행복한 일이다. 아니 내가 살아있다는 증거다. 살아갈 의욕이 없다면 도서관에 가 보라고 말해주리라. 오랫동안 냉담했던 도서관은 말없이 품에 안아주고 새로운 기술도 가르쳐 주었으니 무엇을 못하겠는가. 도서관 하나 가졌으니 부러울 것 하나 없이 다 가졌노라.

친구여

송혜영
daebk7@naver.com

    햇빛 아래 서면 보송송한 솜털이 반짝이던 중학교 1학년 2학기, 그 애는 전학을 왔다. 동족끼리 피 흘리며 무지막지하게 싸우다 잠시 쉬자며 총을 내린 후, 어느 정도 안정을 찾을 무렵에 우리는 이 세상에 나왔다. 살아남은 사람들은 전쟁으로 줄어든 인구를 벌충하기 위해 거국적으로 밤마다 활발히 작업을 했다. 그덕에 우리의 교실은 항상 미어터졌다.

    교실에는 항상 먼지가 자욱했고 역겨운 냄새가 났다. 예민한 선생들은 수업에 들어오면 미간을 접으며 창문을 열라고 했다. 먼지 같은 70여 명의 아이들은 이름이 없었다. 아우슈비츠의 유태인처럼 우리는 다 번호로 불렸다. 아이들은 신기하게도 그 많은 번호와 사람을 금세 일치시켰다. 나는 키가 작아서 5번이었고 그 애는 전학을 왔기 때문에 70번이었다. 외우기 좋은 70번과 5번은 금세 친구가 되었다. 우리가 쉽게 친해진 것은 우선 그 애가 이사 온 곳이 내가 이미 살고 있는 동네여서다. 거기다 어리바리해 보이는 전학생을 보살펴야겠다는 내 나름의 사명감까지 발동해 그 애의 하굣길을 챙겼기 때문이기도 하다.

검고 큰 눈, 숱이 많은 새까만 머리에 호리호리한 그 애는 참 어리숙했다. 언니나 오빠가 없어서인지 세상 물정을 너무 몰랐다. 언니 덕에 그 나이의 습득할 수 있는 평균치보다는 정보가 많았던 나는 그 아이의 무지함에 혀를 끌끌 찼다. 너무 순진해서 답답한 그 애에게 우선 제임스 딘이 얼마나 멋진지 클리프 리처드를 왜 좋아해야 하는지도 일러주었다. 그 애는 우수한 학생이었다. 포도알 같은 눈을 반짝이며 내가 가르쳐주는 걸 스펀지처럼 빨아들였다.

좀 더 효율적인 학습을 위해 내가 알고 있는 모든 외국 영화배우와 팝가수 이름을 공책에 죽 적어주고 외우게 했다. 매일 만나는 것도 모자라 휴일에도 우리는 서로의 집을 오가며 교감했다. 그 애의 집에는 우리 집에 없는 책이 많았다. 나는 세상 보는 눈을 키워주기 위해 그 애는 별 관심을 두지 않는 책을 빌려와 밤새 읽고 요약해 들려주기까지 했다. 나는 공자의 군자삼락 중 '득천하영재이교육得天下英才而教育'에 깊은 공감을 표하며 가르치는 자의 기쁨을 만끽했다.

선생님 말씀도 잘 듣던 그 애는 교과서를 등한시한 나와는 달리 학과 공부를 열심히 했기 때문에 나보다 좋은 대학에 진학을 했다. 적은 달라도 우리는 여전히 같은 동네에 살고 있었으므로 자주 만났다. 예전처럼 밀착되어 있지는 않았지만 그 애는 항상 내 영향권 안에 있었다. 그렇게 긴밀한 관계를 유지하다 나는 짧은 직장생활과 긴 룸펜생활을 청산하고 결혼했고, 그 애는 승무원 생활을 오래했다. 그러다 기내에서 만난 제일교포 승객과 뒤늦게 사랑에 빠져 조국을 등졌다.

그후로 오랫동안 우리는 만나지 못했다. 늦은 출산으로 좀 낡아 보이는 그 애가 일곱 살, 다섯 살 먹은 아들과 딸의 손을 잡고 모국을 찾았다. 딸아이 눈은 까맣고 컸다. 친구를 쏙 빼닮은 아이가 신기하고 예뻐 눈을 뗄 수가 없었다. 아이의 볼을 만지고 손도 쓰다듬어보며 호들갑을 떨었다. 그런데 나를 바라보는 그 애의 시선이 어쩐지 꺼림칙했다. 딱해하는 것 같기도 하고, 뭔가를 주려는 것 같기도 한 그런 느낌이었다. 안 보는 사이 그 애와 나 사이에 큰 강이 흐르고 있다는 걸 직감했다.

우리는 너무 오래, 멀리 떨어져 있었던 거다. 내 영향권에서 벗어나기에 충분한 거리와 세월이었다. 긴, 외로운 타국생활로 신앙이 공고해진 그 애는 행복의 충분조건이 있다고 굳게 믿게 된 것 같았다. 자식이 꼭 있어야 하고, 예수를 믿어야 한다는 것. 그 애는 오랜만에 만난 친구에게 애를 낳아줄 수는 없지만 예수님의 품을 가르쳐 주어야겠다고 작정한 듯했다. 딸아이가 주스를 쏟고, 아들이 집에 가자고 졸라도 막무가내였다. 왜 예수를 믿어야 하며, 왜 꼭 교회에 나가야 하는 지를 역설하느라 가느다란 목에 핏대를 세웠다.

명확한 앎의 세계를 신뢰했던 나는 생래적으로 신비의 베일 쓴 신앙에 적합한 체질이 아니라고 생각하고 있었다. 거기다 무한한 앎의 바다에서 유영하는 재미에 푹 빠져있던 그 무렵, 무조건적인 믿음과 복종을 강요하는 것 같은 종교는 억압으로만 느껴졌다. 그 애의 성의를 무시할 수 없어 굳이 말을 막지 않았지만 속에서는 점점 불이 났다. 결국 내 의사를 밝혔다.

"나 예수를 믿기도, 교회에 가기도 힘들 것 같다. 종교라는 것도 개인적 성향이지 않니. 만약 종교를 가진다면 불교 쪽일 것 같아. 나중에 어떻게 마음이 변할지는 모르지만 지금은 아니야. 우리 그 만하자."

말이 떨어지자마자 그 애는 더 전도에 열을 올렸다. 내 종교관이 틀렸다는 거다. 내가 옳고 네가 그르다는 건 일종의 선전포고다. 우리는 몇 년 만에 만난 자리에서 설전을 벌였다. 예수와 부처가 그 애와 나 사이에서 이리저리 날아다녔다. 감정이 격해지면서 목소리가 커졌다. 보채던 아이들이 조용했다. 결국 우리는 서로 얼굴을 붉힌 채 떨떠름하게 헤어졌다.

예쁜 새끼 키우는 재미도 듣고 남편 흉도 나누고 싶었다. 또 골수 민족주의자였던 내 성장기의 복수 대상이었던 '일본놈'들과 더불어 사는 얘기 같은 걸 듣고 싶었다. 요즘 내 관심사가 무엇이며 무엇을 향해 가고 있는 지도 그럴싸하게 들려주고도 싶었다. 그 애에게 예전처럼 말발이 서지 않게 됐다는 걸 뼈아프게 절감했다. 그보다 오랜만에 만나서는 대뜸 나를 천하에 불행한 여자로 만들고, 제 종교를 강요하는 그 애에게 화가 많이 났다.

찜찜하게 헤어지고 며칠 후, 그 애에게서 소포가 왔다. 화해의 의미로 보낸 것이려니 했다. 나도 그 애의 예쁜 딸에게 원피스 한 벌 사줘야지 하며 꼬였던 마음을 풀었다. 그런데 포장 속의 내용물은 격앙된 어조로 일관된 목사의 설교 테이프였다. 나를 끝까지 있는 그대로 인정하지 않는 그 애에게 화가 치밀었다. 내가 깔고 앉은 꽃방석을 뒤집어버린 것 같은 불쾌감도 컸다. 다시 그 애를 보고 싶지 않았다. 그 후로 몇 번 만날 기회가 있었지만 내 쪽에서 적극성을 띠지 않자 만남이 흐지부지 되어버렸다.

마음 상한 채 세월이 많이 흘렀다. 요즘 들어 그 애 생각이 자주 난다. 종교전쟁을 벌였던 아이 엄마가 아닌 찰랑거리던 단발머리 시절의 그 애가…. 미군부대 헬리콥터 소리가 요란하던 흙먼지 나는 운동장에서 같이 뛰던 그 애가…. 남산 시립도서관 오르막 길을 손잡고 오르던 그 애가…, 질질 잘 흘리고 다니던 내 뒤치다꺼리를 꼼꼼히 해주던 그 애가 생각난다.

지금이라면 그 애의 선의를 다 이해할 수 있으련만. 친한 친구가 '불행'의 늪에 빠져 허우적거리고 있는데 어찌 그냥 내버려 둘 수 있겠는가. 천국이 바로 옆에 있는데. 그 애는 그렇게 착한 아이였다.

  알면 알수록 모호해지는 앎의 세계나 설명 불가능한 신비로 가
득 찬 믿음의 세계나 뿌연 안갯속이기는 마찬가지인 것을. 부처고
예수고 이름만 다른 것을. 너와 내가 위안 받을 수 있으면 어느 곳
이라도 좋은 것을…. 굳이 절연을 한 내가 '밴댕이'다.
  이국의 하늘 아래에서 나처럼 시들어가고 있을 친구야. 오늘 네
가 그립다.

스물두 달 손자

이장춘

ginbom21@hanmail.net

헌이가 제 아빠 품에서 안 떨어지려고 발버둥을 친다. 달래가며 가까스로 건네 안은 내 마음이 짠하다. 마침내 포기한 듯 조용해진 헌이를 애써 외면하는 아들의 눈가가 붉다. 서른두 해 전, 안 떨어지려는 아들을 어린이집 차에 억지로 태우던 일이 떠오른다. 아들은 제 아들을 우리 품에 떠나보내며 그때 아비의 심정을 떠올렸으리라.

손자 헌이는 태어난 지 이제 스물두 달이 되었다. 녀석은 안쓰럽게도 코로나19와 함께 왔다. 코로나가 시작된 지 두 달 후에 태어나는 바람에 우리 내외는 삼칠일이 지나서야 비로소 찾아가 보았다. 현관에 들어서자 아들 녀석은 제 어미와 아비에게 소독 세례를 퍼붓는다. '별스럽구나' 생각 들어도 이게 다 코로나의 풍경이려니 여기며 몸을 내맡긴다. 손자는 사진이나 동영상으로 보던 모습과는 달리 얼굴이며 몸집이 너무 작아 안아보기가 조심스럽다. 손 씻고 마스크를 쓴 채 며느리에게서 우유병을 건네받아 입에 물린다. 병을 잡은 내 새끼손가락을 움켜잡은 손이 희고 가녀리다.

유월 초 무렵 백일이 다가왔다. 아무리 코로나라 해도 사돈네와 함께하기로 했다. 모처럼 아들 내외가 예약해 둔 행사 전문 식당에서 조심스레 만났다. 목도 잘 가누지 못하는 헌이를 아기 의자에 앉히고, 또 가슴에 안고서 사진을 찍었다. 번거롭고 귀찮기도 하련만 손자는 저를 위한 자리인 줄 아는지 잘 참아주었다. 마침 날씨가 따사로워 근처 야외 카페로 자리를 옮겼다. 우리는 아들이 직종을 바꾸려는 문제를 의논하기도 하고, 네이버 렌즈 기능을 사용하여 낯선 꽃의 이름을 알아내고는 탄성을 올리기도 했다. 백일을 맞은 손자는 얼마 전까지만 해도 모르던 이들을 이렇듯 가까워지게 해 주었다.

얼마 후, 아들은 직장을 옮기게 되어, 처가인 분당 부근에서 우리가 사는 안동이 가까운 경산으로 이사를 왔다. 사는 곳이 가까워지니 자연히 전보다 자주 찾게 되었다. 손자를 만나면, 안아주기도 하고 마주 앉아 놀아주니 녀석은 할애비를 무척 따른다. 어쩌나 보려고 애비와 함께 나란히 손을 내밀면 내게로 손을 내민다. 에미와 그렇게 해도 잠시 머뭇거리다가 내게로 온다. 자주 만나지 못하는 내게 일부러 마음을 더 써주나 보다. 아무것도 모르는 손자의 마음이 미쁘다. 그러다가 집에 돌아오려고 현관에서 빠이빠이를 하다 보니 녀석이 내게 손을 내밀기에 안아주고는 며느리에게 안겼더니 다시 내게로 몸을 내밀어서 안아주기를 다섯 번이나 하다가 마침내 주차장까지 데리고 나온 적도 있었다.

아들이 직종을 바꾸니 며느리가 가끔 나가서 도와야 할 일이 생겼다. 마침내 아들 내외는 가까운 우리에게 SOS를 친다. 별안간 우리가 바빠졌다. 그렇지 않아도 바쁘게 살아가는 중인데 등에 짐이 하나 더 얹힌 셈이다. 한 번 가면 사오 일은 보통이니 이곳 일은 뒷전으로 밀려났다. 아들 집에 가면 집사람은 살림을 살고, 나는 육아를 맡는다. 십여 년 전 친구들의 이야기가 지금 와서 내 애기가 되었다. '애 보느니 일하겠다'던 말을 그러려니 귓등으로만 듣다가 뒤늦게 혼이 나는 셈이다. 그래도 손자가 잘 따르니 귀엽기만 하다.

헌이가 아직 잘 걷지 못할 때부터 근처 박물관으로 데리고 갔다. 전시물보다는 야외 앞뜰이 넓고 평평해서 걸음마 배우기에 적합해서였다. 처음에는 손을 잡고 걷다가 차츰 뒤뚱거리며 걷는 모습에 놀러 온 이들이 빙그레 웃으며 박수를 보낸다. 서서히 걷기가 익숙해지자 경사진 곳에도 다니고 계단까지 손을 잡고 오르게 되었다. 녀석은 성취감을 느끼는지 자꾸 손을 끌고 계단 쪽으로 간다. 박물관 입구에는 경산이 자랑하는 역사 인물상이 있다. 삼성현三聖賢인데, 원효와 설총 그리고 일연선사이다. 내가 손을 모으고 허리를 굽혀 인사드리자 녀석도 따라 한다. 나중에 보여주려고 사진을 찍어둔다.

　며느리는 우리가 할 일을 못 하는 것에 미안해하며, 헌이를 안동 할애비 집으로 데려가면 어떨지 조심스레 운을 뗀다. 거기 데려가면 아예 여기 와있는 것보다는 조금이라도 일하기가 낫지 않을까 하는 마음에서다. 아직 기저귀를 찬 아이를 어미 품에서 떠나보내려는 마음이야 오죽하랴만, 할애비를 잘 따르는 헌이라면 떨어져서도 잘 지낼 것으로 생각한 모양이다. 할배 할매와 함께하니 헌이는 할배집에 와서도 별로 엄마를 찾지 않는 듯했다. 밤에 잘 때는 엄마 품에서 잠들던 때가 생각나는지 잠시 엄마를 찾다가 이내 잠들곤 했다. 가끔 동영상으로 엄마 아빠 모습을 보여줘도 힐긋 보기만 하고 TV 어린이 프로에 빠져들었다. '나는 잘 지내니 염려 말라'는 걸로 느껴져 대견스러웠다. 주말이면 아들 내외는 안동을 찾아 헌이를 데리고 갔다. 그러기를 세 차례쯤 했을까, 갑자기 변수가 생겼다. 며느리 몸이 달라진 것이다.

　저희도 얼떨떨했고, 우리도 걱정이 되었다. 터울이 잦아 앞으로 키울 일이 막막했다. 어미 배가 불러오니 헌이도 본능적으로 느끼는지, 샘을 내기 시작했다. 전보다 더욱 엄마 곁을 떠나려 하지 않고, 엄마 배를 머리로 들이받기도 했다. 내 차를 탈 때는 혹시 엄마와 떨어지는 건 아닌가 주저하는 듯했다. 여전히 할애비에겐 잘 안겨도 뱃속 아기가 엄마의 사랑을 독차지하는 건 아닐까 하는 우려의 빛이 뚜렷해 보였다. 그래도 눈에 안 보이면 되겠지 하는 생각에 제 아빠의 품에서 떨어지지 않으려는 손자를 건네받았다.

안동으로 오는 차 안에서 헌이는 잠시 울더니 곧 그치고 잠이 들었다. 룸미러로 포기한 듯 잠든 모습을 보니 가슴이 저렸다. 안동에 와서는 마침 겨울이라 밖엔 못 나가도 집안에서는 의외로 먹기도 잘하고, 잘 놀았다. 그런데 밤이 되자 사정은 달라졌다. 잠이 들었다고 생각했는데, 잠시 자다가 꿈을 꾸는지 일어나 울어대기 시작했다. 한밤중이라 이웃을 생각하니 난감해져 안고 어르며 달래보았지만 막무가내였다. 고집부리는 일도 없이 순하기만 하던 아이가 어떻게 이리 돌변할 수 있는지 놀라웠다. 밤중에 아들에게 전화했다. 엊저녁엔 얼마간 달래니 그쳤는데 오늘은 어쩔 수 없다고 하자 아들 내외는 심각성을 알아차렸다. 이튿날 당장 아들 내외가 달려왔다.

그동안 헌이의 행동에 어떤 변화가 있었던가. 조부모와 함께 지낼 때는 이전과 별로 다름이 없었지만, 동영상으로 엄마 아빠를 보여줄 때는 거의 외면하다시피 했다. 특히 제 어미를 볼 때는 더욱 그런 모습이 역력했다. 어떻게 나를 버리고 뱃속 아기에게만 마음을 주는지 항거하는 것 같았다. 저러다가 아이가 부모를 불신하고 마침내 자폐증까지 생기지는 않을까, 교육학과 발달심리학 책에서 본 듯한 글들이 머릿속을 헤집고 다닌다.

깜짝 놀란 며느리는 무거운 몸으로 헌이 손을 잡고 놀이터로 다니며 굳어진 마음을 풀어보려 했고, 뱃속 동생에게 손을 대도록

해 주면서 아직은 말을 나누지 못하는 형제간의 대화를 대독하기
도 했다. 그러던 중 달이 찬 며느리는 작은손자 윤이를 낳았다.

　우리가 윤이를 처음 본 것은, 태어난 지 일주일 된 윤이와 에미
를 데리고 아들이 조리원 지하 주차장에 정차했을 때였다. 그때
우리는 헌이를 태우고 그곳에 가서 형제간의 첫 상면이 이루어졌
다. 헌이는 동생을 보고 고 깜찍한 손을 잠시 만져보았지만, 별다
른 표정은 보이지 않았다. 헌이가 누나였다면 저렇게 무덤덤했을
까. 아기와 함께 조리원으로 들어가는 엄마를 보며, 태어난 지 스
물두 달이 된 헌이는 마침내 엄마 품을 동생에게 넘겨주었다.

　며느리는 헌이가 조리원에서 나온 윤이를 어떻게 대할까 무척
조바심했다. 집에 돌아와 침대에 윤이를 눕혀놓고 할매가 헌이를
안고 들어가자 문턱에 서서 헌이의 시선을 좇았다. 윤이를 일찍 가
져서 헌이가 받을 사랑을 덜 주게 되어 미안하다며 눈가와 코가
붉어졌다.

　그 후에도 헌이는 침대에 누워있는 윤이에게 달려가 온몸으로
덮치려고 한 적도 있었다. 에미가 그걸 곁에서 제지했으니 천만다
행이었다. 그래도 철없는 헌이는 못 하게 말려도 놀다가 별안간 소
리를 지르는 통에, 윤이는 깜짝 놀라 이맛살을 찌푸리기도 한다.
얼른 윤이가 커서 형제가 다정히 공룡 놀이와 공놀이를 즐길 날
이 와야 할 텐데….

　윤이 백일을 맞아 기념사진을 찍었다. 두 형제가 나란히 앉아

서로 다정히 마주 보는 모습을 보노라니 그날이 그리 멀지 않았음을 말해주는 것 같다.

5

익숙한 여백

익숙한
여백

퀼트 이불

남홍숙

hsn613@hanmail.net

재봉틀을 배운 적이 있다. 틀일이라곤 실도 못 거는 초보도 안 되는 수준이었고 영어까지 굼뜬 동양여인이 서양인들 틈바구니에서 그것을 배운다는 게 가당치도 않음을 알면서도, 이미 발을 들여놓고 있었다.

색색의 옷감이 진열된 가게에 아기 코끼리 무늬의 옷감에서 '메이드 인 코리아'를 발견했을 땐 기분이 묘했다. 호주의 시골 하고도 이 작은 가게까지 찾아온 옷감과 나. 외진 인연끼리 만난 듯 가슴으로 온기가 느껴졌다. 그 천을 재단하여 태어날 외손주의 이불을 만들기로 했다.

메이라는 웃음기 많고 친절한 선생은 나를 가게 뒷방으로 데려가 색색의 천을 바느질하던 서양 여인들 대여섯 명에게 나를 소개했다. 보라색 머리의 할머니는 보라색 톤으로 퀼트 이불을 짓고,

한 곱상한 레이디는 연두색 바탕의 꽃신을, 어떤 이는 손주에게 줄 브라운 색 곰 인형에다 까만 눈알을 붙이고 있었다. 조이라는 할머니는 나를 보자 자신의 손가방을 뒤지기 시작했다. 빼곡한 영어 속에 든 '잘 가'가 작게 쓰여진 한국말을 낡고 얇은 스토리 북에서 어렵사리 찾아내어 무슨 말인지 묻기도 했다.

자기들의 고인 세계에 내가 들어갔는데 옷감의 질감처럼 부드럽게 반기는 분위기였다. 감싸고 튀는 듯 튀지 않는 이 고유의 감응이 신기하고 신선했다.

다음 주 수요일에도 나는 두 딸이 사준 재봉틀을 들고 가서 외손주의 이불을 짓기 시작했다. ― 여긴 수강생들이 자기 재봉틀을 들고 온다. 체격이 연약해 보이는 한 여인은 매번 남편이 재봉틀을 들어다 준다. 남자가 뒤따라 들어와 그 쇠뭉치를 탁자에 얹어놓고 고요히 물러나는 모습은 볼수록 인상적이었다.

선생 메이는 예의 바르고 눈치까지 빨라서 언어가 궁색한 나를 편안하면서도 세심하게 가르쳤다. 내가 그녀의 영어를 못 알아들으면 쉬운 어휘로 바꾸든지, 재봉틀을 손수 박는 시범을 보이면서 옷감 잇는 산뜻한 동산으로 나를 데려갔다.

수강료는 10시부터 12시까지는 $20이고, 오후 3시까지는 $30이었다. 부드러운 천을 서로 잇대어 차르르르 재봉질을 하는 이 방에서, 그들과 함께 차를 마시고 도시락을 나누다 보니 동서양의 경계가 무색해졌다. 색색가지 천 조각 닮은 우리 룸메이트들의 속정이 색동저고리처럼 잇대어 서로 물들어가고 있었다.

때로 아줌마들끼리의 웃기는 이야기로 우히힛, 호호홋 대며 아지매들 특유의 마음 이불을 누비고 있었다. 그들의 말을 100% 다 알아 듣진 못했지만 어느 순간부터 나도 깔깔대고 있었다.

가장 쉬운 직선 박음질을 차르르륵, 내가 빠르게 박아대니 제니가 나보고 고속 티켓 끊었느냐며 농을 건네서 한바탕 웃기도 했다. 메이는 내가 퀼트를 잇는 네모 무늬의 각을 망가뜨리지 않고 정밀히 잘 맞춘다고 다른 수강생들에게 보여주면서 추켜세웠다.

수요일은 점점 내게 특별한 날이 되어갔다. 하나둘씩 내가 누빈 작품?이 늘어갔다. 둘째 딸 벽걸이, 큰딸네 쿠션 커버, 태어날 외손주 행복이의 이부자리 두 채, 나의 집 쿠션 커버, 가방…, 그들 하나하나 완성하기 전의 내 마음은 소풍날을 기다리던 어린 아이가 되어 있었을까. 어떤 날은 밤새 재봉틀을 돌리다 아침을 맞는 날도 있었으니.

점심시간이면 그 방에 늘 오는 키다리 아저씨는 우리가 있는 곳을 무연하게 지나쳐서 탁자 앞에 앉곤 했다. 그 위엔 가위나 천 조각 같은 여인들의 소품들이 흩어져 있어서 식탁이라 하기엔 어수선했다. 키가 190센티는 돼 보였고, 얼굴이 하얀 그 남자는 묵묵히 자리에 앉아서 샌드위치를 먹는 둥 마는 둥하고 나가곤 했는데, 가게 여주인 제인의 남편, 스티븐이라 했다. 퀼트 이불을 잇는 틀일이 취미라던가.

그러고 보니 이 가게 진열장에는 여느 옷감 가게보다 더 많은 퀼트 이불이 진열돼 있었다. 어느 날 나는 크리스마스 이벤트를 디테일하게 재현해 놓은 아기자기한 퀼트 앞에서 한참을 서 있었다. 그때 푸근한 인상의 제인이 조용히 내 옆에 오더니 함박 웃으며 "이거 내 남편이 만들었어" 했다. 자기 남편이 틀일 하는 걸 좋아해서 퇴근하면 늘 재봉틀에 매달려 있었고 끝내는 이 가게까지 오픈했다고.

나는 눈이 휘둥그레졌다. 그 키다리 아저씨가 가늘디 가는 실을 실눈을 뜨고서 순서대로 훅에다 걸어서, 재봉틀을 돌리고, 색색의 천을 이어 퀼트 이불을 만들었다는 게 한편으론 우습기도 했다.

알고 보니 스티븐은 옷감 가게 안쪽에 위치한, 소위 잘 나가는 정신과 병원의 원장이었다.

점심시간마다 슬그머니 들어와 소박한 점심을 먹은 후 그림자처럼 사라지곤 하던 스티븐, 그 퀼트 이불 박사인 의사 선생을 다음부터는 다시 한 번 힐끔 쳐다보게 되었다.

제인과 스티븐. 그들 둘 사이엔 네 명의 딸이 있다고 해서 내가, 너네 딸부자여서 좋겠다, 그렇지. 했더니 제인은 이렇게 말했다. 아, 홍, 우리 재혼 커플이야. 두 딸은 스티븐의 아이이고, 두 딸은 나의 아이야. 하며, 마치 모르는 사람에게 친절히 길 가르쳐주듯 대수롭지 않게 일러주었다. 불현듯 이 방의 무늬를 채워가는 여인

들을 비롯하여 제인과 스티븐이 일가를 이루며 살아가는 모습은
바로, 색깔 다른 무늬의 천을 조각조각 이어가는 퀼트 이불임을
깨달았다.

따뜻한 간달프

김낙효

queenjoa@naver.com

몇 년 전 여름에 나는 문자를 하나 받았다. B대학에 계시는 김 선배가 한국어교육을 해외에서 강의하기 위해 떠난다는 것이다. B대학 강의를 나간 지 얼마 안 되었을 때 일이 새삼 떠올랐다.

B대학에는 중앙에 계단이 많이 있다. 세어본 적은 없지만 계단 이 백 개도 넘을 것 같아 보인다. 첫 시간 수업이 계단 위 본관에 서 있는 날은 마음이 더 바쁜데, 그날은 안개까지 자욱했다. 당시 에는 〈해리포터〉, 〈반지의 제왕〉 등 판타지 영화가 한창 인기가 있 을 때였다. 맨 아래에서 위를 쳐다보면 안개에 감싸인 그 신비한 모습은 동화 속의 성과 같았다. 안개가 자욱하게 건물을 휘감고 주변은 뿌연 것이 마치 환상의 세계로 들어가듯 정신없이 계단을 올라가고 있었다. 계단을 거의 다 올라갔을 때 갑자기 하얀 머리 의 간달프가 나타났다. '아니 웬 간달프께서…. 여기가 어디지….'

"김 교수님 앞 좀 보고 다니세요. 넘어지겠어요. 1교시 수업이 있군요."

깜짝 놀라 정신을 차리고 보니 하얀 백발의 김 선배였다.

"아유 깜짝이야! 선배님 놀랬잖아요."

"너무 계단만 보고 오기에 보물이래도 있나 봤는데… 아무것도 없네요. 허허."

선배의 썰렁한 유머를 뒤로하고 허겁지겁 강의실로 올라갔었다. 왜 흰머리를 보고 간달프를 생각했을까. 간달프 하면 영화 〈반지의 제왕〉에서 절망하고 있는 프로도를 위로하는 명장면이 생각난다. 프로도가 반지 운반의 책임을 맡은 반지원정대는 먼 길을 떠나면서 많은 난관을 만난다. 그때 간달프가 흰머리를 휘날리며 그들을 이끌어주는 역할을 한 것이 생각났다. 선배님이 짠하고 나타났을 때 간달프가 왜 떠오른 것이지? 하며 급히 수업에 들어갔던 기억이 떠올랐다.

새 학기 시작하고 얼마 안 된 때였다. 수업을 마치고 김 선배와 차를 마시며 이야기를 나누던 중 갑자기 나에게 물었다.

"그럼 ○○○ 교수를 알겠네요?"

"혹시 그 사람이 미술 하는 사람인가요?"

그 사람은 내가 잘 아는 동창이었다. 학교 다닐 때 학보사에서 같이 일한 친구라고 하니, 당장 어디를 가자며 앞장을 섰다. 그 친구를 언제 봤냐고 하기에 졸업 후 한 번도 못 봤다고 했다. 선배는 어느 연구실 앞에 가서 노크를 하고 문을 열더니, 나를 먼저 들어 가게 했다. 들어가 보니 30년 전 졸업 때 헤어졌던 친구가 거기에 있었다.

깜짝 놀라며 우리 두 사람은 반가워서 가볍게 포옹을 하였다. 그리고 소파에 앉았는데 그때 김 선배의 표정은 지금도 생생하게 떠오른다. '아니 이것들이 선배 앞에서 무슨 짓거리를 하는 것이 야' 하는 표정으로 의심에 찬 눈초리였다.

"두 사람이 친했어요? 둘이 무슨 사이었어?"

한바탕 웃으면서 학보사에서 한 사람은 삽화를 그렸고, 한 사람 은 학보사 기자로서 친했다는 이야기를 들으시더니 표정이 좀 누 그러지는 것 같았다. 그 당시 우리들은 솜털이 보송보송한 학보사 새내기들로서 수업만 끝나면 학보사에 모여 깔깔거렸다. 그 친구 는 미대를 다니다 왔기 때문에 나이는 우리보다 많았지만 성격이 호탕하여 학보사를 매일 웃음바다로 만드는 친구였다. 선배가 먼 저 나가고 나서 그 친구가 말했다. 김 선배가 후배들에게 많은 배 려를 한다며 전형적인 사도師道를 실천하시는 분 같다고 했다. 특 히 하얀 백발에 여름에도 반듯한 정장 차림을 하는 분이다.

하루는 선배 연구실에서 차를 마시면서 여러 가지 이야기를 나 누었다. 선배의 지인 중에 새롭게 발견한 자료를 가지고 연구한 것이 잘되어 원하는 대학에 자리를 잡은 분에 대해 스크랩해둔 것을 보여주었다. 나의 연구 방향까지 조언해 주었다.

선배와 나는 전공이 같아서 종종 전공 이야기를 나누기도 했다. 한 번은 선배님이 쓴 논문을 읽어보라고 보내서, 나름대로 의견을 적어 보냈더니 전화까지 하며 얼마나 칭찬을 하는지 민망했던 기억도 있었다.

선배를 다시 보았다. 이런 식으로 용기를 주시는구나 하며 울컥했다. 선배님의 평소 반듯하고 정확해야 할 것 같은 까칠한 모습과는 다르게 따뜻한 모습에 감동했다.

따뜻한 말 한마디를 듣는 순간, 되는 것이 없어 주눅들어 있던 나도 뭔가 할 수 있을 것 같은 용기가 샘솟았다. 그날 따라 차를 타러 내려오는 그 길에, 딩구는 낙엽도 손을 흔들고 풀포기도 살아 움직이는 것 같았다. 세상이 모두 친구가 된 듯이 정겹고 행복했다. 결국 그런 요인들이 간달프를 떠올리게 된 것 같았다.

복뎅이

김순택
soontaekkim@hanmail.net

복뎅이는 우리 동네 김 사장이 기르는 진돗개 잡종이다.

이름과는 달리 녀석은 지지리 복도 없다. 김 사장 대문 앞에 녀석이 들락거릴 수 있게 구멍을 뚫고 흙바닥에 엎어놓은 시커먼 재생 플라스틱 통이 녀석의 집이다. 그 물통 옆에 박힌 쇠말뚝에 매인 길이 1.5m짜리 쇠줄에 묶여 있으면서 목욕도 산책도 한번 해본 적이 없단다. 거기는 개가 묶여 있을 만한 자리도 아니었다. 도대체 무슨 요량으로 여기다 묶어 뒀을까 하는 생각이 들었다. 그 옆에 있는 번듯한 개장에는 번들번들한 족보 있는 셰퍼드가 집을 잘 지키고 있었으니 말이다.

사연인즉슨, 새끼를 낳자마자 어미 개가 바로 죽어버려 김 사장이 데려다 우유를 먹여 기른 개였다. 수소문 해봐도 데려다 기를 사람도 없고 그렇다고 버릴 수도 없었다고 했다. 집 울타리 내에 매어둘 자리도 없어 낯선 사람이 오면 짖기나 하라고 거기 매어둔 지가 3년이 되었단다.

녀석은 보통 진돗개보다 조금 작지만, 매우 사납다고 했다. 강아지 때 어미젖을 먹으며 사랑을 받고 자란 개는 어미로부터 대소변 가리는 것도 배우고 사회성도 좋은데 어미 없이 자란 개는 그런 면이 많이 뒤떨어진다고 알고 있다. 우리는 버릇없는 사람들을 보고 '호래자식'이라고 한다. 백성들 거의 다가 문맹이었고 가난했던 조선시대를 생각해 보면 바로 이해가 되는 말이다. 예의범절을 많이 따지던 그때 홀어머니 밑에 자라 제대로 못 배우고 자란 사내아이의 상황은 짐작이 간다.

어미 없이 자란 김 사장네 개는 사람들을 보면 무섭고도 독하게 짖어 댔다.

낯선 사람이 아주 가까이 다가가면 짖다가도 꼬리를 다리 사이에 끼고 구석으로 피하면서 짖지도 못하는데 사정권 내에 들어오면 바로 물어버린단다. 이웃집 아주머니가 녀석에게 물려 병원에 입원까지 했다고 들었다.

어느 날 김치도 담그고 삼겹살도 구워 먹을 겸 아내와 함께 김 사장 댁에 들렀더니 복뎅이가 사납게 짖기 시작했다. 발로 땅을 쿵 구르며 주먹을 치켜드니 통속으로 들어가 나를 노려보며 이빨을 드러내고 으르렁거린다. 큰 작대기로 통을 쾅 때리니 녀석은 '깽' 하더니 조용해졌다. 나는 어릴 때부터 개를 많이 길러본 경험을 살려 녀석과 친해 보기로 마음먹었다. 매여있는 줄이 최대한으로 펴져도 녀석은 나를 물 수는 없고 나는 녀석의 코끝을 만질 수 있는 위치에 쪼그려 앉았다. 내가 "쯧쯧쯧쯧쯧쯧 오로로로로로" 혓소리를 계속 치니 녀석의 얼굴빛이 조금 풀리면서 고개를 약간씩 갸웃거렸다. 계속해서 혓소리를 치면서 녀석의 코끝을 손가락 끝으로 5분 정도 문질렀더니 녀석이 꼬리를 살살 흔들었다. 10cm 정도 더 다가가 턱 밑을 계속 긁어줬더니 맘 놓고 꼬리를 흔들어 댔다. 또 10cm 정도 더 다가가 머리를 쓰다듬었더니 입을 헤~ 벌리고 좋아했다. 등도 긁어주고 옆구리까지도 긁어줬더니, 아예 벌러덩 뒤집어 누워 배를 드러내고 네 다리를 휘저었다. 그렇게 30분 정도 녀석과 친해 놓고 구운 삼겹살 몇 점을 가져다주자 다 먹고는 꼬리를 쳐들고 풀쩍풀쩍 뛰기까지 했다. 확실히 나를 믿게 만든 것이다. 10여 분 후에 다시 삼겹살 더 가져다 먹이고 쓰다듬어 줬더니 나의 다리를 앞발로 감기도 하고 혀를 빼물고 벌러덩 누워 배를 보이며 좋아서 어쩔 줄을 몰라 했다. 그간 녀석은 사람들이 무서워서 짖고, 사람들은 짖는 녀석이 무서워 피하거나 주먹을 쥐고 위협했다. 그 사이 복뎅이는 사람 무는 독한 개로 알려졌고 주인마저도 원래 독한 개로 알고 있었다.

그날 복뎅이와 친해지고 난 다음 내 머릿속에는 아비 없이 버릇없게 자란 사내아이를 뜻하는 '호래자식'이란 단어가 떠오르고, 학창시절에 독일어 책 속에서 읽었던 어떤 내용도 떠올랐다. 어느

판사가 살인범을 앞에 두고 재판을 하는데 만약에 아버지의 정자精子 때부터 판사와 살인범의 환경이 서로 바뀌었다고 가정하면 지금 재판을 받는 살인범이 판사가 되어 살인범이 된 판사를 재판하고 있을 것이란 내용이었다.

역지사지易地思之라고 했던가! 입장 바꿔 생각해 보면 이해가 안 될 일이 별로 없을 것이다. 그렇다! 복뎅이도, 호래자식도, 살인범도 다 불운의 희생물이라는 생각이 들어 연민이 생긴다. 복뎅이는 옆집 아주머니가 두려워서 물었고 아주머니는 복뎅이의 마음을 몰라 물렸다. 옆집 아주머니와 복뎅이 사이의 일은 사람과 개 사이에 이해와 신뢰가 없어 생긴 일이다. 사람과 사람 사이의 관계도 이런 상황이 많을 것이다. 이웃 간에도, 국가 간에도 이런 상황이 많을 것이다. 우크라이나와 러시아의 전쟁이 한창이다. 두 나라는 원래는 다 같이 키예프 공화국에 뿌리를 두고 있다. 어찌 보면 형제의 나라. 왜 저렇게 처절하게 싸우는지 자세한 이유는 알 수는 없지만, 서로 역지사지해보고 평화로 가는 실마리를 조속히 찾기 바라는 마음 간절하다.

허그hug

김남순

'샤이니 스타shiny star를 찾아라'

이 슬로건은 문화체육관광부가 주최하고 한국문화원연합회가 주관하는 실버문화페스티벌의 슬로건이다. 11명의 여고동창생으로 구성된 연극봉사단체인 우리도 참여를 결정한다. 목표는 '코믹 춘향전'이란 뮤지컬로 경연 팀 27개 중, 3위권 안으로 입상하는 것이다. 입상되면 국립중앙박물관 극장에서 이루어지는 본선에 진출하는 것이다.

지난 3년 동안 20여 회의 봉사공연경력을 가진 우리 팀은 7월 중순의 더위 속에서도 열심이다. 일주일에 두세 번씩 만나 같이 연습하고 식사하는 일정의 연속으로 이루어진다. 화합과 간혹은 불화합의 시간도 번복된다. 모교 개교기념행사 참여가 시작이었지만, 며칠 전엔 극단 창립 3주년 케이크 커팅까지 한 데다, 전문

배우와 극작가의 연기지도도 받는 아마추어예술단으로 모양을 갖춘다. 문제는 팀원으로서 나의 소극적인 태도다.

40년 세월을 대학교수로서 살아 온 나의 정체성은 혼자서 책보고 논문 쓰는 연구실 체질로 탈바꿈 된지 오래다. 동료인 교수들이나 학생과의 인간관계나 학생강의가 전부였으니까. 우선 11명 동창과의 인간관계부터 예사롭지 않다. '몸치'라는 나의 현실적 팩트fact를 확실히 인식시켜준 아마추어 극단 생활은 스트레스의 연속이다.

우리 모임 스스로 만든 'MJ entertainmemt 대표, 단장, 연출감독, 작가' 등은 우리가 흔히 쓰는 용어다. 지방 명문여고란 프라이드에 걸맞게 연습 시엔 나 빼고는 모두가 연출 감독이 되어 서로 간에 연기지도를 한다. 때로는 배우가 단일 노선의 연기 방법을 찾지 못하는 웃지 못할 에피소드가 생기는 건 다반사다. 연기지도 온 전문배우께서 우리 모습이 딱했는지 조언을 한다. 행복하려고 모여 하는 연극인데, 연출과 조연출을 정해서 예능 지도 채널을 단일화하란다. 이렇게 하여 우리 팀에도 명실공히 연출 감독이 만들어진다. 그녀는 여고시절 약 500명의 학생조회 시간에는 구령도 우렁차던 대대장 출신이라 카리스마에다 포스가 보통이 아니다.

지역 예선 날을 앞둔 몇 주간의 집중적인 연습은 초라한 나의 극단 존재감을 무너뜨리고도 남는다. 주인공도 아니고 변 사또에

수청 드는 기생 1, 2, 3, 4 중에서도 가장 짧은 1분짜리 대사를 하는 기생 논개가 나의 배역이다. 그러나 연출 감독의 날카로운 연기 지적은 기생에 맞는 섹시한 분위기라고는 찾아 볼 수가 없단다. 애시 당초 '끼'라는 건 존재하지 않는단다. 대꾸 한마디 제대로 못하는 아마추어 극단모임의 만남 후엔 항상 자괴감에 빠져 전전긍긍하는 시간이 연속된다.

'왜 탈퇴하지 않지?' 프리미엄까지 붙여진 입단 대기자들이 늘어서 있단다.

'싱글에 독거인 자신의 처지 때문에 더 외로워지기 싫어서?'

'항상 회색단원인 내가 3년 동안이나 버텨온 것은 무슨 연유이지?'

'마음 같아선 지금 바로 탈퇴하고 싶지만, D-day를 앞두고 그럴 수야 없지.'

'그래, 예선이 끝나는 대로 바로 탈퇴 의사를 밝혀야지.'

예선 전날은 마지막 연극출연을 위해 연출 감독의 지시에 맞추기 위해 거의 불면으로 연습을 한다. '그래, 백조의 마지막 울음같은 비장한 각오로 사또를 녹이는 섹시한 기생이 되어 사또이자 연출 감독인 그를 충격에 빠뜨려야지!'

연극이 끝난 뒤다. 탈의실에서 연극의상을 벗고 화장을 지우느라 정신없는 단원들 사이에서 나 역시 허둥지둥이다. 이때 갑자기

연출 감독은 큰 목소리로 "오늘 논개 잘 했어, 이제까지 연기 중 최고였어! 내가 한 번 안아 줄게~."

그날 연극단 대표에게 제출하려던 나의 탈퇴서는 그의 허그 한 번에 순식간에 녹아내린다.

연극단원으로서 나의 애환을 녹여버린 그녀의 허그는 오래 잊을 수 없을 것이다.

꽃구경

이선옥

sunnyleeso@hanmail.net

한 보름 앓다가 밖에 나오니 세상은 이미 봄기운으로 가득하다. 겨우내 말라 있던 벚나무 가지는 팝콘을 튀긴 듯 꽃을 매달고 있다. 딱딱한 흙을 이고 올라온 연약한 수선화도 흙을 툭툭 털고 노란 꽃을 피웠다. 문만 열면 꽃 천지다. 모든 꽃들이 사람들에게 꽃길만 걸으라는 덕담을 하는 중이다.

소프라노 여가수의 〈수선화〉 노래가 흘러나온다.

"그대는 차디찬 의지의 날개로/ 끝없는 고독의 위를 나르는 애달픈 마음/ 또한 그리고 그리다가 죽는/ 죽었다가 다시 살아 또 다시 죽는/ 가여운 넋은 가여운 넋은 아닐까…"

얼마 만에 듣는 노래인가. 내가 고등학교 삼 학년, 딱 이맘때 아버지를 가슴에 묻고 첫 등교한 날, 음악선생님은 이 노래를 가르쳐 주셨다. 그분은 나의 외사촌 언니였다. 고모부의 죽음을 기리고, 고종사촌 동생의 슬픔을 위로하려고 선곡한 것이었지 싶다. 노래하는 동안 나는 내내 울었다.

　나이가 드니 나대던 성격도 풀이 죽었다. 게다가 코로나란 역병이 나를 나약하게 만들었다. 기저질환마저 있으니 얼마 남지 않은 목숨에 애착이 더했는가, 나라에서 시키는 대로 모범적으로 살았다. 그럭저럭 코로나 팬데믹을 잘 비켜가고 있다고 안도할 즈음 평안은 하루아침에 깨어졌다.

　남편이 오미크론 확진 판정을 받았다. 건강하게 살겠다고 코로나19 틈바구니에서도 쉴 새 없이 공을 치러 다녔다. 정해진 날만이 아닌, 어쩌다 인원이 펑크 나서 불러 주거나, 없던 팀을 만들기라도 하는 날이면 입을 귀에 걸고 나갔다. 그 모습이 신경에 거슬렸지만 운동 횟수를 줄이고, 회식하지 말고, 노 캐디 하라는 잔소리밖에 할 말이 없었다. 그런데 우려한 것이 현실로 나타났다. 남편이 오미크론에 걸려 영장처럼 축 늘어져 있었다. 목이 따갑다며 약간의 간기도 먹지 못하고 조금만 거칠어도 사절이었다. 간호할 사람이 없는 독거노인이라면 죽을 수도 있겠구나 생각하니 끔찍했다.

　남편이 확진 받은 지 사흘 만에 나 또한 확진 판정을 받았다. 하루 확진자 62만 명, 우리나라가 세계에서 확진자수 1위로 오명을 남긴 날이었다. 수발들기도 어려운데 병까지 옮다니 억울한 감정이 앞서 생떼를 부렸다. 돌아온 대답은 전 국민 다섯 명 중 한 명

꼴이 걸리는데 그게 뭐 대수냐 였다. 다섯 중 네 명이나 안 걸리는데 나쁜 쪽에 끼면서 괜찮다니 그게 제정신인가. 아무리 조심해도 환자와 한집에서 부대낀다면 옮는 건 시간문제였다. 한편으로는 맘이 편하기도 했다. 옮을까 노심초사하는 것도 여간 고생이 아니기에 차라리 뒤섞여 같이 앓는 것이 나을지도 모른다는 생각이 들었다.

그러구러 남편이 차도가 있자 이번에는 내 목이 아프고 기침이 나기 시작했다. 근육통이 심했다. 둘 다 환자이고 자식들도 멀리 있으니 약국에도 갈 수가 없었다. 약을 퀵으로 보내 달라고 하니 친절하게 약사가 직접 배달해 주었다. 세상에는 아직 그런 인심이 남아 있었다. 다음 날은 오한과 고열로 고생을 했다. 방에 불을 때고 두꺼운 이불을 꺼내 덮었다. 그러면서 머리에는 차가운 물수건을 대었다. 하루 두 번씩 오는 지정병원의 전화와 아이들 전화도 성가셨다. 내 아이들은 부모가 잘못될까 전화하는데, 나는 우리 부모님이 죽음에 이를 만큼 편찮으실 때 제대로 된 문안 인사도 올리지 못했다.

어렵사리 자가 격리가 해제되자 아들이 문안을 왔다. 오지 말라고 했지만 몸과 마음이 기력을 잃었을 때 찾아준 아들이 내심 무척 반가웠다. 우리 부모님도 편찮으실 때 자식이 보고 싶고 세상 구경을 한 번쯤은 하고 싶었을 게다. 아프고 나니 바깥 구경을 하고 싶었다. 운전하기엔 무리인 듯하여 아들에게 꽃구경을 시켜 달라고 졸랐다.

문득 소리꾼 장사익이 부르던 노래 〈꽃구경〉의 한 구절이 떠올랐다. 애절한 목소리와 대화체로 이어지는 절절한 노랫말이 가슴을 쳤다. 세상이 온통 꽃핀 날 아들이 꽃구경 가자기에 엄마는 좋아라 아들 등에 업혔다. 마을을 지나고 산길을 지나 산자락에 휘감겨 숲길이 깊어지자 어머니는 한 움큼씩 솔잎을 따서 가는 길 뒤에 뿌렸다. 버려질 자신의 슬픔보다 집에 돌아가다 길 잃고 헤맬 아들을 걱정하는 어머니의 마음이었다. 내가 자식을 걱정한다면 아내를 두고 문안 온 아들에게 꽃구경 시켜 달라고 하면 안 될 일이었다.

아버지는 돌아가실 즈음 하룻밤을 혼수상태에 빠졌다가 새터에 놀러 갔다 왔다면서 깨어나셨다. 그 후 아버지는 열흘을 더 살다가 꽃이 만발한 봄날 세상을 떠나셨다.

아들이 운전하는 차를 타고 구례 화엄사 흑매를 보고 나서 지리산 치즈랜드 수선화 단지에 들렀다. 넓게 펼쳐진 수선화 군락지에서 무수히 많은 수선화를 만났다. 바람에 하늘대는 수천 송이의 수선화는 어느새 아버지의 영혼으로 흔들리는 듯하고, 소프라노 언니의 〈수선화〉 노래 소리가 꽃 위로 흘러 다니는 듯했다. 아버지는 막내인 나를 거두지 못하고 떠나시는 게 마음 쓰이셨던지 "저것 불쌍해 어쩌노?" 하시며 돌아가셨다. 그 한마디가 오래도록 가슴에 남아 있었다.

봄나들이 끝은 순천 선암사의 매화 구경이었다. 수령 600년이 된 홍매와 백매 나무의 위엄 있는 자태와 진한 향기 앞에서 힘을 얻었다. 아들 덕에 종일 꽃만 보고 다녀서 눈에 꽃이 핀 것 같다. 벚꽃, 산수유, 흑매, 홍매, 수선화를 보는 동안 막혔던 가슴이 뻥 뚫리는 듯했다. 기분이 좋으니 오미크론으로 인한 부작용도 싹 가신 듯하였던가. 잘 먹고 아들 차를 타고 드라이브하면서 꽃구경도 했으니 병이 낫지 않을 수 있으랴.

내 집에도 수선화가 한 가득 피어 해사하게 웃고 있다. 그날 아버지를 보내고 학교에 갔을 때 언니가 가르쳐 준 그 수선화 노래를 부른다. 아들은 코로나에 걸린 어머니께 꽃구경 시켜 주었으니 난 아버지가 보지 못한 수선화 꽃구경을 하시라고 '수선화' 노래를 응얼거린다.

"아~ 내 사랑 수선화야/ 나도 그대를 따라 저 눈 길을 걸으리."

목련화

손제하

son089@hanmail.net

온 동네가 환하다.

고향집 담장 안에 서 있는 아름드리 목련이 등불을 밝히고 있다. 지나는 길손마다 탄성을 지르며 발길을 멈춘다. 봄의 전령사 매화를 시샘하여 성급하게 피어난 순백의 목련화, 만개한 꽃그늘 아래 서면 숨이 멎을 듯 가슴이 떨린다.

이십여 년 전, 사랑채 앞뜰에 있던 감나무를 뽑아내고 목련을 심었다. 홀로 서 있는 모습이 외롭게 보여 이듬해에 자목련 한 그루를 옆에 심어주었다. 백목련이 먼저 피고 자목련이 뒤따라 핀다. 흰색은 고고한 기상을 풍기고 자紫색은 깜직해서 진한 향기를 품고 있다. 두 그루 나무는 이른 봄마다 제 모습을 뽐내어 내 마음을 훔쳐간다. 우리 내외가 목련을 좋아해서 서둘러 심은 것은 나름대로의 뜻이 있었다. 자식의 '결혼 기념식수'라고 이름 붙여도 되려나.

장남이 결혼한 그해 봄날은 유난히 화창했다. 처음 맞는 자식의 혼사라 두서없이 치렀지만 부모의 마음은 기쁨으로 넘쳤다. 그때만 하더라도 흔하지 않던 결혼축가를 신랑의 친구가 불렀다. 가곡 〈목련화〉였다. 그는 테너 엄정행보다 열창하여 청중을 무아의 경지에 들게 했다는 뒷이야기가 자자했다.

　"오 내 사랑 목련화야/ 그대 사랑 목련화야/ 희고 순결한 그대 모습 봄에 온 가인과 같고…" 나는 황홀했다. 시 같이 아름다운 노랫말과 감미로운 음률 속에 꿈을 꾸고 있는 것만 같은 환상을 느꼈다. 수많은 하객들은 신부의 자태가 축가처럼 우아하고 아름다워 천상의 선녀가 하강한 줄 알았다며 찬사를 아끼지 않았다.

　한 송이 목련화를 가족으로 맞이한 가슴 벅찼던 그날! 잊을 수가 없다. 우리 생애에 이보다 더한 축복이 어디 있을까 싶다. 수십 년이 흘러갔는데도 그날의 싱그러운 목련화는 시들지 않고 오늘까지 빛나고 있다. 향기 또한 한결같다. 변함없는 사랑으로 온 가족과 친지들을 보듬으니 이만하면 부덕婦德이 넉넉하지 않은가. 우리 집안의 등불이다. 내 무슨 복을 많이 지어 이같이 순결하고 심성 고운 며느리를 얻었는지 감사할 따름이다. 그 순간들이 떠오를 때마다 목련화 노래를 흥얼거렸다.

　"그대처럼 순결하고/ 그대처럼 강인하게/ 오늘도 내일도 영원히/ 나 아름답게 살아가리라." 유난히 마음에 와 닿는 구절이다. 오직 '희망' 하나를 품고 힘겹게 달려온 며느리를 비유했음직도 하다. 이역만리 외국에서 남편 뒷바라지에 혼신을 다 바친 아이다. 어려움 중에도 자신의 학문까지 닦은 불굴의 정신이 더욱 가상하다. 무진 고생한 자식이라 더욱 소중하다.

지금도 목련이 벙글기 시작하면 내 가슴도 부풀어 오른다. 바라만 보아도 흐뭇해지는 엄전한 그 꽃을 보기 위해 때맞추어 시골집에 내려간다. 쌀쌀한 기운이 감도는 아침저녁, 날씨가 춥다 싶으면 오롱조롱 매달린 봉오리들은 성난 듯 입을 다물고 있다. 혹여 꽃샘추위에 봉오리가 얼기라도 할까 봐 조바심이 일어난다.

그러나 목련은 기다림의 지혜를 은연중에 심어주는 나무인가 보다. 나더러 보채지 말라고 일침을 놓는다. 하지만 봄바람은 따사로운 햇살 한줌 업고와 꽃봉오리들을 어루만진다. 수런수런 꽃잎이 열리는 정경이 신비스럽기 그지없다.

참 눈부시다. 우리 집의 고운 목련화 한 송이, 그 여린 아이에게 집안의 대소사를 한 가지씩 짊어지운다. 내 나이가 적지 않아 힘에 부친다고 자청해서 조부모님의 제사를 모셔갔다. 맏이로서의 소임을 빈틈없이 해내고 있는 며느리가 기특하다. 애처롭지만 봉제사를 소명으로 여겨온 집안의 전통이 끊어지는 것은 아직 용납되지 않는다. 시대의 흐름이 날로 변해가는 요즘, 그래도 가풍을 따라주는 며느리의 마음 씀이 고맙다.

내 사랑 목련화, 꺼지지 않는 등불이어라.

자연에 개입하다

이혜숙

purelhs@hanmail.net

몇 년 전, 글방 아이들 중에 5학년 남자애들이 유난히 활동적이어서 자주 들판으로 야외수업을 나가곤 했다. 그중에는 농사짓는 집 아이가 있어 고추 따는 일을 돕거나 가을엔 콩밭에서 도리깨질도 하고, 메뚜기를 잡기도 했다. 내가 얼마나 인성교육에 힘쓰는 선생인지 자랑할 겸 홍천 사는 ㅅ 선배에게 전화를 했다. 그러나 칭찬은커녕 야단만 맞았다. 어찌 야만스럽게 메뚜기를 잡느냐고. 메뚜기를 잡아 볶아 먹기까지의 과정을 상세히 설명한 게 충격적이었던 모양이다. 메뚜기 똥을 빼기 위해서 망에 넣어 하룻밤 지낸 후, 볶을 때 날개를 뗀다는 말은 하지 말 걸 그랬다.

선배는 짐짓 진지한 목소리로 생명을 함부로 해서는 안 된다며 자신은 겨울에 집을 비울 때, 남아 있는 파리 한 마리를 위해서 물과 과자 부스러기를 놓고 나간다는 말을 했다. 파리채로 한방에

잡지 못한 걸 분하게 여겼던 자신을 반성하면서, 미물에게도 애정을 보이는 선배니 글을 잘 쓰는구나 싶었고 흉내라도 내서 내 글을 발전시키고 싶었다.

길고양이를 거둔 것도 선배를 본받고자 하는 마음이 컸다. 그런데 처음엔 한두 마리에게 먹이를 준 것이 점점 숫자가 늘어나자 일이 커져 버렸다. 선배라면 한 수 알려줄 것이라 믿고 전화를 했는데, 이번에도 좋은 소리는 듣지 못했다. 어쩌자고 함부로 자연에 개입했냐고 했다. 책임지지도 못할 거면 먹이를 주어 야성을 길들이지 말았어야 한다는 말이었다.

"얻어먹던 버릇이 있으니 스스로 살아가기 쉽겠어?"

파리에게 물을 준 것은 자연에 개입한 게 아닌가, 묻고 싶었지만 아무래도 내가 고양이 수를 늘린 것과는 다른 것 같아 입을 다물고 말았다.

입소문이라는 게 사람들 사이에만 퍼지는 게 아니다. 붙박이 고양이에 집 떠났던 고양이, 낯선 고양이까지 우리 집에 몰려들기 시작했다. 인심 좋은 사람이 있다고 했는지 만만한 인간이라고 했는지는 모르지만, 입소문이 고양이들 사이에 퍼진 모양이다. 마당 곳곳에 고양이 전용 길까지 생겨 반질반질해졌다. 어떤 녀석은 나무 그늘에 다른 녀석은 꽃밭에, 좀 용감한 축은 테이블과 의자에 자리 잡고 앉아서 하는 일 없이 밥 주기만 기다렸다. 그 숫자가 열 마리도 넘었다.

먹을 궁리만 하는 놈들이 점점 밉살맞기 시작했다. 현관문을 여는 기색만 보여도 몰려드는 통에 빨래를 널러 가려도 고양이 눈치를 봐야 했다. 고양이 때문에 사람이 집에 갇힌 꼴이 되고 말았다.

이쯤 되니 내가 크게 손해를 본다는 생각이 들었다. 받는 쪽에서도 뭔가 갚아야 공정한 거래가 아닌가 말이다. 고작 존재만으로 쥐를 퇴치해주었으니 밥값을 했다고 여기는 모양인데, 그 건방진 태도가 아니꼬웠다. 다른 사람은 공원에 사는 길냥이 밥을 주러 가도 알아보고 애교를 부린다지만, 몇 년을 한결같이 끼니 해결을 해주는 내게 애교는 고사하고 늦게 주었다고 하악질까지 하다니…. 게다가 쥐나 새를 잡아 현관 앞에 놓고 갈 때도 있다. 사람으로 치면 스테이크를 양보하는 것과 같다는데, 그 마음을 알지 못한 내 목소리는 공기를 찢을 정도로 올라갔다.

"미쳤어? 어쩌라고! 아이고, 못 살아."

자의로 메뚜기를 손질할 때와 달리 죽은 쥐나 새를 치울 땐 펄쩍 뛰는 나. 그럴 땐 자제했던 욕설을 맘껏 발산하면서 고양이가 평소 미웠던 사람의 대타가 되기도 했다.

그렇게 고양이 거두는 게 시들해지고 짜증이 날 때쯤이면, 고양이들은 슬그머니 새로운 선물로 내 마음을 바꿔놓았다. 암놈의 배가 불러지고 젖꼭지가 여물어진다 싶으면 얼마 후 꼬물거리는 새끼들이 등장하여 그동안의 불만을 날려주는 것이었다.

한 달 전에는 새끼 다섯 마리가 고양이 집에서 나오더니 데크에서 뒹굴었다. 장난이 심한 새끼들은 운동화 끈만 가지고도 잘 놀았다. 보름 전엔 어미가 다른 새끼 하나가 합류해서 다른 녀석들에게 밀리지 않고 잘 어울렸다. 젖은 빨래처럼 늘어져 있는 어미와는 다르게 발랄, 활발에 자발맞기까지 한 새끼들을 보자, 내 기분도 뽀송해졌다.

그런데 어제 우편함을 확인하러 갔는데 거기에도 새끼 두 마리가 있는 게 아닌가. 눈도 못 뜬 새끼였다. 고양이 숫자가 느는 것을 걱정하던 것은 잊어버리고 새 생명이 반가워서 어미에게 수고했다면서 미역국에 밥을 말아주고, 우편함으로 생선 캔까지 배달해주었다. 내 아이들을 키우면서 먹은 마음 없이 투덜거리는 것이, 서너 살 때 보여준 재롱의 관람료로 평생 애프터서비스를 한다는 말이다. 사람이든 동물이든 새끼 재롱 보는 맛은 애프터서비스를 상쇄하고도 남을 맛이다. 이 맛에 캣맘이니, 집사니 하는가 싶었다.

희한한 일이 생겼다. 새끼 고양이가 여덟 마리나 생겼으니, 흥부네 살림이 걱정이었는데, 구박을 해도 꿈적 않던 녀석들이 언제부턴가 오지 않는 것이었다. 다섯 마리를 낳은 어미도 젖을 떼자 보이지 않았다. 이빨이 튼튼하지 못한 놈과 이제 막 몸을 푼 어미 외에는 다 떠났다. 마치 내 걱정을 덜어주려는 듯.

이제 자연에 개입한 것을 걱정한 선배에게 큰소리칠 수 있게 되었다. 자연의 순리를 증명하게 되었으니 말이다. 이참에 메뚜기를 잡았던 것이 야만적인 게 아니란 말도 할 것이다. 그때 5학년이었던 아이들이 자라 대학생이 되었고, 전화를 해서 그 시절이 그립다는 말, 지금도 메뚜기 튀김 맛은 잊지 못한다는 말을 한다고 의기양양 자랑할 것이다. 아이들과 메뚜기를 잡으러 들판을 뛰어다녔던 모습, 그보다 아름다운 자연이 어디 있겠느냐고.

　자연에 개입하길 잘 했노라고.

솜이불 같은 사람이

임우재

ujae9347@hanmail.net

철 따라 음식이 바뀌듯 이불도 제철을 안다. 얇은 옷 위에 겉옷을 하나 끼워 입으면 홑이불도 간절기용으로 바뀐다. 며칠 전만 해도 인견으로 된 홑이불이었는데 이제는 가벼운 누비이불이 잠자리를 같이 한다. 머지않아 찬바람이 불면 이번에는 두꺼운 이불로 바뀔 것이다.

이불도 입고 다니는 옷만큼이나 유행에 민감하다. 게다가 소재도 다양하다. 두툼하던 솜이불 대신 몸에 감기는 극세사 이불이 나왔고, 오리나 거위 털로 만든 이불도 넘쳐난다. 게다가 명주솜이불은 해외여행지에서도 챙겨 올 정도로 인기가 있었다. 실크 천으로 호청을 기워서 덮으면 갑삭하고 복신해서 좋다. 아껴두고 가끔 꺼내서 덮는다. 유행에 따라 옷을 장만하듯 유행을 좇아서 마련한 이불이 이불장을 채우고도 남는다. 아마도 어린 시절 이불에 대한 향수 때문인지도 모른다.

이불은 많은 걸 품어줬다. 귀신이 나올 것처럼 무서운 밤도 이불을 쓰면 무섭지 않았다. 부모님께 꾸중 듣고 속상할 때도 이불을 뒤집어쓰고 울고 나면 눈 녹듯 설움이 가라앉았다. 이불 밖의 두려움이나 헛헛하던 것들이 이불안에서는 안심이 되었다. 나에게 있어서 이불은 피난처인 셈이다.

일 년에 서너 번 이불 호청을 빨고 풀하는 것은 이불에 대한 예의였다. 볕 좋은 날은 빨래터가 온통 동네 사람들로 북적였다. 솥단지도 빨래터에 걸어놓고 빨래하고 삶고 말리고를 반복했다. 풀밭 위와 밭 담 위에 널어놓은 이불 호청은 태양을 향해 경건하게 순결한 의식을 치르는 것 같았다.

삶고 풀하고 말리고, 빨래터에서의 하루는 숨 가쁘게 순서대로 돌아가야 끝이 난다. 해가 넘어갈 즈음이면 태양의 은총을 받은 이불 호청은 순결한 신부가 되어 집으로 돌아왔다.

깨끗한 이불을 덮고 자는 날은 힘들고 지친 영혼이 평온하게 안식을 취하는 날이기도 했다. 일터를 옮겨 다니며 자취하던 아버지의 이불을 꿰매드리고 잠자리에 들 때도 그랬다. 아버지의 힘들었던 하루를 쉬고 내일의 기운을 얻을 수 있게 마법 같은 힘을 이불은 주고 있었다. 그 마법의 힘으로 우리네 어른들은 버티고 견뎌내어 오늘을 이루지 않았을까 하는 생각도 해본다. 열네 살 때였다. 아버지 이불을 꿰매드리고 느꼈던 성취감은 오래도록 나를 지탱해주는 힘이 되었다.

이불이 귀한 대접을 받던 시절에는 혼수 목록에 이불이 빠질 수가 없었다. 이불이 몇 채냐에 따라서 빈부귀천이 나뉘기도 했다. 동네에서 잘사는 집의 언니가 시집을 가면서 보기 드물게 트럭 가득 장롱과 이불을 실어 보내니까 사람들은 이구동성으로 부러워하는 걸 본 적이 있다. 그러면서 누구는 이불 다섯 채를 혼수로 해왔고 누구는 열 채를 해왔느니 하면서 시집오는 색시들을 평가하기도 했다. 그러고 보니 나는 열 채는 고사하고 겨우 서너 채를 해왔으니 가난하게 시집을 온 셈이다.

가난의 기억이 남아 있어서인지 유행 따라 이불을 장만하면서도 목화솜 이불에 대한 느낌은 남다르다. 어느 날 아버지께서 무심코 던진 말이 아직도 가슴에 남아있기 때문인지도 모른다.

아버지께 가볍고 따뜻한 명주솜 이불과 오리털 이불을 사드린 적이 있다. 그런데 얼마 만에 보니 묵은 이불을 덮고 있었다.

"왜! 무거운 솜이불을 덮으세요?"

"이것저것 다 덮어봐도 솜이불만 한 게 없다. 가벼운 이불은 덮은 거 같지 않고 허한데 목화솜 이불은 묵직해서 뼈에 바람 드는 것을 막아주어 좋다. 사람도 가벼운 사람보다 묵직한 사람에게 믿음이 가는 것처럼 말이다."

그러면서 이불이 하찮은 거 같아도 우리에게 많은 것을 준다고 하셨다. 넓고 큰 이불은 생긴 것만큼이나 품어서 삭이고 다독이는데 손색이 없으니 너그러운 사람과 같다고 하셨다. 아버지만의 인생철학일까. 그래서 아버지는 말을 아끼고 속이 깊은 사람으로 살다 가셨는지도 모른다.

그런데 나는 솜이불은 아껴두고 보는 것만으로 만족하고 있다. 평소에는 세탁이 쉽고 꿰매기 쉬운 이불을 덮는다. 한 번씩 자고 가는 손님도 많아서 일일이 이불 꿰매는 일을 덜기 위해서는 편하게 사용하는 게 좋기 때문이다.

모셔놓은 솜이불은 일 년에 한두 번 장롱에서 꺼내어 가을볕에 말려주기만 한다. 눌러졌던 솜이 햇살을 맞으면 폭신하게 살아난다. 다시 장롱 속에 개켜 넣으면서 솜이불에 얼굴을 비비면 아버지의 체취가 살아나는 것 같다. 한 이불 속에서 아버지와 꿈을 키우던 생각이 아스라하다. 아버지 품성만큼이나 든든해서 좋다.

이제는 이불을 꿰매드릴 아버지도 어머니도 안 계신다. 다만 아버지의 가르침대로 믿음이 가고 포용력이 있는 솜이불 같이 품이 널널한 사람이었으면 좋겠다. 주변이나 이웃의 허물도 웃어넘기는 그런 사람으로 말이다.

고 백

이채 조인순
swordriver@hanmail.net

　부모님의 기일이라 절을 찾아 촛불 하나를 켜놓았습니다. 오빠가 떠난 뒤론 제사에 참석하지 않고 절을 찾고 있습니다. 이른 아침인데도 바로 옆에 또 다른 촛불 하나가 켜져 있었습니다. 그 촛불을 살짝 보니 초에 이렇게 쓰여 있더군요.

　"우리 아기 현아야, 엄마가 많이 사랑해. 꼭 다시 엄마에게 와야 한다."

　그것은 어린아이를 떠나보낸 젊은 엄마의 애절한 염원이었습니다. 저는 그 촛불에 쓰인 글을 읽고 펑펑 울었습니다. 눈이 퉁퉁 붓도록 말입니다. 사람은 왜 태어나고, 왜 죽는 걸까요? 어느 현자는 사람이 태어났으니까 죽는다고 합니다. 처음부터 태어나지 않았으면 죽을 일도 없다는 것이지요.

　어린아이도 다 아는 진리인데 왜 우리는 가족의 죽음을 받아들이지 못하고 괴로워하는 걸까요? 그것은 아마도 노환으로 인한 자연사가 아니기 때문이겠지요. 죽음에는 순서가 없기에 우리는 늘 죽음과 이웃하고 살면서도 죽음을 터부시합니다.

떠나간 부모님을 생각하면 아직도 가슴이 저미는데 어린 자식을 먼저 떠나보낸 젊은 엄마는 얼마나 마음이 아플까요? 그래서 이렇게 망자의 혼이 어둠 속에서 길 잃지 말고 밝은 빛 따라 걷다가 극락왕생하라고 촛불을 밝히나 봅니다.

신이 인간에게 준 최고의 선물은 자신이 죽는 날을 알려주지 않는 것이라고 합니다. 나약한 인간이 자신의 죽는 날을 알면 감당할 수 없기 때문이지요. 살아있는 모든 동식물은 물론이고, 사람들도 언젠가는 너도 가고, 나도 가고 영원히 살지 않는다는 것을 우리는 잘 알고 있습니다. 그렇다면 가족의 죽음을 마주하게 될 때 조금 더 초연해질 수 없는 것인지, 얼마나 더 마음을 비워야 그렇게 되는지 잘 모르겠습니다.

어쨌든 저는 오 남매의 셋째입니다. 부끄럽지만 고백하건대 형제가 모두 아롱이다롱이입니다. 오빠와 저만 불교이고 모두 기독교입니다. 오빠가 떠났으니 이제 저만 불교네요. 문제는 기독교인 형제들이 부모님 기일을 기억하지 못한다는 겁니다. 어떻게 그럴 수가 있는지 저는 도저히 이해가 가지 않습니다.

화가 너무 나서 그들에게 막 퍼부었습니다. 어떻게 자신을 낳아준 부모님의 기일을 잊을 수가 있느냐고요. 적어도 자식이라면 종교와 상관없이 자신이 믿는 종교에 맞게 마음속으로 기도 정도는 할 수 있는 것 아니냐고요. 언니는 저에게 죽으면 다 끝인데 잘난 체하지 말라고 하고, 동생은 그것은 모두 미신인데 귀신에게 제사를 왜 지내느냐고 반문하더군요.

결국 저는 열 폭(열 받아 폭발함)하고 말았습니다. 세상에 뿌리가 없는 나무는 없는 법인데 어떻게 자신을 낳아준 부모님을 귀신 취급할 수 있느냐고요. 먼저 떠난 가족의 기일을 기억하고 애도하는 것은 남은 가족의 의무고 예의라고 했습니다.

제 말을 듣고 있던 여동생이 그러더군요. 작은언니도 교회 다녀서 회개해야 자신들과 함께 천당에 갈 수 있다고요. 천당은 너나 가라고 했습니다. 너 같은 사람들이 천당에 간다면 차라리 지옥이 백번 낫겠다고 했지요. 그 문제는 네가 죽어보고 나서 자신 있게 말하라고 했습니다. 이 세상이 곧 천국이고 지옥인데 죽어보지도 않은 네가 천당이 있는지 없는지 어찌 아느냐고요.

저는 기독교인들을 폄하하고 싶지는 않습니다. 종교의 자유는 보장되어야 하니까요. 다만 부모님의 기일까지 무시하는 것이 진정한 기독교인이 갖는 자세인지 의문이 들 뿐입니다. 언젠가는 우리 모두 죽음을 마주하게 되겠지요. 그렇다면 그들은 자기 자식들도 자신들과 같은 마인드를 갖기를 바라는 것인지 그 또한 의문입니다.

어쨌든 기독교에서 말하는 천국과 지옥, 불교에서 말하는 천상

계와 지옥계가 있는지, 윤회가 있는지 없는지는 잘 모르겠습니다. 아마도 산속에서 오랫동안 도를 닦은 스님들도 잘 모르지 싶습니다. 왜냐하면, 그들 역시 죽어보지 않았기 때문이지요. 법정스님(버리고 떠나기에) 보면 다시 태어날 수 있다면 공부를 더 많이 해서 제대로 스님 노릇을 하고 싶다고요. 그 말은 죽은 뒤엔 어찌 될지 아무도 모른다는 뜻이지요.

스님은 교회든, 절이든, 성당이든 목사나 신부, 스님을 보고 다니지 말라고 합니다. 그들의 말에 현혹되지 말라고 당부하며 스님들은 자신의 가족도 버리고 떠나온 냉정한 사람이니 믿을 게 못 된다고 하셨지요.

진정한 종교란 자기 자신의 길잡이가 되어 마음을 갈고닦으며 항상 깨어 있고, 자신이 어디에 있든지 그곳이 바로 불도를 닦는 자리니 자신을 잘 들여다보고 단속해야 한다고요. 그게 바로 불자가 가지는 마음이라고 했습니다.

맞는 말씀이지요. 인간사의 모든 문제의 근원은 밖에서 오는 것보다 자기 자신의 내면에서 일어나는 일이 더 많으니까요. 누군가 나무는 가만히 있고 싶은데 바람이 자꾸만 나뭇가지를 흔들지 않느냐고 반문한다면, 개소리하지 말라고 말하고 싶습니다. 그 또한 자신의 낮은 자존감에서 오는 열등감이니까. 세상에서 가장 무서운 것은 귀신도 아니고, 도둑도 아니거든요. 바로 자기 자신이 가장 무서운 존재이니까요.

어쨌거나 남들도 종교문제로 가족 간의 갈등이 있는지 잘 모르겠습니다. 부끄러운 치부를 고백하고 나니 많이 부끄럽습니다. 어쩌면 저도 부모님의 기일마다 절을 찾아 촛불을 켜놓는 것은 마음의 짐을 덜고자 하는 어떤 의식이 아닌가 생각합니다. 다만 그 방법 외엔 다른 방법을 모르기에 그렇게나마 힘들게 저를 낳아주신 부모님을 생각하며 촛불 하나 밝히고 극락왕생을 빌어봅니다.

엄마와의 이별

이주영

aesop711@hanmail.net

5년 전 암 수술 후 완치판정을 받는가 했더니, 전이되었다는 말 기암 선고를 받은 게 한 달 전이다. 그렇게 시한부 선고를 받은 엄마. 언니는 그 소식을 내게 전해주었다.

하! 이를 어쩌나. 그날은 투어 계획이 잡혀 있던 날 아침이었다. 놀고 웃으며 사진을 찍을 수도 없고, 계획을 취소할 수도 없었다. 골목투어를 취재하고 기사를 써야 했기 때문이었다. 가는 도중에도 엄마의 절망스런 그 기분을 어찌 이해할까 마음이 무거웠다. 그때 엄마에게서 전화가 왔다. 취재가 끝나면 곧 가겠다고 말하며 짧게 전화를 끊으려 했다.

"올 거 없다. 하던 일 그대로 하고, 전화만 가끔 해라."

엄마는 나를 배려했고 목소리는 담담했다. 한 달 전 갑자기 기력이 떨어지셨는지, 화장실에서 다리가 마비돼 넘어지신 적이 있다. 정기검진을 받은 날, 전이 판정을 받았다. 수술을 해도 완치 희망이 없고 회복할 기력이 없다며, 엄마는 수술을 포기했다. 그리고 당신의 아들, 며느리와 함께 산소를 계약하러 갔다. 이제 집으로 돌아가면 다시는 집 밖으로 걸어나오지 못할 것 같다고 예견하셨다. 마지막을 준비하신 것이다.

2주 전 엄마가 위독하다는 전화를 받았다. 형제들이 모두 모였다. 엄마는 의식이 왔다 갔다 한다며 마지막인 것 같다고 했다. 모두 손을 잡아드리며 마지막 인사를 했다.

"엄마, 수고 많이 했어. 사랑해."

나도 엄마를 편안하게 해드릴 말이 무얼까 생각했다. 엄마는 사위에게 딸을 부탁한다고 하셨다. 그리고 집에서 자연스런 죽음을 맞고 싶다고 했다. 마지막 순간이 오면 경찰이 올 것이고, 검사도 할 것이다. 모든 걸 다 대비하고 계셨던 엄마.

그러다가 저녁이 되자, "오늘은 아닌 것 같다. 다시 집으로 갔다가 부르면 오라"고 손을 휘휘 저었다. 슬픈 농담이었다.

그날부터 우리는 언제가 엄마의 마지막 날이 될지 알 수 없었다. 그 마지막 순간에 엄마 혼자 있게 둘 순 없었다. 우리 4형제와 올케가 24시간 보초를 서기로 했다. 모두 직장으로 일을 하러 가기에, 내가 아이들을 등교시킨 후 택시를 타고 엄마집으로 출근하기로 했다. 내가 가야 남동생이 출근할 수 있었다. 오후엔 중학생 조카나 올케가 돌아오면 택시를 타고 강의를 갔다. 시간을 최대한 아끼기 위해서였다. 엄마는 택시 타고 다니라며 지갑에 남은 돈을 다 꺼내주셨다.

언니는 출근 전과 퇴근 후에 엄마를 지켰다. 여동생이 직장을 쉬고 간병하기 위해 올라왔다. 음식을 못 드시는 상태에서도, 드시고 싶은 음식이 있으면 올케가 산딸기, 홍시를 사다드렸다. 홍시를 구했을 때는 모두 기뻐했다. 기력이 떨어져 기저귀를 갈아드릴 때, 엄마는 미안하다고 하셨다. 내가 아기였을 때 기저귀를 2년 이상 갈아줬을 엄마. 나도 2년 이상 갈을 수 있다고 말했지만 엄마의 시간이 얼마 남지 않은 걸 알았다. 산고 같은 진통이 밤낮으로 계속 되는데도 온전히 견뎠다. 무엇이 엄마를 그토록 버티게 했던 걸까? 병원에 가서 진통 주사라도 맞자고 애원했지만, 엄마는 연명치료를 거부하고, 가족들 곁에서, 집에서 마지막을 맞고 싶다고 했다.

5년 전 암 수술 때 중환자실에 혼자 열흘 이상 갇혔던 기억이 공포로 남은 것일까? 마지막 순간을 자식들과 함께 할 수 없다는 게 엄마에겐 공포였는지도 모르겠다.

여동생이 당번이던 화요일, 남편이 다쳐서 수술까지 받았고 나는 같이 퇴원을 시켰다. 그래서 그날은 갈 수 없었다. 엄마가 마지막 숨을 거둘 때 여동생과 조카가 함께 있었다. 그렇게 마지막 죽음까지 엄마는 우리에게 온전히 보여주셨고, 삶과 죽음을 가르쳐주셨다. 1946년생 한 여린 여인이 태어나 강한 엄마로 평생을 살아가기까지 위대한 모성이 있었다.

"내 죽음을 아무에게도 알리지 마라. 아무도 연락하지 마라. 자식들만 있으면 된다"고 하셨던 엄마는 모든 죽음을 계획하고 뜻대로 가셨다.

우리는 엄마가 원하던 장례식장을 예약했고, 장지를 정했고, 화려한 꽃을 좋아하는 엄마를 위해 꽃을 추가했다. 리무진을 준비하고, 손님들이 넘쳐났다. 그렇게 마지막 효도를 완성하기 위해 우리는 최선을 다했다. 무사히 엄마의 장례식이 끝났다.

탭댄스 추는 남자

최이안

graeso@hanmail.net

두 눈을 감고
입을 반쯤 벌린 채
땀을 뻘뻘 흘리며
탭탭탭….

40대로 보이는
자그마한 남자는
오늘 공연이 첫 무대다.
객석을 마주보기가 겁나
초점 없는 시선으로
바닥을 드럼 삼아 두 발로 두드린다.

팔다리를 휘저으며
허공을 위한 몸짓으로
충만한 망각 속으로
그는 한 걸음씩 걸어 들어간다.

우리에겐 잊을 것이 많다.
머릿속에서 요동치는 물고기들도
주문에 걸려 그가 던진 그물 속으로
발 맞춰 들어간다.
탭탭탭….

40대에 탭댄스로 첫 무대에 선 남자. 그는 언제부터 탭댄스를
시작했을까. 이전에는 다른 직업을 가졌을까, 아니면 탭댄스는 취
미일까. 그는 무엇을 잊고 싶을까.

자신의 동작에만 집중하는 중년 남자의 탭댄스는 훔쳐보는 듯
한 느낌을 준다. 관객과 소통하며 능숙하게 공간을 사로잡는 공연
도 좋지만, 객석을 못 쳐다보고 몰두하는 모습도 괜찮다. 백화점
의 고객유치용 공연은 대단한 무대가 아니지만, 그로선 어쨌든 첫
공연이다. 두려운 듯, 부끄러운 듯 정면을 바라보지 못하는 모습
이 안쓰럽다. 그렇지만 자신에만 열중하며 혼신의 힘을 다해 스텝
을 하는 모습은 오히려 관객을 더 집중시킨다.

그는 무대 바닥을 타악기 삼아 두 발로 마음껏 두드린다. 소리가 날 때마다 울림이 가슴 박동처럼 퍼진다. 짧은 박자의 파장은 이어지는 울림과 맞물리는 리듬을 탄다. 탭댄스를 출 때만큼은 모든 것을 잊을 수 있겠다. 망각의 세계에서 느끼는 희열이 그의 얼굴에서 땀과 함께 흐른다. 관객도 그가 두 발로 이끄는 세계로 기꺼이 따라간다. 탭탭탭….

내가 아무것도 아닐 때

유정림

helenwhite65@daum.net

　눈이 얼었다 녹기를 반복하고 주차장까지 묻어 들어와 질척거렸던 밤으로 기억한다. 집으로 올라가는 엘리베이터 버튼을 누르고 돌아선 순간 아주 작은 새끼고양이가 보였다. 깜짝 놀랐다. 분명 아무것도 없었는데 어떻게 탄 것인지 궁금해 하기도 전에 딸애가 번쩍 안아들었다. 녀석은 피하지도 않고 작은애의 품에 바싹 파고들었다. 불쌍하다고 집으로 데려가자고 발을 동동 구르는 딸애를 보며 선물인지 날벼락인지 나는 머릿속이 하얬다.

　내가 어떤 사람인가. 큰애가 키우던 고양이가 전립선이 막혀 집안 곳곳에 피똥과 오줌을 싸지르고 다닐 때가 있었다. 만만치 않은 병원비(물론 큰애가 냈지만)에 끌탕을 하고 오줌냄새 독하다고 큰애에게 눈치깨나 주었다. 애들 몰래 인터넷으로 고양이 평균수명을 알아보다 안 되겠다 싶어 '결혼은 자신 없다'는 딸애를 꼬드겨 속전속결로 시집을 보내고, 마지막 짐에 고양이를 딸려 보내며 쾌재를 불렀던 사람이다. 이제야 온전한 내 공간으로 돌아온 집에 감격해 하며 지낸지 2년쯤 호젓한 시간이 흘렀다. 날은 춥고 겨울은 이제 시작인데 왜 하필이면 내게… 고구마 서너 개를 물 없이 단숨에 먹은 기분이었다.

코로나로 외출을 삼가며 지낸 답답함과 우울함 때문이었는지 아니면 겨울 풍경이 주는 멜랑콜리한 감정에 빠져 마음이 말랑말랑해졌던 것인지 이유는 잘 모르겠다. 눈밭을 걸어와 그야말로 내 눈 앞으로 뚝 떨어졌으니 그냥 사람이 하는 일이 아니란 느낌이 들었다고 하면 설명이 될까.

큰애에게 공수해 온 샴푸로 목욕을 시키고 사료와 우유를 주었다. 허겁지겁 먹어대는 모습을 보며 며칠은 굶은 것 같다고 애처로워하며 애들과 나는 온갖 호들갑을 다 떨었다. 이틀을 내리 죽은 듯 자는 모습에 우리는 모두 숨을 죽이고 발끝을 들고 다녔다.

이렇게 해피엔딩이냐고? 그러니까 새끼고양이였을 때까지는 해피했다. 녀석의 사뿐한 걸음과 작은 울음소리에도 귀를 쫑긋 세우고 쓰다듬고 입 맞추고 맛있는 간식 주고, 나는 아주 듬직한 고양이집사였다. 아주 짧게.

따뜻한 집에서 겨울을 보내고 경쟁하지 않는 사료를 듬뿍 먹고 자란 녀석은 몇 달 사이에 어엿한 성묘의 모습을 갖추었다. 길고양이의 유전적 특성 때문인지 사람의 음식을 호시탐탐 노리고 나무에 오르는 것을 좋아한다. 덕분에 내가 키우던 화초는 녀석의 이빨에 뜯겨 앙상한 가지만 남았다. 녀석이 올라간 나뭇가지는 부러지고 꺾여 잎사귀는 시들시들해졌다. 나무 타는 걸 못하게 하면 소파 뜯는 것에 더 기세를 올린다. 맨살의 발목은 녀석의 사냥 본능을 깨우는지 내 발목은 밭일이라도 한 것처럼 녀석의 이빨자국으로 화려하다.

시간은 대체 내게 뭘 가르친 걸까. 가끔 내 마음에 헬멧 같은 걸 씌우고 자물쇠를 채워 놓았으면 싶다. 여러 가지 감정들이 수시로 들렀다 돌아나간다. 나의 평화는 녀석과 공존할 수 있을지, 어서 시간이 흘러 녀석의 왕성한 청년기가 지나기만을 고대하고 있다.

후회하게 될 것을 알면서도 모든 걸 받아들이며 시작하게 되는 일들은 인생에 서너 번쯤은 찾아온다. 힘들고 애써야 하는 일들은 귀찮고 피하고 싶다. 막중한 책임을 져야 하는 일은 더욱 그렇다. 그렇지만 내가 지금 하고 싶은 것이 무엇인지 질문과 대답을 이어가 보아도 당혹스럽긴 마찬가지일 것이다. '잘 죽는 것'이란 동일한 목적지에서 모두 만나기 때문이다. 우리의 시간은 무한한 우주의 시간 앞에선 찰나에 불과하다. 소원하지 않아도 언젠가 잔잔한 빛으로 멀리 스러져 갈 것이다. 삶의 최종 목적지는 알고 있으니 우리에겐 원하는 경로 선택만 남는다.

고양이 한 마리의 집사노릇으로 시작된 상념은 나의 일상을 돌아보고 재정비하게 한다. 성가시다고 밀어내고 최선의 이유를 붙여 삭제까지 했던 크고 작은 일들. 그러나 내가 아무것도 아닐 때 왜 이런 작고 사소한 것들이 물결처럼 내게 밀려오는지, 내 곁에서 나를 지켜주는 것은 진짜 무엇일까 생각한다.

저녁으로 카레라이스를 준비한다. 겨울이 녀석이 개수대 옆에 앉아 수도꼭지에서 흐르는 물과 껍질이 벗겨지는 감자를 번갈아 쳐다보고 있다. 겨울이 앉아 있는 모습이 오늘따라 너무 예뻐 보인다.

"여보, 겨울이랑 나 뒷모습으로 사진 한 장 찍어줘요. 뚱뚱해 보이지 않게."

감 국

정정숙

chungsonge@naver.com

가을이 깊어지면 마음속에 자리 잡는 단어는 감국이다.

동전 크기의 꽃송이에 비해 꽃술이 크고 동그랗게 오뚝 솟은 소박한 가을 국화 중 하나다.

수년 전 서울 근교에 터를 준비하고 전원주택을 지었다.

남편과 동갑이라는 마을 주민이 제법 큰 홍단풍 한 그루를 선물로 가져왔다. 단풍 뿌리 위에 붙어 있는 흙에는 파랗게 새싹이 올라오고 있는 풀포기 하나가 따라왔다. 자리를 옮긴 홍단풍이 몸살도 하지 않고 잘 버티고 있을 때, 함께 따라온 풀 한 포기도 제법 모양새를 잡아갔다.

풀포기는 가을 들판을 노랗게 물들일 감국이다.

가을이 색으로 말하고 사람들은 때맞추어 단풍놀이 떠날 때 우리 집 홍단풍도 빨갛게 치장을 마쳐갔다. 마침 그때 그 아래서 홍단풍 주위를 점령해 간 것이 감국이다. 색의 조화, 홍치마 노랑 저고리는 자연이 입혀준 가을축제 옷이 된다. 감국은 토양에 적응하고 줄기는 서로 엉기면서 영역을 넓혀갔다.

그 여린 가지들이 어느새 자라 꽃송이를 수없이 피워냈다. 향기가 짙으므로 벌들이 찾아들었고 곧 다가올 겨울 양식을 준비하느라 꿀 따기에 분주했다.

나는 적당히 핀 꽃송이를 소쿠리에 따 모았다. 꽃을 따고 있노라니 후배의 목소리가 들렸다.

"언니 감국에 벌레가 너무 많아서 꽃꽂이는 못 하겠어요."

우연히 한마을로 집을 짓고 들어온 여고 후배의 조언이다.

한 소쿠리 딴 감국은 하룻밤 밖에 두면 너무 작아서 눈에 잘 띄지 않은 벌레들을 퇴치할 수 있다. 이튿날은 새벽이슬에 젖은 감국을 끓는 물에 소금을 넣고 살짝 데쳐낸다. 그늘진 곳에서 며칠 말려 겨울에 마실 건강차가 준비되면, 요만큼은 여기 요만큼은 저기 지인들과 나누게 된다.

산 끝자락을 걸터앉은 집.

온 천지에 하얗게 눈 내리는 날 거실 창가에 앉아 설경을 마주

한다. 노랑 꽃송이가 동동 뜨는 국화차 한 잔, 노란향 김이 코끝에 맴도는 그 자리가 멋져 운치 있고 분위기 좋은 카페가 된다.

　바로 그 시간에 그리운 여인 한 사람, 지금은 연락이 되지 않는 정희가 생각난다. 여고시절 단짝 친구, 감국 같은 여인이다.

삼층장

구향미

luna5424@hanmail.net

먹감나무로 만든 전통 삼층장을 처음 만난 날. 수많은 느낌과 언어를 만나고 사람과 땅, 산, 숲, 구름, 강, 모래도 함께 한다. 많은 생각들이 스치고, 겹쳐지고, 겉치레 없이 온 마음을 다해 만든 소목장의 혼이 담긴 작품의 잔상이 강렬하게 남아 글로 담아내는 시간이 길어졌다.

먹감나무의 검은 무늬는 떫은 맛(타닌)이 나무 안으로 스며들어 생긴 것이라 한다. 제 몸에 난 상처를 품어 안고 태어난 무늬들은 만물의 형상을 닮았다. 누구도 신경 쓰지 않던 옆면에서 학의 날개를 닮은 구름 흐르고 다른 옆면에서 살짝 먹빛을 띤 잿빛 구름 흘러와 어울리고 그 아래 양쪽 옆면에는 계곡인 듯 검은빛이 흐르고, 전면에는 산봉우리들이 마주하고 있는 먹빛 형상이 사뭇 장엄하다.

아랫단에는 두 사람이 마주 보고 있는 듯하여 오래 함께 살아온 노부부의 모습처럼 다정하고, 이어지는 아래 부분은 절대자의 가르침을 기다리는 성직자의 모습으로 다가온다.

아래 밑단은 자연의 모습이다. 노을 진 산기슭에 둥지로 돌아가는 새떼들의 모습. 고운 모래 깔린 안개 낀 새벽의 강기슭. 해 저물어 가는 산 아래 바다 풍경 옆으로 회색빛 구름 흐른다. 마대라 불리는 다리 부분에는 박쥐 모양의 풍혈(바람이 통하는 구멍)이 있고 다산과 부, 가족의 화목을 상징한다. 한 폭의 산수화인 듯 수채화인 듯, 담담하게 다가오는 모습에 세월이 담아온 나의 이야기도 달려와 안긴다. 온 마음을 훔쳐간 먹빛, 흰빛의 여백. 온전히 감상자의 몫이긴 하지만 작가의 의도를 제대로 느꼈을까?

전통 가구는 옆면을 *낙동 처리를 하기도 하고 나무 본연의 모습으로 두기도 한다. 작가는 자신이 구현하고자 하는 스토리를 만들어 내기 위해 양옆 면에도 무늬를 이어 완성했다.

잘려나간 조각들은 분신처럼 목수 옆에서 숨 쉬고 있다. 남겨진 나뭇조각에서 우리네 인생살이 닮았음을 느낀다. 잘리고, 깎이고, 다듬어져 이 자리에 섰다. 만든 이는 작품의 완성에 희열을 느끼고, 바라보는 어떤 이는 인생의 완성이 다가왔음을 알아차린다.

말 없으나 많은 이야기를 담은 전통과 현대가 어우러진 삼층장을 보니 겸허함으로 절로 몸가짐을 바로잡게 된다. 일 년을 훌쩍 넘긴 세월 동안 다듬어져 〈평안〉 이라는 이름을 얻은 삼층장은 계동의 한옥으로 옮겨가 서로의 나무향을 맡으며 살아가겠지.

오랜 수령을 다해 쓰러졌으나 새 생명 얻으니 옛것을 귀하게 여기는, 단아하고 정갈한 주인의 손길로 어루만져진 새 숨결이 더해져 가늠할 수 없는 깊이로 수백 년 살아 남아 오래도록 사랑받았으면 하는 바람이다.

*낙동: 오동나무의 표면을 태운 다음 그을음을 닦아내어 무늬를 만드는 제작 기법.

6

마블링

마블링

설레는 평화
- 고은의 현대시 〈눈길〉의 재음미

한경화

rahan927@hanmail.net

눈길

이제 바라보노라
지난 것이 다 덮여 있는 눈길을
온 겨울을 떠돌고 와
여기 있는 낯선 지역을 바라보노라
나의 마음속에 처음으로
눈 내리는 풍경
세상은 지금 묵념의 가장자리
지난 온 어느 나라에도 없었던
설레이는 평화로서 덮이노라
바라보노라 온갖 것의

보이지 않는 움직임을

눈 내리는 하늘은 무엇인가

내리는 눈 사이로

귀 기울여 들리나니 대지大地의 고백

나는 처음으로 귀를 가졌노라

나의 마음은 밖에서는 눈길

안에서는 어둠이노라

온 겨울의 누리 떠돌다가

이제 와 위대한 적막寂寞을 지킴으로

쌓이는 눈더미 앞에

나의 마음은 어둠이노라

– 『현대문학』, 1958. 11

가위 – 가장자리

포화상태다.

아파트의 베란다 쪽이나 뒤쪽 열린 문으로 물건이 튀어나갈 것
만 같다.

내가 중심에서 끄트머리로 밀려나고 있다는 위기감마저 든다.

그나마 내가 불편해서 일부를 버렸는데도 버린 흔적이 없다.

의도적이거나 강요에 의하지 않으면 버리기도 힘들어 움직였다.

이전에 살던 집이 좁아 보였던 것은 잘 입지 않는 옷, 없어도 생활에 지장이 없는 가구, 전자제품이 자리를 차지하고 있었기 때문이다.

집착 덩어리인 물건을 많이 버렸는데도 이사한 집이 꽉 차버렸다. 얼마나 버려야 하나. 그런데도 버린 것에 대한 미련이 남는다.

쇼핑을 좋아하는 것도 비록 물건일망정 내 것으로 만들고 싶은 욕망일 게다. 내가 가진 돈이 나를 떠나는 것에는 아쉬움이 없는지, 돈을 내어주고 물건은 사들인다. 비어 있는 것을 보지 못하는 성격일까, 아니면 내 허허로운 마음을 물건으로 채우려는 것일까. 비어 있다고 생각한 거실에는 운동기구가 하나씩 채워지고 있다. '보'를 향한 절절함은 뒤로한 채 '바위'가 슬몃슬몃 고개를 들고 있다.

바위 – 바라보노라

바위는 욕심의 응결체다.

놓아야 하는데, 버려야 하는데, 그러지 못한다.

집착, 손안의 것에 대한 욕심.

사람이든, 물건이든 들어온 것은 놓아주기가 힘들다. 꽉 움켜진 나의 성향이 게임에서도 고스란히 나타나 가위바위보 게임에서 남을 이기지 못한다.

문우끼리 책을 교환해 보기로 한 날, 가져온 책들을 펼쳐놓고 자신이 읽고 싶은 책을 먼저 고르기 위해 가위바위보 게임을 했다. 이기게 해 달라고 속으로 기도했다. 아니나 다를까, 졌다. 주먹을 쥔 내 손이 눈에 들어온다.

친구와 게임 연습을 해보았다. 여러 번 졌다. 가위바위보 하면 대부분 보를 많이 내는데, 바위를 자주 내니 지는 것은 당연하다.

사람이든 물건이든 내 것에 대한 미련이 많고, 손을 펼쳤을 때의 허허로움과 잃어버릴 것에 대한 두려움이 주먹을 꽉 쥐게 하여 바위를 내는 것은 아닐까.

보 – 보이지 않는 움직임

지혜로운 삶을 살기 위해서는 움켜진 주먹을 조금씩 풀어 '보'를 향해 나아가야 한다. 헌 옷을 하나 버릴 때 새 옷 하나가 들어갈 수 있듯, 메일함을 비워야 새로운 소식을 접할 수 있듯, 새로운 것을 받아들이려면 주먹을 펴야 한다. 주먹을 펴지 않으면 그 안에 무엇이 존재하는지 알 수가 없고, 빛이 들어갈 수도 없다. 바위보 다는 '보'가 공간적으로도 더 많이 채울 수 있고, 가벼움으로 어디든 상상의 나래를 펼쳐 날아갈 수도 있다.

눈에 보이고 만져진다고 해서 영원히 실재하는 것이 아니고, 어떤 실체든 하나로 고정된 것은 없는데 잠깐의 호사에 눈이 먼다.

형상은 있되 실체는 없는 것이나 마찬가지라고 한 불교의 공空사상을 보더라도, 둘러싼 것들에 대한 집착은 버려야 한다.

　게임에서 바위도 막상 손을 펴보면 아무것도 없다. 주먹은 빛을 향한 그리움만 간직한 채, 남을 이기려는 이기심과 욕심이 만들어 낸 형상에 불과하다. 그것만 버리면 더 큰 그릇이 될 수 있다. 온 우주를 껴안을 수 있는 '보'가 될 수 있다. 오래된 장벽일수록 허물어뜨리기는 힘들다. 그러나 고여 있는 것은 썩는 일과 먼지만을 남긴다. 더 이상 부패하기 전에 버리자. 그것만이 내가 가벼워지는 길이고, '보'를 향해 한걸음 내딛는 길이다.

　가벼움, 그리고 채울 수 있는 가능성, 보자기는 空공이다.

오매불망 첫사랑

박장식

jangshig@naver.com

내가 첫사랑 '캐시'를 처음 만난 건 중학 2년의 합창반에서였다.

고 1~2학년에 올라서는 눈길을 직접 주고받으며 서로 통하는 느낌을 갖기 시작했다. 그러다가 여럿이 만나는 합창반이 아닌 단둘만의 만남이 잦아지고, 고 3학년 이후부터는 헤어지기 싫을 정도로 정이 깊어지고 있었다. 그러면서 운명을 같이 하고 싶어졌다. 우리는 자취집 여주인이 낮 외출을 틈탄 안방에서는 뜨거운 사랑이 이어졌다. 그러다가 주인 아줌마가 들어오면 혼비백산이지만, 그런 은밀한 만남은 계속 포기하지 않았다. 그런 은밀한 만남이란 기회가 있을 때마다 몰래 주인집 안방의 유성기에 내가 준비한 LP 판을 얹어 서서히 돌린 다음, 바늘을 살포시 올려 감상하는 일이다

특히나, 푸치니 곡 토스카 중에서 '별은 빛나건만'의 전주곡 선

율은 나를 무아지경에 몰아넣고, 돌아가는 LP 판 속 테너의 그 열창은 이 청년의 가슴에 그때마다 불을 지른다. 이렇게 나의 첫사랑 여정이 시작되었다(주인은 전축을 켜면 전기료가 많이 나온다며 심한 역정을 내니 부득이 몰래 전기 도둑이 되었던 것이다). 급기야 고 3의 2학기 늦가을에, 이 캐시와 일생을 같이 하기로 결심하고, 어른들께 무릎을 꿇고 간청한다.

"캐시와 결혼하겠습니다."

"논 팔고 소 팔아서 천리길 네놈 딴따루 공부 밑천 대라꼬?"

"내 눈에 흙이 들어가기 전엔 그리는 못 한다!"

이렇게 해서 나는 결국 '캐시'와 결혼하지 못하고 말았다. 눈물을 머금고 어른들의 주장대로 경제적 여건과 장래성이 훨씬 낫다는 '하이델'(법학)과 결혼해서 오늘에 이르렀던 것이다. 나는 4년의 대학생활은 물론 그 후 오랜 직장생활 동안 하이델과의 결혼 생활을 하면서도 틈틈이 첫사랑 캐시와의 만남을 계속했다. 몰래도 아니었다. 직장생활을 할 적엔 오히려 가난한 대학생활 때보다 하이델의 따뜻한 도움으로 함께 동시 데이터로 더 자주 접촉을 했다. 더욱 30년의 직장생활을 마친 오늘 날의 이 길고 찐한 고비에서 하이델의 이해와 후원으로 모두가 함께 시너지 효과를 내는 보람된 생활을 하고 있다.

회고할진대, 그 시절 진로의 기로에서 어른들의 추상같은 충고를 뼈를 깎는 아픔으로 나는 기어이 감수했다. 또 그땐 어른들에 대한 야속함이 한恨이 되어 가슴 속 깊이 맺혔었다. 그러나 살아가면서 어른들의 자식 장래에 대한 그 깊은 성찰에 지금은 겸허히 고개를 숙이고 있다.

지금도 한국 사회의 성악가는 여전히 가난하다. 아니 모든 이 나라 음악인이 그러하고, 대부분의 예술인이 그렇다. 나도 그럴 뻔했다. 그러나 그들은 나름의 자부심을 먹고 산다. 그 중에도 성악의 목소리는 인간이 보유한 가장 고귀한 재질이다. 그 자부심이 그들을 지탱해 주면서 나아가 메마르고 어두운 우리 사회에 샘이 되고 등불이 되어 준다.

그러나 각자 특출해야 하고, 빼어나야 하고 또 세계적이어야 한다는데, 그걸 각자들의 그 누가 어찌 미리 알 수 있으랴. 예술의 기량은 수시로 변화무상하다.

그런데, 나는 인생길을 여기까지 걷고 돌이켜 보니, 매사에 꼭 그렇게 빼어나고 특출하며 세계적이라야 성공한 인생이던가? 라고 의문한다.

나는 지금도 매주 초에 시와 수필 수업을 마치는 다음 날 목요일엔 인근의 성악 스튜디오에 가서 소리한다. 이 날은 매주 한 번 첫사랑을 만나 즐기는 날이며, 지금 내가 걷고 있는 이 길을 스스로 확실히 행복해 하는 날이기도 하다.

나대로, 이 늙은 아마추어 성악가를 불러주는 자부심에 충만해하면서, 이렇게 가곡을 거쳐 오페라 아리아를 넘나들며 이 다음의 작은 콘서트 준비에 열정을 쏟는다.

　어느덧, 70줄의 나이는 마지막 잎새 되어 바람에 위태롭게 나부끼고, 80이란 반갑잖은 손님이 저만치 점점 가까워지고 있다. 나는 이렇게 하이델과 결혼하여 대학생활을 거쳐 30년의 직장생활과 은퇴 이후 날마다의 생활을 오매불망 첫사랑 캐시(성악)와도 함께하는 인생을 살고 있다.

　이 대목에서, 그것은 마치 첫째 부인과 둘째 부인과 함께 사는 기분이다. 그것도 서로 아무 탈 없이 말이다. 아니 서로가 시너지 효과를 내면서 때론 함께 시도 쓰고 수필도 쓰면서.

　지금 세상에서 첫째 부인과 둘째 부인과 셋이 함께 사는 사람이 그리 흔치는 않을 진대, 이렇게 살고 있는 나는 혹시 잘난 사람인가 못난 사람인가?

　아무려면!

보훈의 달 국립대전현충원을 찾아서

해남 이희복

9937bok@hanmail.net

　미국은 물론이고 공산국가도 선진국일수록 안보에 관해서는 확고한 국민의 의식이 있는 것만 같다. 예비역들도 현역시절 군복에 각종 훈장을 부착하고 가보처럼 집에서 관리하며 보관하다가 각종 안보행사에 단정하게 입고 자랑스럽게 나온다. 혹시 자신이 초청대상에서 제외될까, 스스로 확인하며 안보 관련 행사를 기다린다. 그리고 그런 행사에 참석하는 것에 대하여, 대단한 자부심과 긍지를 가지고 살아가는 것을 볼 수 있다.

　우리나라는 어떤가? 6월을 보훈의 달이라고 하여도 현충일이나 6·25사변의 행사가 있는 날의 보여주기식 행사가 끝나면 모두 잊어버리는 것만 같다. 6월은 물론이고 일 년 동안 국립현충원에 한 번도 방문하지 않는 국민도 많은 것 같다. 우리나라처럼 외세침략과 국난극복의 역사가 많은 나라에서 국가를 위하여 희생하신 애국지사와 순국선열 및 호국영령에게 대하는 국가의 예우나 국민의 의식이 너무 아쉽다는 생각이 든다.

내가 참여하는 작은 모임이 있다. 유명인사도 없고, 인원도 몇 명밖에 안 되지만 안보와 관련된 신념과 단결력은 대단하다. 유명인사는 없어도 위원 모두가 우리 지역 어디에 나가도 손색이 없는 분들이고, 80대 중반부터 50대 중반까지 다양한 경력과 사업을 하시는 분들이다.

이 모임에서 매년 안보현장 1~2곳은 다녀오지만, 올해는 회원 중 한 분이 지난 4월에 국립대전현충원에 안장되어 호국의 달인 6월에 단체로 방문하였다. 모두가 바쁘지만, 한마음으로 조상에게 제사를 지내듯이 정성을 다하여 준비하였다. 국립대전현충원에 도착하여 먼저 충혼탑에 참배하고, 고 이성달 부위원장은 물론 천안함 46용사묘역 및 제1연평해전 전사자묘역, 그리고 연평도 포격 전사자묘역에도 참배하고, 국립대전현충원에 안장된 육·해·공군 및 해병대의 고향 분들과 해병대 선·후배 전우들에게도 한 분 한 분 정성을 다하여 다 함께 참배하였다.

요즘 각양각색의 단체가 많지만 확고한 신념으로 단체를 운영하고, 회원 모두가 단체의 신념을 진정한 삶의 가치로 생각하며 함께 하는 단체는 많지 않은 것만 같다. 그런 면에서 우리 모임은 작지만 강한 해병대의 전통을 이어받은 강한 특별한 모임이다. 그래서 이번에 전우를 찾아가면서도 우리는 국립대전현충원의 전우를 찾아서 "해병대는 죽지 않고 사라질 뿐이다! 고故 이성달 부위원 장님은 떠난 것이 아니라 새로운 곳에 재집결한 것이다! 해병대는 결코 전우를 잊지 않는다!"라는 명제를 내세우고 존경하는 마음으로 추모하며 참배하고 돌아왔다.

먼 길을 하루에 다녀오기에는 연로하신 분들에게 다소 무리가 있었지만, 다녀오고 난 후 하나같이 보람을 느끼며 회원들의 안보의식 고취와 단합된 마음과 자긍심이 대단히 향상되었다는 것을 서로의 눈빛만 보아도 느낄 수 있었고, 다음 날 서로 주고받는 문자를 보며 다시 한번 느낄 수 있었기에 해병대의 정신이 더욱 충만해진 것 같았고, 모든 회원이 더욱 고무된 것만 같다.

현재 우리나라에서, 특히 안보문제는 고질적으로 말만 앞세우고, 힘들고 어려운 일은 서로 피하는 현실에서 우리 모임에서는 누구에게 알리지도 않고, 조용하면서도 확고한 신념으로 비록 힘은 들었지만, 최선을 다하여 몸과 마음으로 참배를 드리고 왔기에 더욱 값지다는 생각이 든다.

애국지사와 순국선열 및 호국영령과 전우들의 영혼이 오늘 하루만큼은 짙은 향기가 피어오르는 고향의 국화와 듬뿍 올려드린 고향의 막걸리 '영일만 친구'와 동해의 황태 안주로 시름을 잊고 행복하게 보냈으리라 믿는다. 스스로 생각해도 우리 모두 한마음으로, 그리고 충심으로 정성을 다하여 참배 드렸기 때문이다.

장진용 위원장을 비롯한 우리는 모두 우리 민족의 통일과 영원한 번영을 위하여 국가안보는 물론이고, 애국지사와 순국선열 및 호국영령들을 위한 사업은 전 국민이 함께하는 그날까지 지속해서 낮은 자세로, 그러나 확고한 신념으로 솔선수범하며 실천할 것을 다시 한 번 굳게 다짐해 본다.

캡슐처럼 먹고 사는 언어

김국애

gukae8589@daum.net

친구들과 아이스크림 집에서 오손도손 얘기를 나누고 있는데 바로 옆자리에 앉아있던 한국 아줌마가 "너희들 한국 아이들이구나. 언제 이민 왔니?"

"우리는 몇 년 됐구요. 얘는 3개월 됐어요."

"응 너 고등학교 수능고사 성적이 나빠서 이민 왔구나."

그 여학생은 한국 아줌마의 말에 큰 충격을 받았다. 그는 집에 돌아가 자기가 원하지 않은 이민을 왜 왔느냐? 한국으로 다시 돌아가자고 부모님을 졸라대서 온 식구가 함께 통곡하며 울었다는 말을 듣게 되었다.

이것은 같은 또래의 여학생을 둔 엄마들이 사춘기에 접어든 자녀들로 인해 고심했던 이민사의 씁쓸한 실화다. 그 어머니 역시 이민사회에서 이런저런 상처를 받았을지도 모른다. 자신이 받은 그 상처가 나쁜 씨앗이 되어 대수롭지 않게 상대의 가슴을 헤집어 놓는 습관성을 가진 것인지, 아이가 우는 데도 사과 한마디 하지 않은 뻔뻔스러움에 더 경악했다는 뒷담을 듣게 되었다.

우리가 사용하고 있는 말은 한 마디 한 마디가 말의 씨앗들이라고 생각해야 되지 않을까? 말이 떨어진 그곳에서 싹을 틔우고 열매를 맺는 생명력을 가진 것이다. 나는 나의 일터에서 수많은 고객과 다양한 대화를 나누면서 지낸다. 우리의 입으로 무심히 내뱉는 말은 각 사람의 감정과 사상을 표현하고 전달한다.

때로는 직접적인 음성이 아닌 몸짓과 표정, 눈빛에서도 강한 감정과 생각을 전달한다.

사람의 말속에는 그 사람의 정신세계와 삶의 수준과 품성이 나타난다. 말은 행동 이상의 엄청난 에너지를 가지고 있는 것이다. 때때로 말은 칼보다 힘이 있다고 한다. 성서에서는 말은 심지어 생의 바퀴를 불사른다고 할 만큼 위대한 힘이 있다는 것을 아무도 부정하지 않을 것이다.

"제 머리 힘드실 텐데 잘 부탁드립니다. 제 얼굴은 화장해도 별로 예뻐 보이지 않거든요. 전폭적으로 믿고 맡깁니다. 제 친구를 아름답게 바꾸어 놓으셨던데요 원장님께 정말 감탄했답니다."

"네 감사합니다. 최선을 다해 꾸며 드리겠습니다."

그러나 이와 대조되는 말도 있다.

"저 TV에 나온 것 보셨지요? 자주 나왔는데… 화면을 통해 한

번이라도 봤으면 얘기하기가 쉬울 텐데… 어떻게 잘 하실 수 있겠어요?"

처음 대하는 경우라도 단 몇 마디의 말을 통해 그 사람을 알게 된다. 말은 곧 각자의 수준과 품위를 대변하는 그릇인 것이다. 혹은 고귀하게 혹은 천박하게 그 사람을 웅변한다. 더 좋은 의미로는 말은 사람만이 가지고 있는 탁월한 능력이라고 할 수 있겠다. 특히 남성들보다 말이 많은 우리네 여성들의 수다에 귀를 기울이고 있노라면 이 사회가 따뜻하고 윤택한 것은 여성들의 긍정적이고 재치 있는 언어가 한 몫 한다는 긍지를 느낄 때도 있다.

아름다운 위로와 덕담과 유머가 풍부한 수다라면 그러한 수다는 작은 사회인 가정에서와 공동체에 오랜 후까지도 잊히지 않는 유익한 여운을 남긴다. 그러나 또 반대로 날카롭고 차갑고 남의 영혼까지도 병들게 만드는 마력이 내포된 말도 있다.

나는 가끔 내 입을 통해 나간 말들을 생각해 본다. 그 어휘들을 곱씹어 보며 상대의 입장에 서 보게 되고 반성하는 시간을 갖기도 하고 하루 일과 후 잠자리에 들기 전에 하루를 돌아보게 된다. 내 입을 통해 나간 수많은 말들 중에 내가 만난 이들에게 격려의 말, 힘이 되는 말은 몇 번이나 전달했는지, 누굴 비방한 말은 없었는지? 내 이기심 때문에 상대를 폄훼하고 비판하여 상처를 안겨 준 일은 정녕 없었는지?

솔직히 정치성을 띤 내 판단으로 인해 부적절한 말을 하는 일이 많았음을 고백할 수밖에… 나라의 운명을 염려하는 것 그 테두리를 벗어날 때가 많았다.

오직 신 앞에 겸허히 탄원하는 마음을 가져야 한다고 결단하고 나니 한결 마음에 안정이 찾아왔다. 우리 민족성은 어려움 당한 이웃에게 도움의 손길을 주는 기회를 놓치지 않으려 애를 쓴다. 반면에 큰 성공을 거둔 친구에게도 진심에서 우러나온 축하의 꽃다발을 보내야 하는 사회가 되길 우리 모두 염원한다.

어느 곳 어떤 장소에서든 지쳐있는 내 주변의 사람들에게 힘이 되고 복이 될 수 있는 따뜻한 말이 준비된 사람으로 살고 싶다. 내 위로의 말로 슬픔 속에서 새 힘을 얻고 절망에서 희망의 삶을 되찾을 수 있도록 격려의 말을 하는 것은 어려운 일이 아닐 것이다. 우선 내가 행복하고 복이 되는 혀의 열매가 될 것이기 때문이다. 그것은 사람을 사랑하는 마음으로 어느 장소에서나 긍정적인 말을 하는 좋은 습관이 길들여져야만 가능한 일이다.

자신의 인격을 드러내는 중요한 특징을 가지고 있는 말을 성경에서는 말에 실수가 없는 자는 곧 온전한 사람이라고 했다. 세상에 존재하는 그 어떤 사람이라도 온전한 사람은 없을 것이다. 우리 입을 통해 흘러나온 말은 바다에 큰 배를 움직이는 키와 같다고 한다. 우리가 빨래를 하듯이 혀를 세탁하는 기계가 있다면 좋겠지만, 사랑이라는 두 글자와 감사라는 두 글자가 우리 혀에 올려있다면 원격 조절기 같은 이 사랑과 감사보다 더 강한 무기는 없을 것이다.

이 혀의 열매로 구원 받고 세상에서도 가정에서도 우리 삶이 다할 때까지 사랑은 우리를 빛나게 하는 도구로 삼았으면 얼마나 생산적일까. 상대에게 가족에게 사랑하는 자녀들에게 훈계를 빙자하고 권면과 조언이라고 내뱉은 말, 지난날로 족하다. 상처받았을 사랑하는 사람들을 생각해 본다. 우리는 성자가 될 순 없지만 성자를 닮아 가려는 연습은 할 수 있을 것이다. 지난날을 실수 전문가로 살았다면 이제부터는 사랑의 말을 하는 전문가로 거듭나자. 물과 성령의 능력으로 거듭나듯이 진리가 우리를 죄에서 자유케 만들어 주시리라. 우리에겐 영생의 창고에 가득한 사랑의 말이 바닷물처럼 풍성한 성서가 있다. 이제부터 U턴 하자.

캡슐처럼 먹고 사는 언어를 길들이는 성숙한 사람으로 거듭나자.

바람의 언덕

김선아
ksaaa57@hanmail.net

바람의 언덕은 전국적으로 몇 군데 있는 것 같다. 그중에 사람들이 많이 다녀왔다고 말하는 곳은 거제도의 바람의 언덕이다. 사람들을 날려버릴 것처럼 바람이 부는 모습을 티브이에서 본 적이 있다.

남편의 뜬금없는 재취업 결정에 소도시로 이사 온 지 두 달 보름이 지났다. 집과 동네에 대해 어색했던 것도 사라지고 주변 분들과 말도 텄다. 이곳에 오기 전에 알았던 것은 새우젓이 유명하고 바다가 가까워서 해산물이 신선하다는 것이었다. 두 달 남짓 살면서 알게 된 것은 봄보다 바람이 자주 불고 세졌다는 것이다.

벌써 며칠째 바람이 분다. 이 집은 나지막한 동산에 도로보다 높은 곳에 축대를 쌓고 지은 집이다. 집 앞으로 시내로 나가는 길이 있어 그 길을 따라 바람이 휘몰아쳐 온다. 그 길 끝에 집에 딸린 텃밭이 있다. 집을 계약할 때 내 마음을 사로잡은 것이 조그마한 텃밭이었다.

그동안 엄마가 하는 것을 보고 농사일을 알게 되었다면 이제는 실전이라 생각했다. 일 년 동안 내가 가꿀 수 있는 것은 모두 심어보기로 했다. 일생 동안 딱 한 번의 기회가 될지 모르는 농사에 도전장을 내밀었다. 땅에서 헤엄치는 격이지만 엄마의 가르침을 상기하면서 밭을 나누어 씨앗을 심었다. 시간이 지나니 싹이 나고 자라서 식탁에 올릴 만큼 되었다. 이 맛에 텃밭농사를 하나 보다. 바람이 몹시 부는 이른 아침에 밭에 나가보니 심어놓은 것들이 바람에게 휘둘리고 있었다. 마침 앞집 아주머니가 있어서 물어보았다.

"이 집만 바람이 많이 부는 것 같아요?"

"그려. 그 집과 밭은 바람이 많아. 우리 밭은 바람이 없어. 거기는 작년에도 그랬어."

그 말을 듣고 지형을 살펴보니 바람이 지나가는 막다른 길목이었다. 작년에 살던 사람도 그 자리에 고추모를 심었다는데 어떻게 키웠을까. 그 사실을 알고 있었던 아주머니가 텃밭의 맨 첫머리에 고추를 심는다고 할 때 알려줘야지 이제 와서 왜 그런 얘기를 하나 싶어 내심 서운했다. 고추모를 심던 날도 바람이 땀을 식힐 만큼 부는 데 고추모가 흔들려서 땅에 잘 활착할 수 있도록 바로 지지대를 세우고 줄을 매주었다. 며칠 전부터 조금씩 바람의 세기가 강해지더니 어제 오늘 이곳은 강풍주의보가 예보되었다. 밭 앞에 집이라도 한 채 있었다면 그 정도로 고추가 몸살은 하지 않을 텐데 앞이 탁 트인 텃밭은 바람의 통로가 되었고 바람은 심어놓은 것들을 무자비하게 흔들고 간다. 고추는 불어오는 바람에 정신이 없는 모양이다. 바람 가는 대로 춤추고 있다. 일 년만 지내기로 했기 때문에 무엇을 하든 조금만 투자하기로 했다. 그래서 바람 가림막도 해주지 않았는데 바람이 워낙 세서 고추가 힘들어하는 것 같아 비닐로 가려줬다. 그럼에도 바람 앞에 장사는 없었다. 줄을 더 매서 덜 움직이도록 묶었다.

"비닐도 치고 또 뭐해요?"

이사하고 제일 먼저 인사를 드렸는데 나에게 도움이 되는 얘기를 미리 해주지 않고 묻기만 하는 아주머니가 밉상이다. 조금 더 언덕진 윗 밭에도 작물을 심었는데 연약한 작물은 불어오는 바람에 맞서지를 않고 순응하면서 자라고 있다. 그곳을 오르내리노라면 바람이 몸속으로 파고들어 옷을 단단히 여며야 한다. 바람에 흔들리는 작물을 보노라니 무엇을 심을까 들떴던 마음이 가라앉고 괜히 심은 것 같아 미안했다.

사람도 크고 작은 많은 바람을 이겨내며 살고 있다. 가난하거나 부하다고 시련이 없는 것은 아니다. 나름대로 애로사항은 있게 마련이다. 만병의 근원이라는 감기를 달고 사는 사람도 있고 병원에서 최신 의료기기의 도움을 받아 연명하는 이도 있다. 아픈 것 말고도 취업, 승진, 학교생활 등 모든 세상사는 알게 모르게 어려움이 있으며 그에 맞서서 뚫고 나가기도 하고 순응하면서 일어날 기회를 얻기도 한다. 어떻게 이겨내느냐에 따라 기쁨과 성취감을 맛본다.

어제도 그랬지만 오늘도 지붕까지 바람에 덜컹대는 소리를 들으니 어제보다 식물의 상태가 나빠질까 봐 불안하다. 내가 심었지만 별로 도와줄 것이 없다는 사실이 슬프다. 바람이 멈추기를 기다려서 영양제를 주면 힘든 상황을 이겨내고 튼튼하게 자랄까. 사람들에게 불어오는 바람을 스스로 이겨내는 것이 최선의 방법이지만 타인의 도움을 받는 것도 나쁘지 않다. 연약한 식물도 세찬 바람을 이겨내려고 안간힘을 쓰는 것을 보면 만물의 영장인 사람임에랴.

거제도의 근사한 바람의 언덕에 부는 그 바람에 비할 바는 못되지만 심겨져 있는 작물에게 휘몰아치는 바람은 그에 못지않을 것이다. 아래 밭에서 윗 밭에 가려면 언덕진 곳을 올라가야 하는데 나와 남편은 그 작은 언덕을 바람의 언덕이라 부르기로 했다. 바닷가에 있는 바람의 언덕도 때때로 잠잠할 때가 있을 것이다. 오후에는 바람이 좀 잔잔해지려나 희망을 가져본다.

잇음의 땅에서

김수금

skkim8661@daum.net

우리는

잊음의 땅으로 돌아가리니

삶이 사라지고

상실의 빗장을 채워

차가운 공기의 울림에 싸늘하게 묻혀도

행복과 기쁨의 환희도 빗물 되어 흘러간다.

고통과 아픔, 슬픔마저 내 곁에 머물 수 없는

아쉬움에 떨고 있나니

절망의 눈빛, 칠흑 같은 어둠의 심지를 연소할지라도

발자국 남겨 놓고 하늘길 서성이고 있다

세상이 나란 존재를 기억하지 않아도

그들에 대한 기억과 추억에

얽매이지 않으리라

사람을 불신하는 거짓도 극히 인간적인 방법으로

나를 내세우려 하는 오만한 자존심도 내려놓는다.

시공時空은 사라지고, 세속 물결 거센 바람 휘몰아친다.

심령心靈 깊이에서 영혼의 평온함을 갈망하는 날개가 흐느적거

린다.

고요한 적막을 깨트려 산자의 호흡이

새벽이슬 머금어 아련한 눈빛 간절한 기도

그대들이여

약속의 땅 저편에

무한한 신비의 세계는

깊고 오묘한 빛이 펼쳐져 있다.

우리는

잊음의 땅을 벗어나서

신성神聖한 샘물을 들이켜

광명한 빛을 보리라

태양이시여 만수무강하시길

김호은

jinsuk6884@daum.net

어젯밤까지 비가 오고 갠 4월 봄날 아침에 산을 오른다.

내 몸과 마음이 신성한 이 산속 기운에 정화되고 분에 넘치는 대접을 받을 때처럼 감사함이 솟구친다. 황량했던 겨울 풍경은 어느새, 재잘대는 유치원 아이들을 산속에 쫙 풀어놓은 것처럼 밝고 생기가 넘친다. 소나무와 참나무 둥치는 어젯밤 비로 물이 올라 더 짙어지고, 이파리 연두는 모처럼의 대청소로 윤기가 반지르르 해진 집안의 가구처럼 빛난다. 작은 바람 따라 살랑거리는 연둣잎 사이로 비치는 투명하고 맑은 햇빛, 이대로 어느 대가의 화폭 같기도 하다. 햇빛은 우리에게 어디까지를 선물할 것인가.

알베르 카뮈의 소설 《이방인》의 주인공 뫼르소는 왜 살인을 했냐는 재판관의 질문에 '태양' 때문이라고 순순히 말한다. "그는 가난하고 가식이 없는 인간이며 한 군데도 어두운 구석을 남겨 놓지 않는 태양을 사랑한다"고 작가는 《이방인》의 미국판 서문에서 밝혔다.

한 군데도 어두운 구석을 남겨 놓지 않아서 태양을 사랑하게 된 인물이 태양 때문에 살인을 저지르게 되었다. 역설적이다.

태양에너지인 햇빛은 모든 것을 공평하게 비추어 만물의 실체를 분명하게 드러내 준다. 하지만 그 일사량은 곳곳마다 차이가 있어 적도 지역은 햇빛 부자이고 극지방은 햇빛에 목마르다. 《이방인》 이야기는 지중해성 기후로 사계절 햇빛이 풍년인 아프리카 북부 지역에 위치한 알제리가 배경이라는 점을 상기하면 거짓말하는 것을 극도로 싫어하는 뫼르소의 진심을 읽을 수 있을 것 같다. 뫼르소는 한 예술가의 창작품에 등장하는 인물에 불과하지만 '햇빛' 하면 내게 항상 가장 먼저 떠오르는 인물이다.

나는 얼마 전부터 햇빛 세례를 무한히 받고 감격하고 있다.

후배가 재활용에 대한 지혜와 정보가 담긴 유튜브를 소개했는데 주로 생활하면서 나오는 쓰레기를 처리하는 방법에 대한 것들이었다. 그중에서도 배달음식 용기를 깨끗하게 처리하는 방법이 나에게는 가장 유용했다. 음식을 배달해 먹고 나면 용기에 묻은 끈적한 고추기름 때는 세제로 헹궈도 다 씻어지지 않아 마지막에는 화장지로 또 닦아내야 한다. 그래도 붉은 기가 지워지지 않은 채 분리수거함에 넣을 때면 성에 차지 않는 과제물을 제출할 때처럼 쭈뼛거려진다. 경비 아저씨가 내 뒤통수를 째려볼 것만 같기도 하고. 그런데 놀랍다. 지저분한 용기를 물로 헹구기만 해서 베란다 햇볕 드는 곳에 그냥 방치해 두면 깨끗하게 지워진다는 것이다. 이렇게 간편하고 쉽게 해결된다니, 반신반의했다.

며칠 후 식구들하고 음식을 시켜 먹게 된 날 맘먹고 실험해 봤다. 남은 음식물 찌꺼기는 버리고 용기를 물에 헹구어 베란다 한 쪽 햇빛이 잘 드는 곳에 놓아뒀다. 보름 정도 되었을까, 빨래를 널다 백색의 빛에 눈이 부셨다. 주황색 기름때가 깔끔하게 지워졌다. 햇빛은 정말 한 군데도 어두운 구석을 남겨 놓지 않았다. 여기엔 도대체 어떤 원리가 작용하는 건지 내 능력으로는 알 수가 없다. 아~숭고한 태양이여!

그 순간, 어릴 적 우리 집 행랑채 마루에서 가을날의 투명한 햇빛에 고추가 빨갛게 익어가던 모습이 액자처럼 떠올랐다. 한낮의 적요한 시간을 건너고 있는 그 빛의 기운은 가슴이 떨리게 숭고했다. 건강하지 못한 며느리를 대신해 손녀들에게 넘치는 사랑을 주시는 할머니 할아버지가 계셨지만 채워지지 않는 쓸쓸함이 항상 내 마음속에 똬리를 틀고 있었던 때다. 우리 집 공기는 왠지 평화라는 말과는 어울리지 않았다. 그 따사로운 햇빛이 주는 잠깐의 평화가 그래서 더 아늑하고 좋았다. 빨간 고추 위를 맴도는 말간 햇빛, 마당 위를 감싸고 있던 그 기운은 쓸쓸함이 아니라 평화였다. 그 햇빛 한 자락을 오래도록 붙잡아 놓고 싶었었다.

그때의 햇빛과 요즘 우리 집 베란다에 쏟아지는 숭고한 이 햇빛이 아프리카 대륙에 쏟아진 강렬했던 뫼르소의 햇빛을 관통하는 것 같다. 부디 깨끗한 이 햇살이 오래도록 공평하게 멀리멀리 퍼져나갔으면 좋겠다.

태양이 지구에 1시간 동안 쏟아붓는 청정에너지로 인류는 1년을 살 수 있다고 한다. 아직은 공짜로 인류에게 세례를 퍼붓는 저 청정한 햇빛에 붉은 기름때를 맡기기가 참으로 민망해진다. 나는 이 청순하고도 은혜로운 햇빛이 오래도록 지구에 찬란히 빛나기를 간절히 소망한다.

천둥소리

문화란
jjm6156@hanmail.net

늦은 산책길에 나서니 벚꽃이 진 길을 따라 이팝나무 꽃잎이 몽롱한 모습으로 허공을 수놓는다. 흥부가 보면 반겼을 듯한 밥알모양의 작은 꽃잎들이 무수히 떨어져 길 위를 하얗게 덮었다. 언덕 위에는 조랑조랑 가지에 매달린 찔레꽃이 연노란 향기를 품었다. 군데군데 노랗거나 보랏빛인 붓꽃이 어둑한 물가에서 우아한 자태로 존재감을 드러낸다.

한참을 걷노라니 맑은 봄날 저녁에 때아닌 빗 기운이 감돈다. 긴 잿빛 비구름 가닥이 머리 위로 낮게 드리운다. 천둥은 먼 곳에서 가끔씩 수레가 굴러가는 듯이 돌돌 울리는 소리를 낸다. 점점 가까이 다가오며 구름 속에서 크렁거리다가는 덜커덕거리는 퉁명한 소리로 잦아지곤 한다. 번개는 마치 위협하듯 번쩍거리고는 잽싸게 자취를 감춘다. 그러자 수많은 버드나무 잎들이 알 수 없는 언어로 수선스럽게 속삭이기 시작한다. 하늘이 금세 짙은 먹장구름으로 변해간다. 공기는 갑작스레 한기를 머금고 어둠은 심연을 향해 짙어간다. 폭풍우가 다가오는 모양이다. 번개가 번쩍 스치자 몇 초의 간격을 두고 천둥소리가 고막을 때린다. 급기야 허공중에 폭약을 설치해 놓은 것 마냥 찢어지는 듯한 굉음이 스친다. 이어서 굵은 빗줄기가 세차게 허공을 가로지른다. 냇가의 물길이 겁먹은 듯한 검은 얼굴로 서둘러 흘러간다. 세찬 바람이 휩쓸어가자 나뭇가지가 이리저리 거센 춤을 추기 시작한다.

이제 비는 억수같이 쏟아지는 중이다. 어둠 속에서 긴 빗줄기가 선명한 수직의 선을 그으며 내리꽂힌다. 삽시간에 걷던 사람들이 보이지 않는다. 미처 돌아가지 못한 두서너 사람들과 함께 나는 운동기구 가장자리에 나비 모양 높고 좁게 설치해 놓은 천막으로 숨어든다. 그런데 비를 피하려 해봐야 말짱 허사다. 천막 아래쪽으로 사방에서 들이치는 빗발에 온몸이 젖는다. 뒤집힌 우산은 이미 용도를 잃었다. 도로는 애당초 사람이 다니던 길임을 잊은 듯 삽시간에 물길로 변해버렸다.

춥고 난감하다. 용기를 내서 빗속으로 나서본다. 차가운 빗방울에 등골이 써늘하다. 50여 미터 앞에 있는 교각까지가 목표다. 좀 더 안전하게 비를 피하기 위함이다. 온몸이 흠뻑 젖은 채 교각 아래로 뛰어 들어 안도의 한숨을 내쉰다. 멍하니 빗줄기를 바라보다 생각은 어느새 꼭 오늘처럼 장대비 내리던 어느 날로 거슬러간다.

불혹에 가까워질 즈음 삐걱삐걱 녹슨 기계 같은 몸의 신호에 마지못해 산책을 시작하였다. 얼마 지나지 않은 어느 날 어쩌다 사나운 여름 폭우에 갇혔다. 걷던 사람들이 삽시간에 교각 아래로 뛰어들어 옹기종기 모여 있었다. 가족에게 전화를 한 사람들이 하나둘씩 떠나갔다. 혼자만 동그마니 남은 나는 그칠 줄 모르는 빗줄기를 하염없이 바라보다 문득 외로움이 밀려왔다. 내 모습이 마치 봄에 부화한 햇병아리가 한여름 중병아리가 되어 마루 밑 토방에서 비를 피해 서 있는 형상이다.

　언제까지 이대로 있어야 할까. 비는 그칠 기미를 보이지 않는다. 한참을 망설이다 마중 나올 이 없는 내 처지를 되새김질하고서야 용기를 내기로 한다. 목표는 다음 교각까지이다. 무작정 달려가는데 불쑥 불길한 한 생각이 나를 사로잡는다. 빨래처럼 젖은 내 바지 주머니에는 묵직한 열쇠꾸러미가 있지 않은가.

　'내 주머니 속 열쇠다발을 향해 저 번개가 내리꽂힌다면?' 섣부른 과학지식에 잠식당하자 두려움이 끝을 모르고 고조된다. 요즘엔 도어락의 숫자만 누르면 되지만 그땐 묵직한 금속 열쇠로 문을 열던 시절이다.

　겁이 나고 심장이 쫀득해진다. 무턱대고 다리에 힘을 주어 보지만 운동과 거리가 멀었던 몸은 천근만근 무겁기만 하다. 뜀박질도 잘 못하는 내 몰골이 한심하기 그지없다. 나는 속으로 '교각까지만~교각까지만~'을 되뇌며 녹슨 몸을 재촉해 뛰고 또 뛴다. 그러나 마치 제자리를 맴도는 듯 쉽사리 거리가 좁혀지지 않는다. 절박한 마음으로 혼신의 힘을 다해 뛰어가던 중 문득 머릿속에 신문의 사회면이 떠오른다. '폭우 속에 올드미스 번개에 맞아 쓰러지다'라는 제목이 상상된다. 오싹 공포가 몰려온다. '아니, 그런 불상사가 일어나선 안 되는 거야'를 중얼거리며 단말마의 힘으로 내리달린다. 그렇게 시간이 흘러 겨우 집에 도착했을 때 나는 전투에서 돌아온 병사처럼 탈진 상태였다. 그런데 세상은 아무 일 없다는 듯 평화롭기만 하였다. 냇가에서 일어난 일에는 아무도 관심이 없었다. 그 순간 알 수 없는 눈물이 주르륵 흘러내렸다. 온몸에서 물이 줄줄 흐르는 나를 보며 희한한 광경을 본 듯한 사람들의 시선을 느끼면서 엘리베이터에 몸을 맡겼다.

'그래, 아무 일도 일어나지 않았어~'

남편은 그때 내가 번개에 맞았어도 신문에 나지 않았을 것이라고 단호하게 말했다. 그것이 놀리려는 말인지, 여자가 번개 맞는 일쯤은 대수롭지 않은 일이라고 생각하는 건지 분간이 가지 않았다. 아무튼 그건 기사거리도 되지 않는다는 듯한 말투에 기분이 나빠진 나는 반드시 신문에 났을 것이라고 우겼다. 그러다 보니 마치 사고가 나서 신문에 실렸으면 했다는 듯 억지를 부리고 있는 듯한 내게 실소를 금치 못한다.

'아, 어느 여름날 천둥번개와 폭우 속에서 나는 생사를 오갈 듯 절박하였었지~' '그래, 그랬었지~'

AI 시대에도 삼재라니

임충빈

yimcb9@hanmail.net

삼라만상 조화 속에 태어나 자연에서 세월 따라 살아가는 인간은 해가 바뀌면 의례건 새해 운세는 어떤지 궁금한 마음에 믿거나 말거나 신년 운세를 토정비결이나 인터넷을 통해 점쳐보는 풍습이 종교나 연령을 떠나 미련이 잔존하는 것은 사람은 역시 나약한 존재이기 때문일까.

바쁘고 팍팍하게 살면서 심심풀이로 로또라도 당첨될까, 생각하는 일은 잘 풀릴까 기대하고 좋은 괘卦가 나오면 좋겠지만, 올해는 이것저것 가리고 매사 유념하라는 말을 들으면 괜스레 봤다는 후회이고, 어쩐지 찜찜하여도 '언행은 조심해서 나쁠 건 없지'라고 애써 자위하며 운수를 미리 짚어보는 것은 이런 연유에서 예언적 예방 차원일 수도 있다.

믿자니 쑥스럽고 그렇다고 안 믿으면 찜찜한 삼재災! 무속신앙에서 비롯해서 오랜 세월 축적된 통계적 결과라니 너무 의지하거나 깊게 고민할 것이 아니라 미리 조심해야 한다는 경건한 마음을 가지면 편하게 생활할 수 있을 것이다. 삼재가 지나가면 다시 대운이 깃든다고 하니 2022 甲寅년엔 삼재 띠에 걸렸으나 대수롭지 않게 평소처럼 여기면서 마음으로 조심하련다.

아니나 다를까 마누라가 지갑을 달라더니 부적을 슬그머니 집어넣으면서 "올해는 매사 조심하는 것이 상책"이라며 경고(?)를 한다. 못이기는 척 받아 넣고 그날 밤 그 말을 곱새기니 깊은 뜻이 담겼다. 안거위사安居危思라고 일거수일투족 조심하는 마음으로 살아가면 실수는 적고 실패는 없을 것이니 나쁘지 않아 명심해야겠다고 다짐해 본다.

삼재란 9년 주기로 돌아오는 3년간 재난(들삼재, 눌삼재, 날삼재)을 말하며 더 조심하여야 한다는 경고인데 그 종류는 연장·도구나 무기로 입는 재난인 도병재兵亂, 전염병 등에 걸리는 역려재疾病, 굶주리고 쪼들리는 기근재家難, 유형별로 바람의 재난인 풍재, 물의 재난인 수재, 불의 재난인 화재까지 다양하다고 한다.

그렇다면, 세월 따라 피할 수 없이 겪어야 하는 삼재를 회피하는 방법은 없을까. 적극적으로 비껴가는 묘안은 없을까. 물론 삼재가 아니더라도 좋지 않은 일이 생기지 않는다고 장담할 수 없으니 조심하며 삼가하고謹愼 매사 신중하게 살핀다면操身 삼재를 극복하고 뜻대로 운 좋은 한 해를 보낼 수 있다고 생각하니 염려가

사그라든다.

일찍 부모님께선 정초엔 "매사 조심해야 한다"라고 당부하신 말씀이 바로 삼재를 지혜롭게 보내는 방법이라는 걸 뒤늦게 깨치며 평소에 언행에 조심하고 신중하면 손해 볼 것은 없다는 가르치심이었다.

현재 '코방국(코로나방역시국)'이라 힘 안 든 생활은 없지만, 2022년은 '삼재 띠'에 해당하는 필자는 그런 운수엔 신경 쓰지 않고 좋은 일만 많을 것이라고 자신하며 조심하고 열심히 노력하면 365일을 보람있게 보낼 것이라고 확신한다. 너무 믿기보다 '2022년은 삼재띠(잔나비띠, 甲申生)라고 했으니 조심하자'라는 마음이면 하는 일마다 모두 좋은 일, 의미있는 나날이 될 것이라고 가슴에 묻는다.

환언하면 삼재를 극복하는 유일한 방법은 바른 마음가짐으로 매사에 신중하되 배려와 용서하는 생각이면 어려움은 덜어 줄 것이고 그 여력이 더 좋은 에너지가 될 것으로 믿고 싶다.

사람이 살다 보면 행운과 불행은 겹쳐오는 데好事多魔 그 중 뜻과 같지萬事如意 아니되면, 삼재수三災數라고 아전인수로 여기듯 과오나 난관을 자의自意에 의한 것이기보다는 타의運數로 치부하는 핑계로 삼고자 만든 말이 아닐까.

심심풀이로 운수를 점처보는 이유는 당연히 액운은 막고 행운을 부르기 위해 잠시나마 심적으로 위안하고자 함이며 모든 일에

주의를 기울이며 불운이 생기지 않도록 최소화하며 조신하고 삼재厄運를 슬기롭게 피해가는 것이 최선이라는 믿음은 인생살이에 언제나 필요하기 때문일 것이다.

그래야만, 삼재라서 생긴 불행한 일이 오히려 전화위복이 되어 좋은 결과(복삼재福三災)를 얻고 아무것도 모르고 무사하게 지나며(평삼재平三災) 최악의 상황(악삼재惡三災)이 있다고들 하니 인생사는 마음먹기에 달렸다고 믿는 것이 최선책일 것이다.

삼재도 토정비결처럼 심리적인 것일 뿐 너무 믿기보다는 이걸 미리 앎으로써 대비하여야 과실을 줄일 수 있고 자신의 운명은 자기가 개척해야 한다는 신념이 민중 속에 뿌리 깊은 토착신앙으로 알게 모르게 깃든 것 같다.

사족이지만, 삼재를 통해 미루 생각되는 것은 9년마다 3년씩 삼재를 겪으며 조심하라는 뜻은 3년이면 천 일이 넘는데 우리가 통상 천일기도를 하면 마음에 확신이 생겨 소기의 목적을 달성한다는 말이 있듯 1,095일 동안 매사 언행을 삼사하고 긍정하는 자세를 가진다면 바람직한 인성이 알게 모르게 형성돼 습관이 된다는 깊은 뜻이 담긴 인생의 지혜가 아닐까 하는 생각이다.

이를 지혜롭게 해석하고 극복해 나간다면 성숙한 의지로 적극적인 생각을 가질 수 있으며 스스로 행복하다고 긍정적으로 확신하면 일상이 만족한 생활이 될 것이다. (참고자료: 《동국세시기東國歲時記》 등)

거꾸로 가는 시간

염희영

violet8967@gmail.com

아프리카 아이들이 흙바닥에 앉아 싱글벙글 노래를 부른다. "가진 것이 적어도 감사하며 사는 삶, 내게 주신 작은 힘 나눠주며 사는 삶, 이것이 행복이라오." 동영상 속의 노래를 들으며 아련한 기억의 안개가 피어올랐다.

내가 초등학교 입학하던 해는 휴전협정 다음해였다. 학교는 폭격을 맞아 주춧돌만 남아 있었다. 주민들과 학교 선생님들이 함께 흙벽돌을 쌓아 교실을 만들고 볏짚으로 지붕을 덮었다. 아이들이 냇가에서 주워온 돌을 깔고 가마니를 덮어 교실 바닥을 만들었다. 나는 책상도 없는 울퉁불퉁한 가마니 바닥에 엎드려 글을 쓰고 배우는 것이 신기하고 재미있었다. 음악 시간에는 전교에 하나뿐인 풍금을 교실로 옮겨다 놓았다. 선생님의 풍금소리에 맞추어 신나게 노래를 부르는 아이들이 폐허 속에서 재건을 꿈꾸는 나라의 희망이었을지도 모른다. 쉬는 시간이 되면 모두 운동장으로 뛰쳐나갔다. 남자아이들은 주먹만 한 고무공 하나면 운동장을 축구장으로 만들었다. 여자아이들은 기다란 검정 고무줄 하나로 수업시간을 알리는 종이 울릴 때까지 신나게 뛰어놀았다. 점심 도시락은 네모난 양은 도시락에 보리밥과 장아찌면 호사에 속했다. 도시락 통이 없어 들일 할 때 쓰는 양은그릇이나 바가지에 밥을 싸가지고 다닌 친구도 있었다. 미국에서 구호품으로 주는 우유 가루를 학교에서 배급을 주었는데 먹는 방법을 몰라 쌀가루처럼 물에 섞어 버무려 솥에 찐 것을 양은그릇에 수북하게 가져오는 아이도 있었다.

그때는 '사친회비'라고 했던 초등학교(국민학교) 수업료가 있었다. 수업료 낼 돈이 없어 초등학교조차 못 다닌 사람도 많았다. 학교를 다닌다는 것만으로도 특혜에 가까웠던 그 시절이었다. 계절에 맞는 옷을 입는 것은 사치였다. 벗지 않고 배고프지 않으면 행복할 수 있었다.

요즘 아이들은 먹고 입는 것에 그리울 것이 없다. 며칠 전 6학년 손자 녀석이 샤워하려고 옷을 벗는데 속옷이 끼는 것 같았다. "애 옷이 너무 작아 보인다. 넉넉한 것으로 사 주어야겠다"고 했더니 애에미가 "살이 쪄서 그래요" 한다. 손자 녀석은 살쪘다고 하는 어미한테 화를 내며 화장실 문을 탕 소리가 나도록 닫았다.

경제적 풍요를 누리는 우리 문화는 참 많이 변했다. 내가 어릴 적엔 살쪘다는 소리가 모두 듣고 싶은 소리였다. 나도 나이 들어가며 무릎 관절에 무리가 되지 않도록 몸무게에 신경을 쓰게 된다. 근육이 빠져도 탈, 몸무게가 많아도 탈인 것이 나이 든 사람의 고민이다. 나이 들면 병원 가까이 살아야 한다고들 한다. 문명을 거스르는 것인지 청개구리 마음 보따리를 가졌는지 나는 자꾸 병원 없는 산골짜기를 찾고 있다. 한창 기승을 부리는 바이러스를 큰아들 가족에게 묻혀다 줄까 염려되어 수동골 가는 것도 조심스러웠다. 자연을 멀리하다 보니 시원찮은 기관지가 먼저 불평하기 시작했다. 기침이 나오고 피로감이 온몸을 짓눌렀다. 바이러스 진단키트를 챙겨들고 서울을 벗어났다. 나는 자연 속에 있어야 마음이 편하다.

봄볕이 비 온 후의 흙을 자꾸 쓰다듬고 있었다. 눈을 뜬 새싹이 흙을 비집고 빼꼼히 내다보는 아침 산책길에 여린 쑥 한 움큼을 얻어왔다. 조금 나와도 '쑤욱 나왔다'는 쑥 한 움큼을 가지고 버무리를 할까, 전을 부칠까 생각이 많았다. 날콩가루를 버무려 된장국을 끓여 보았다. 이 집 저 집 나누어 주고 먹으며 사람 사는 재미가 느껴져 가슴이 따뜻해진다.

예전 어른들은 새봄에 나오는 모든 싹은 약이라 했다. 음식을 약으로 먹는 것이 건강하게 살아가는 자연법칙 아닐까.

인간이 이루어 놓은 눈부신 문명 속에서도 퇴치할 수 없는 바이러스가 온 세계의 발을 묶어 놓고 있다. 잘 살기 위해 문명을 발달시켰으나 그 여파의 대가로 자연이 훼손되었다. 미래에 닥쳐 올 불행을 누구도 예측하지 못했다. 질병이 생명을 위협하는 지금, 과학도 문명도 우리를 지켜주지 못하고 있다. 아이들의 만화영화처럼 타임머신을 타고 과거로 돌아갈 수 있다면 얼마나 좋을까. 환경이 맑고 깨끗하기만 했던 어린 날로 돌아가고 싶다.

가진 것이 적어도 감사하며 사는 아프리카 아이들의 표정에서 꾸밈없는 행복을 본다. 내 마음은 어느새 어린 날에 머물러 있었다. 나는 거꾸로 가는 시간 속으로 들어가고 있다.

혈액형의 인간

김계옥
kok62@hanmail.net

 혈액형과 성격은 관련성이 있는가.

 지난해부터 여러 나라에서 코로나와 혈액형 관계에 대한 연구 결과가 발표되었다.

 일본, 덴마크 연구자는 'O형이 코로나에 강하고 A형은 취약하다'고 주장했다. 혈액을 A, B, O, AB형으로 구분하는 ABO식 혈액형은 1901년 오스트리아의 의학자 카를 란트슈타이너가 발견했다. ABO 혈액형을 발견한 후에는 피가 모자라는 사람들은 수혈을 해서 부작용 없이 살릴 수 있었다. 신장이나 간 등의 장기를 이식할 때 ABO 혈액형을 발견한 공로로 란트슈타이너는 1930년에 노벨상을 수상하였다.

 1931년 일본의 한 학자가 혈액형으로 성격에 대한 관련성에 대해 연구결과를 발표하였다. 그 연구 결과는 서적과 대중 매체를 통해 혈액형에 따라 성격이 규정된다는 믿음으로 확산되면서 일본에서 받아들여졌다. 혈액형이 바뀔 때 그 사람의 성격은 바뀌지 않는다. 골수이식 과정에서 혈액형이 다른 사람의 골수를 이식받게 되면 그 사람의 혈액형은 골수 기증자의 것과 동일하게 바뀐다. 그러나 골수 이식해서 혈액형이 달라진 사람이 성격이 바뀌지는 않는다. 과학적 근거가 없는데 사람들은 왜 혈액형과 성격을 관련이 있다고 생각할까. 우리 사회에는 우리도 모르는 사이에 혈액과 성격에 대한 고정관념이 형성되어가고 있다. 고정관념은 다른 사람과 성격에 잘못된 편견을 가지게 된다. 혈액형은 적혈구 표면에 있는 항원 종류와 구성에 따라 구분한다.

지금까지 알려진 혈액형은 ABO 식을 포함해 수백 개가 넘지만 가장 중요한 것은 ABO식과 RH식이다. 수혈을 할 때 이 혈액형을 맞추지 않으면 부작용으로 사망한다. 1910년에 독일 의학자 에밀 폰둥 게른은 '혈액형의 인류학'이란 논문에서 순수 유럽인의 피는 A형이고 B형은 아시아 인종에 많기 때문에 A형이 우수하다고 주장했다. 일본인 후주카와 다게지는 1927년 319명의 혈액형을 조사한 '혈액형에 의한 기질 연구'에서 혈액형은 성격이 다르다고 주장했다. 전 세계에서 혈액형과 성격이 관련 있다고 믿는 나라는 우리나라, 일본, 대만, 동아시아 국가뿐이다.

혈액형은 부모로부터 받은 유전자에 의하여 결정되고 적혈구의 표면 모습에 따라 다양하게 표현된다. 다양한 모습을 나타내는 형질 중에 하나인 에이비오(ABO) 이외에도 아르에이치(RH), 더피(DUffy), 키드(KIDD), 켈(KELL)이 있으며 2006년까지 285개나 발견되었다. 이 중에서 ABO 혈액형과 RH 혈액형이 많이 알려진 것은 수혈이나 장기이식을 할 때 맞추어야 하기 때문이다. 우리나라는 A형 34.2%, AB형 11.5%, B형 27%, O형 27.3%다. 일본은 B형이 많다. A형은 B형보다 진화되었다. AB형은 천재가 많다는 속설이 있는데 이스라엘은 AB형이 많고 예수님은 AB형이라고 한다.

우리 부모님은 아버지는 O형이고 어머니는 A형이다. 오 남매는 모두 A형이다. 나를 A형으로 보는 사람은 한 사람도 없다. 모두 B형이나 O형으로 본다. 나도 이 문제를 재미있게 생각하고 있는데 우리 오 남매는 모두 A형이지만 성격도 다르고 두뇌도 다르다. 전공도 다르다. 두뇌와 성격은 그 집안의 DNA다. 그 성격은 마음 바탕에서 오는 생각이라는 것이 지론이 아닐까.

— 이광연 (한서대수학과 교수의 '혈액형에서' 일부 참조)

7

청색시대에 오신 것을 환영합니다

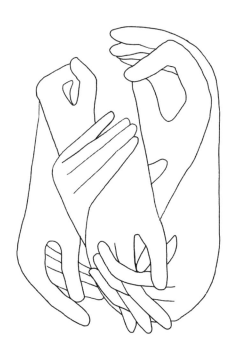

정색시대에
오신 것을
환영합니다

비우는 즐거움

류만영
ryumy6000@naver.com

혼수로 장만한 장롱을 버렸다.

아내와 1988년 결혼을 했으니 33년을 사용했다. 오래되어 낡기도 했거니와, 아이들이 방을 얻어 나가다 보니 옷가지가 줄어 굳이 장롱이 필요치 않아서다. 한결 넓어진 안방이 시원해 보인다. 우리는 짐이 별로 없는 편이다. 이사를 하면 이사 트럭 5톤 차 한 대로 충분하고, 점심시간 조금 넘어 일이 끝난다. 지인들이 방문하면 같은 크기의 다른 집에 비해 넓어 보인다고 한다. 가구나 물건으로 집 공간이 좁아지고 답답해지는 걸 싫어하고, 필요치 않은 물건을 쌓아두는 것을 좋아하지 않기 때문이다. 평소 절약하는 습관도 한몫한다. 한때는 식물을 좋아해 화분들이 많았으나 이마저도 다 나누어 주어 몇 개만 남아 있다.

물건은 많이 가지고 있으면 그만큼 마음도 따라간다. 새 차를 사면 기분이 좋기도 하지만 은근히 신경도 쓰인다. 혹시 누가 차에 흠집을 내지는 않을까, 나와 타인의 운전 부주의로 차가 손상되지 않을까 걱정을 한다. 값비싼 귀금속이 집에 있으면 도둑이 들지 않을까, 사용하다 어디서 잃어버리지 않을까 사서 걱정을 한다.

나는 IMF 경제위기 때, 가지고 있던 귀금속을 모두 팔아 딸아이에게 피아노를 사 주었다. 피아노를 곧잘 쳐서 사 주었는데, 흥미가 없는지 이내 피아노를 멀리한다. 이사 때 몇 번 옮겨 다니다, 큰처남의 딸아이가 피아노가 필요하다고 해 선물로 주었다. 결혼식, 돌, 백일 때 받은 금붙이들을 팔아서 산 것이라 아쉽기도 했지만 사용하지 않고 방 한구석을 차지하고 있는 것을 보는 것은 더 힘들었다. 조카에게 주고 나니 오히려 기분이 홀가분했다.

은퇴하니 격식 차려 옷 입을 일도 드물다. 주로 청바지에 티셔츠, 등산복을 입고 다닌다. 오래도록 입지 않은 옷은 재활용함에 반납했다. 옷을 사지 않으니 가지고 있는 옷도 줄어들고, 신발장에 신발도 몇 켤레 되지 않는다. 어느새 무소유를 실천하고 있다는 생각이 든다. 법정스님은 무소유를 이렇게 설명했다. "무소유란 아무것도 갖지 않는 것이 아니라 불필요한 것을 갖지 않는 것이다"라고.

전에 방문했던 어느 지인 집에는, 집안에 가구와 짐이 가득 차 걷거나 앉을 공간이 없을 정도로 비좁았다. 작은 집이 아님에도 비좁고 답답해 보였다. 사람이 사용해야 할 공간을 물건들이 다 차지하고 있는 셈이다. 저 많은 물건이 다 사용되고 있는지, 그것을 사는데 얼마나 많은 돈이 들었는지 은근히 궁금했다. 주인이 저세상으로 가고 나면, 아마 돈이나 귀금속 이외에 나머지 물건들은 다 쓰레기로 버려질 것이다. 힘들게 벌어 사 모은 물건들이 쓰레기가 되고, 내가 살던 지구에 환경오염과 자원 낭비의 폐만 끼치게 된다는 사실을 알고나 있을까.

비울 것은 물건뿐만이 아니다. 나와 아내는 자식들이 방을 구해 집을 나간 뒤 걱정하는 마음에 청소, 다림질, 반찬을 해주러 아이들 집을 수시로 방문했다. 조금이라도 도움이 될까 해서 그리했지만, 본인들이 내켜 하지 않아 그만두었다. 학원 강사가 학생들에게 주입식 교육을 하듯, 내가 경험하고 느낀 것들을 자식에게 알려주려 나도 모르게 틈만 나면 설교를 하게 된다. 혹시라도 실수하거나, 잘못된 선택을 하지 않기를 바라는 마음에서였지만 다 잔소리다. 필요하면 인터넷 정보를 통해 쉽게 알아볼 수 있고, 나이가 있으니 스스로 알아서 잘 결정할 것이다. 종종 목구멍까지 오르던 말을 꾸역꾸역 되짚어 넣는다. 자식에 대한 걱정과 기대도 비워야 편하다.

욕망과 욕심도 조금씩 비워야 한다. 이들을 채우려면 그만큼의 노력과 고통이 따라야 하고, 채운다 한들 더 크고 다른 것들이 기다릴 게 뻔하다. 인간의 욕심과 욕망은 끝이 없기 때문이다. 스스로 덜어내어 크기를 줄이지 않으면 그 늪에서 헤어나기 어렵다.

어떻게 원하는 것을 다 이룰 수 있겠는가. 작은 것에 만족하고 소박하게 사는 것이 자신을 괴롭히지 않는 것이고, 후세가 살아가야 할 지구에도 해를 덜 끼치는 것이리라. 마음껏 채우고, 쓰고, 버리고, 하고 싶은 말 다 하며 살다 보면 머지않아 인생의 종착점에 도달할 것이다. 그때까지 얼마나 많은 물건과 말의 쓰레기를 이 세상에 남기고 가게 될지 곰곰이 생각해 본다.

회색 단상

조인선

komponistincho@gmail.com

온 세상이 회색공기에 잠긴다.

미세먼지가 많은 날과 저기압의 흐린 날씨의 회색은 다른 느낌이다. 습기를 잔뜩 머금은 진회색 공기는 마음깊이 스며들면서 애잔한 그리움에 젖게 한다. 코로나 바이러스 때문에 전시회나 음악회에서도 마스크를 써야 하니 거리감이 느껴진다. 자연은 때에 따라서 변화하는데 닫힌 일상이 마음을 어둡게 하는 것 같다. 확진자의 숫자에 따라서 마음이 오르내리며 곡선을 그린다. 그 움직임 속에서 마음 깊이 숨 쉬고 있는 오래된 시간의 단상들이 떠오른다.

대학교 다닐 때 전혜린의 수필집 《그리고 아무 말도 하지 않았다》를 읽었다. 수필을 읽으면서 독일 뮌헨의 거리를 상상했었다.

잿빛 하늘과 레몬 색 가스등이 켜진 거리는 고독하지만 깊은 사색에 잠길 것 같다고 생각했다. 쾰른에 첫발을 디뎠을 때 책에서 읽었던 것과 같은 날씨였다. 검은 회색 하늘과 회색비가 마음까지 스며들었다. 도시 전체가 말없음표의 흑백 필름으로 이야기 하는 것 같았다.

독일에 유학 가서 몇 달 뒤에 성당에서 열리는 바흐 b 단조 미사 음악회를 갔다. 성당의 건축 양식과 바흐의 음악이 아름다운 조화를 이루며 연주회장에서 듣는 것과는 또 다른 감동을 주었다. 성당의 은은한 조명과 섬세한 연주가 마음에 깊이 다가와서 울렸다. 교회의 건축 양식이 소리에 잔향을 주면서 성당 전체를 소리 공간으로 바꾸었다. 그 울림이 음악을 더 아름답게 들리게 했다. 그림자도 숨어버린 것 같은 회색의 날 성당을 감싸면서 울리는 음악은 잔잔하면서 다양한 소리색의 그림을 그렸다.

오래전의 일이지만 음악회의 여운이 생생하게 느껴진다. 마치 지금 듣고 있는 것 같이….

통독되고 얼마 지나지 않아서 라이프치히에 갔다. 12월이었다. 도시가 잿빛의 침묵에 잠긴 것 같았다. 바흐 박물관에 도착했을 때 닫을 시간이 되어서 아쉽게도 들어갈 수 가 없었다. 안타까운 마음으로 창으로 보이는 바흐 악보를 바라보았다. 언제인가 다시 찾아올 것이라고 생각하며….

비에 젖은 것 같은 마음을 뒤로 하고 토마스 교회에 들어섰다.

교회는 낡고 어두웠다. 동독 시대의 모습을 보여주기라도 하듯이⋯. 교회 안에 바흐의 묘비가 보였다. 잿빛 공기를 위로하듯이 음악가들이 바흐의 칸타타를 연습하고 있었다. 많은 이야기를 감추고 있는 것 같은 교회에서 바흐 음악을 연습하는 것을 들으니 마음에 소리비가 내렸다. 바흐의 작품이 초연되었을 때 사람들은 어떻게 들었을까? 바흐는 먼 훗날 자신의 작품이 연주될 것으로 상상했을까⋯. 많은 생각들이 비 소리와 함께 소리그림을 그렸다.

어느 날 함부르크 음대에서 내 작품이 연주되었다. 음악회 전에 어느 노부인이 아들과 함께 오셔서 조용하게 음악회 시간을 질문했다. 약 한 시간 걸릴 것이라고 하니. 그 정도 시간은 앉아 있을 수 있다고 말씀하시며 연주회장으로 들어갔다. 무대에 나가서 작품설명을 하는데 노부인의 경청하는 모습이 보였다. 음악회가 끝나고 나서 노부인이 다가왔다 설명을 듣고 음악을 들으니 잘 이해되었다며 작품이 아름답다고, 축하한다고 말씀했다. 그 눈빛이 따뜻하고 진심이 담겨 있어서 마음을 울렸다. 작곡하느라 수고한 시간이 위로 받기라도 하듯이.

음악회 끝나고 나오는 길은 바람이 불고 비가 내리며 스산했다. 진회색의 빗방울이 음악회의 잔향과 노부인의 따뜻한 눈빛을 함께 담으며 노래를 부르는 것 같았다. ─ 회색 비에 감추어진 아름다운 삶의 노래.

코로나 바이러스가 사라지고 소소한 일상을 누리게 될 때
낯선 유럽의 도시에 가고 싶다.
오래된 성당에서 파이프 오르간과 합창단의 연주를 듣고,
연주회장에서 음악회를 보고, 미술관에서 그림을 감상하고
회색 비를 맞으며 걷고 싶다.
텅 빈 광장을 채우는 교회 종소리를 듣고,
잿빛 구름에 숨겨진 아름다운 소리 빛의 노래를 바라보며….

이제는 말할 수 있다

이수중

tnwnd321@naver.com

만추晩秋의 햇살이 풍요로운 11월의 길목이다. 기다리던 초등학교 동창회가 내일로 다가왔다. 1년에 한두 번 하는 친목모임이다. 그때 6학년 전교생이 26명이었다. 이미 세상을 떠난 친구도 몇 명 있고, 현대판 고려장(요양원)에 갇혀서 삶을 체념하거나 저항하며 살아가는 친구도 있어서 참으로 애석한 마음이다. 삶의 유통기한이 임박한 사람들이 모이는 요양원은 죽을 수도, 죽어지지도 않는 생명이 생로병사의 과정을 체험하는 곳이다. 모진 세파에 시달려 표류하다 결국에는 침몰하고 마는 게 인생이라는 말이 생각난다. 친구들의 이런저런 형편을 생각하면 동창회를 한다는 것이 조금은 겸연쩍다.

70여 년 삶의 굴곡인 듯 주름살이 굵고 깊게 파인 얼굴이지만 그나마 소통이 되는 친구들 10여명이 모인다. 며칠 전에 예매한 표를 들고 중앙선 열차를 탔다. 원주역에 내리니 친구의 승용차가 나를 반겨준다. 오늘 동창회는 원주에서 약 20여 Km 떨어진 옥분네 집에서 한다고 한다. 옥분은 젊은 나이 때 고향을 떠났었다. 타향에서 옥분의 고향과 지척인 곳에 살았었다는 남자와 결혼을 하여 단란하게 살았다고 한다. 슬하의 자식들도 결혼하여 딸은 서울에, 아들은 고향과 인접한 원주에 살고 있다. 옥분은 여생의 꿈이었던 귀향을 결심하고 유년의 추억이 머무는 고향으로 돌아왔다. 아마도 인간의 태생적 귀소 본능歸巢 本能에서 우러나온 섭리일 것이다. 평소에 늘 동경하던 전원생활을 고향에서 할 수 있게 된 것을 축복으로 여긴다. 이곳이 한우와 더덕 등으로 잘 알려진 횡성 땅이다. 안흥찐빵으로도 꽤 유명하다. 우리들을 위해 푸짐한 만찬을 준비한 옥분의 정성과 수고에 모두가 감탄한다. 모두 뒷산과 텃밭에서 채취한 야생의 식재료들이다. 옥분이가 손수 빚었다는 동동주에서 누룩향이 진하게 코끝을 스민다. 옥분표 동동주를 유난히 좋아하던 남편이 전원생활을 채 즐기지도 못하고 너무 일찍 세상을 떠서 안타깝다는 옥분의 탄식이 애처로워 숙연해진다.

아홉 명이 모였다. 오래 묵은 세월의 흔적을 더듬으며 유년시절의 고향 이야기들이 고구마 줄기같이 잇달아 따라 나온다. 스스럼없는 대화가 묵은지 같은 추억들을 샅샅이 소환한다. 잠자코 듣고만 있던 웅삼이 말문을 연다. 70평생 몰래 꾹꾹 참아온 사연들을

「이제는 말할 수 있다」로 용기를 내는 것 같다.

  응삼과 옥분 아버지는 형제같이 지내는 사이였다. 어느 날 거나하게 취해서 응삼을 사위로, 옥분을 며느리로 삼자고 굳게 언약을 하고 손도장을 찍는다. 물론 당사자들에게는 한마디 언질도 없이 아버지들만의 약속이었다. 그런데 무슨 조화인지 응삼은 옥분에게 묘한 감정을 느끼게 되었다고 한다. 응삼은 옥분에게 사모의 마음을 담은 편지를 수없이 보냈는데 완고한 옥분이 오빠가 가로채서 대부분 전달되지 못했다고 한다. 응삼은 옥분을 향한 애절한 사랑의 그리움을 강산이 변하는 시간만큼 일기에 담아왔다. 애달픈 짝사랑이었다. 상사병에 걸릴 것 같았었다고 한다. 그런데 옥분의 아버지가 노환으로 별세하시게 되어 옛날 두 분의 언약은 공소권 없음(?)으로 자동 파기되었다. 그 후에 옥분이네는 구만리 먼 곳으로 이사를 갔다. 응삼의 마음은 몹시 심란하였다. 첫사랑은 이루어지지 않는다는 속설이 자기에게도 적용되는 것 같아 가슴앓이를 하게 되었다고 한다.
  응삼은 나이 스물세 살 때 아버지의 거스를 수 없는 강권으로 이웃동네 처자處子와 자의 반 타의 반 결혼을 하게 되었다. 응삼의 아버지는 할아버지 같은 아버지로 또래 친구들의 아버지보다 연세가 훨씬 많으셨고, 또 집안의 4대 독자로 병역면제 조건에 해당되어 군 입대는 하지 않았다. 꿀맛 같은 신혼생활 중에 불가사의 한 일이 발생한다. 세간살이가 있는 윗방에서 물건을 정리하던 부인이 차갑고 날선 목소리로 응삼을 호출한다.

"이것들이 다 뭐지요?"…

"내가 당신의 첫사랑이라면서요."

나직하지만 떨리는 목소리이다. 옥분은 응삼의 부인보다 네댓 살 위이다. 두 사람은 어슴푸레하게 얼굴만 겨우 아는 사이였다. 응삼의 부인이 벽을 손바닥으로 맵게 갈긴다. 응삼이는 자신이 맞는 것 같아 두 뺨이 얼얼한 것 같았다. 세간살이방의 한쪽 벽에는 응삼이 옥분을 〈애타게 그리는 일기〉들로 도배된 것을 응삼의 부인이 그날 처음 보게 되었다. 응삼은 가슴이 철렁 내려앉는다. 한글을 잘 모르시는 어머니가 일으킨 사고였지만 사실은 그 시절에 종이가 워낙 귀해서 생긴 해프닝이었다. 응삼의 어머니가 도배를 하실 때 벽지가 부족했었나 보다. 아무리 그래도 그렇지 일기장을 뜯어서 하셨을 것이라고는 꿈에도 생각하지 못한 일이다. 미리 살펴보지 않은 잘못도 크지만….

세월이 수십 년 흘러갔어도 부인이 받았던 충격은 치유가 불가능한가 보다. 부부간에 다툼이 있을 때마다 부인의 입에서 나오는 단골메뉴가 '옥분'이었다고 하니 짝사랑의 후유증이 평생 갈 줄이야! 응삼은 부인의 심사心思를 살피다가 환갑이 지나도록 동창회에는 얼씬도 하지 않았었다. 아직도 응삼의 부인은 두 당사자가 동창회에서 만난다는 자체를 탐탁찮게 생각한다. 그러나 응삼의

「이제는 말할 수 있다」로 시작된 이야기는 오늘 동창회의 하이
라이트이다.

미나리

한창섭

hansop5@hanmail.net

"빈 둥지 증후군(empty nest syndrome)"이란 말이 있다. 어미가 물어다 준 먹이를 먹고 자란 새끼들이 스스로 날갯짓을 하게되자 둥지를 떠난다. 이때 텅 빈 둥지 안에 홀로 남겨진 어미새가 느끼는 허전함과 공허함을 사람에게 빗대어 만들어진 용어이다. 인생도 이와 크게 다르지 않다.

영화 〈미나리〉는 나의 이야기이다. 아니 우리의 이야기이다. 이 시대 자본권력에 신음하며 몸살을 앓는 민초들의 고단한 삶의 이야기이다. 인간다운 삶을 찾아 둥지를 떠난 외로운 제비가 따뜻한 강남으로 떠났다. 하지만 보금자리는 그냥 주어지지 않았다. 바퀴 달린 집에 살면서 끝없이 씨를 뿌리고, 결국 뿌리를 내리는 씨앗들처럼 연약하면서도 강인하게 살아간다. 그들이 한국을 떠나온 이유는 상처와 절망 때문일 것이고, 그럼에도 살아가야 하기 때문에 낯선 땅에서도 견디고 살아가는 것일 것이다. 그들은 절망 속에서도 늘 씨를 뿌린다. 그래서 그들은 늘 싸우면서도 그렇게 견뎌 나간다. 할머니(윤여정)가 흩뿌리는 미나리처럼 그렇게 늘 스스로 희망을 심으며 살아간다.

어두컴컴한 밀실의 조명등 불빛 아래에서 하루 12시간씩 병아리 항문을 들여다봐야 한다. 암수 구별을 하기 위해서다. 수컷으로 분류된 그 이쁘고 귀여운 병아리들은 부화된 지 1주일만에 분쇄기로 들어간다. 자신의 손길에 의해서 수많은 수컷병아리의 생명들이 가루가 된다. 난 그렇게 해야만 나의 둥지를 지킬 수 있다. 알에서 깨어난 새끼들의 주둥이에 부지런히 벌레를 잡아다 먹이는 어미제비처럼 말이다. 한쪽이 생명을 잃어야 다른 한쪽은 생명을 유지하는 법칙이 작동되는 비열한 세상이다.

친정엄마가 한국에서 가져온 멸치와 고춧가루를 보자마자 한예리가 엄마를 와락 껴안고 눈물을 흘린다. 떠나온 둥지에 홀로 계신 어머니가 그리워 마음이 외롭고 보고파도 스스로 견디며 참아왔던 둥지 밖의 설움에 감정이 복받친 것이다. 영화 〈미나리〉는 스스로 둥지를 떠나 타국에서 둥지를 틀기 위해 몸부림치는 이야기이다. 이러한 삶을 "디아스포라"라고 부른다.

처절한 디아스포라 사할린 동포들

"디아스포라(민족분산)"는 기원전 587년 바벨론이 앗시리아를 무찌르고 남유다 사람들 중에서 쓸 만한 사람들을 노예로 끌고 갔다. 이후 BC 538년 페르시아가 패권을 장악하자 유대인들을 귀환시켰다. 이때 유대지역으로 돌아가지 않고 베벨론에 남아서 살던 사람들을 부르게 되었다. 어원은 그리스어 dia(over) '~를 넘어'와 동사 spero(to sow) '뿌리다'에서 유래했다.

고려인들의 이주가 최초로 공식 확인된 것은 1863. 9.21일자이다. 연해주의 국경감시소 책임자가 연해주 군 총독에게 보낸 "조선인 13가구가 빈곤과 굶주림 및 착취를 피하여 비밀리에 남-우수리스크 포시에트 지역에서 살게 해줄 것을 요청한다"는 내용이다. 1905년 러일전쟁에서 승리한 일본은 천연자원이 풍부한 사할린 개발을 위해 4만 3천여 명의 조선인들을 강제 이주시켰다. 이후 일본의 패전으로 쿠릴열도를 점령한 소련은 '지상의 천국'인 공산주의 사회에서 '악의 소굴'인 자본주의 사회로 인구 유출을 허용할 수 없다며 사할린 동포들의 귀환을 허락하지 않았다. 소련군이 진주하기 이전 사할린은 '학살'과 이에 대한 공포, 위협이 난무하여 한인들에 대한 집단학살이 곳곳에서 자행되었다. 소련군이 들어오자 사할린의 질서는 완전히 뒤바뀌었다. '조센징'이라고 멸시하고, 폭행을 일삼던 일본인들이 한인들에게 꼼짝하지 못한 것이다. 조선인들에게는 '자유'의 공간이며, '평등'의 공간이었다. 사할린의 조선인은 소련체제 하에서 소수자로서의 삶을 살게 된 것이다. 하지만 평화는 그리 오래가지 않았다. 일본인들과 내통하여 간첩질을 했다는 이유를 들어 무차별 학살을 자행했다. 남은 자들은 사할린으로 강제 이주시켰다.

한민족의 역사는 한의 역사다. 하지만 이제는 옛말이 되었다. 세계 경제 10위, 군사강국 7위, BTS를 비롯한 한류 열풍은 유엔본부를 넘어 세계를 강타하고 있다. 뿐만 아니라 팬데믹 현상을 잘 극복한 덕분에 드라마를 포함한 반도체와 자동차 중심의 수출이 화장품, 플라스틱 제품, 합성수지 등 중소기업 제품의 수출로 다변화되면서 큰 폭으로 증가했다. 한국과 한국인의 위상이 웬만한 서구 열강들보다 우위를 점하게 된 것이다. 더군다나 의료보험정책과 사회복지, 의료기술 향상으로 인한 의료관광이 대세를 이루면서 역이민도 늘어나고 있다. 이러한 사실을 아는가? 한국인들이 거들떠보지도 않는 영주대장간에서 만들어 한국에서는 4,500원에 팔리는 호미가 미국 아마존에서 대박을 치면서 22,600원에 팔리고 있다. 미국인들은 '삽만 봤지 ㄱ자로 꺽인 원예기구는 처음이다. 손목에 힘을 많이 주지 않아도 된다'며 극찬을 쏟아낸다는 사실을….

접시꽃 기억 한 편

정은숙
laffair24@naver.com

올해도 어김없이 접시꽃이 피고 진다. 한적한 시골의 담장 아래
나 마을 어귀에서 만날 수 있는 꽃, 수줍은 새색시마냥 동그란 얼
굴로 우리를 반긴다. 슬쩍 스쳐가는 바람에도 살레살레 흔들리는
접시꽃들 사이에 떠오르는 얼굴이 있다.

그는 희미한 미소를 지으며 나를 바라본다.

30여 년 전 어느 날, 고등학교 동창에게서 전화가 왔다. 서울과
경기에 거주하는 친구들끼리 동창모임을 하자는 거였다. '모두들
얼마나 변했을까' 궁금하고 설레기도 해 밤잠을 설치고 종로에 있
는 약속장소에 나갔다. 여고 졸업 후 첫 만남이라 우리들의 수다
는 끝없이 이어졌고 다시 그때로 돌아간 우린 영락없는 교복 입은
단발머리 소녀였다.

어느덧 해는 기울어 어둑어둑 어스름이 내렸다. 잊고 있었던 남편과 아이들의 얼굴이 그제야 떠올랐다. 버스 타고 집에 오니 깜깜한 저녁이었다. 슬며시 들어가 얼핏 남편의 얼굴을 보니 낯빛이 붉으락푸르락했다. 등 뒤에 꽂히는 남편의 따가운 시선을 느끼며 옷도 벗질 못하고 저녁준비를 서둘렀다.

"여자가 왜 이리 늦게 다니는 거야!!"

버럭 내지르는 남편의 고함소리에 내 미안했던 마음이 깡그리 사라져버렸다.

"어쩌다 한 번 가진 모임도 이해를 못해주니 너무하네요!!" 하고 나도 목소리를 높였다. 성미가 불같은 남편은 씩씩대고 애들은 울고 그야말로 한심하고 긴 밤이었다. 다음 날 애들을 학교에 보내고 대충 집안 정리를 하고나니 어젯밤 엄마 아빠의 눈치를 살피던 애들이 생각나 안쓰럽고, 아침 식사도 거르고 쌩하니 나가버린 남편 생각이 났다. 음악을 들으려고 라디오를 켜니 성우가 나지막한 목소리로 시를 낭송하고 있었다. 마디마디 애절한 시는 암으로 힘든 투병생활을 하는 아내를 생각하며 쓴 도종환 시인의 〈접시꽃 당신〉이었다.

아침이면 머리맡에 흔적 없이 빠진 머리칼이 쌓이듯
생명은 당신의 몸을 우수수 빠져나갑니다.
나는 당신의 손을 잡고 당신 곁에 영원히 있습니다.

애틋한 시를 들으니 불현듯 남편 생각이 나서 한참을 망설이다 전화를 했다. "우리 영화 보러 갈까요?"

마침 명보극장에서 〈접시꽃 당신〉 영화가 인기리에 상영 중이었다. 우린 젊은 연인들처럼 팝콘을 먹으며 아무 일도 없었다는 듯 영화에 빠져들었다. 이보희와 이덕화의 뛰어난 연기력에 배우와 관객은 하나가 되었다. 눈물이 자꾸 나와 남편을 보니 남편의 얼굴에도 눈물이 소리 없이 흐르고 있었다. 영화 관람 후 식사를 하고 집으로 오는 길, 남편이 어깨를 살며시 감싸왔다.

"영화를 보면서 장남인 나와 결혼해서 여러모로 힘들게 살아온 당신 생각을 했어, 내가 잘 할게, 우리 행복하게 살자." 봄눈 녹듯 서운한 마음이 모두 녹아내렸다. 우리는 손을 꼭 잡고 바람 불어 선선해진 밤거리를 걸었다.

어느 해 여름, 병을 모르고 살았던 남편의 건강에 적신호가 왔다. 병원에 입원하기 이틀 전 불안하고 심란한 마음을 달래기 위해 퇴촌 쪽으로 나들이를 갔다. 아담한 한옥카페 담장 주위에는 빨강 접시꽃들이 흐드러지게 피어있었다. 그 꽃들은 처연하게 아름다웠고 우리의 마음속엔 눈물이 흐르고 있었다. 간암3기 진단을 받은 남편은 '접시꽃 당신'이 되었고 나는 안타까이 곁을 지키는 시인이 되었다.

해마다 접시꽃 피는 여름이면 남편을 생각한다. 남편은 오랫동안 힘든 투병생활을 하다 내 곁을 떠나갔다. 올해도 곱게 피어나

나에게 슬픔도, 기쁨도 주는 꽃, '접시꽃 당신'은 언제나 내 마음 한편에 있다.

모개, 옛 향기가 그리워

강순미
smkang@sungshin.ac.kr

'모개*처럼 생겼다.'

개성을 중시하는 요즈음의 미학적 척도와 달리 '못생긴 얼굴 생김새'를 비유로 사용했던 말이다. 한편으로 어릴 적 정자가 있는 저택의 탱자나무 울타리 너머로 바라보던 모과나무에 드문드문 달려있던 모과들은, 고고한 선비의 향을 품고 있는 듯 평범했던 우리네와 격이 다르게 보였다.

초등학교 시절 인근 대도시에서 오신 손님이 과일 한 바구니를 선물로 갖고 오셨다. 대나무로 얼기설기 엮은 어깨에 메는 사각 핸드백 크기의 조그만 바구니 속에는 노란 사과 한 개, 오렌지, 배, 바나나가 한 개씩 담겨있었다. 그림에서만 보던 바나나를 신기해하며 껍질을 벗기고 여러 토막을 내서 우리 형제들은 나눠 먹었다. 토종, 수입 할 것 없이 여러 종류의 과일들이 과일 가게마다

산더미처럼 쌓여 있는 요즈음과 달리, 그때는 부담 없이 먹을 수 있었던 흔한 음식은 아니었다.

모과나무도 언제부턴가 가로수로, 평범한 아파트의 관상수로 전락하여 가을이 되면 노란빛을 띠는 모과를 조롱조롱 매달고 있다. 모과나무 아래에는 낙과한 모과들이 여기저기 어지럽게 널려 있다. 누구 하나 눈길조차 주지 않는다. 옛 향기가 그리워 발끝으로 이것저것 툭 툭 쳐본다. 벌레들이 이미 습격하여 성한 것이 하나도 없다. 순간, 우리를 위협하고 있는 신종 코로나바이러스보다 더욱 적은 그 무엇이 일순간 확산하여, 지구상의 인류를 모두 파괴해 버리지 않을까? 라는 의구심이 두려움과 함께 스쳤다.

과학자들의 말처럼, 지구의 수명을 하루로 비유해 볼 때 24시간 중 불과 10여 분을 남겨 놓고 있다면… 그 어떤 불안함이 스친다. 과거에는 상상할 수조차 없었던 '메타버스' 시대를 앞둔 지금, 내 후손의 후손과 그 후손의 먼 후대에는 과연 어떤 세상이 펼쳐질까.

이 풍요로움과 이 세상은 어디로 향해 가고 있는 것일까.

세월이라는 기차의 마지막 기착지는 시간도 공간도 사라지고 마는, 현재도 미래도 없는, 탄생과 죽음을 동시에 포함하는 수수께끼 같은 눈빛만이 존재하는 곳은 아닐까.

내게 당신의 상처에 대해 말하리라.

그러는 사이에도 세상은 돌아간다.

그러는 사이에도 태양과 비는

풍경을 가로질러 지나간다. 풀밭과 우거진 나무들 위로

산과 강 위로.

당신이 누구이든. 얼마나 외롭던

매 순간 세상은 당신을 초대하고 있다.

　　－ 메리 올리버, '기러기' － 장석주, 《일요일의 인문학》에서 재인용

　한 시인은 아직은 아니라고 말한다. 하늘에 태양은 늠름하게 빛
나고, 나는 살아 있다고…. 가을이 선물하는 은은한 모과의 향도
충실한 마음으로 붙잡으라고….

*모개 : 모과의 경상도, 전라도 지역의 사투리

따뜻한 위로

한미경

hanmkys@hanmail.net

아들이 운다. 먼 이국땅에서 다 큰 아들이 힘들다고 울음을 삼키고 있다. 군대를 무사히 마치고 제 자리로 돌아갈 때, 얼마나 후련하고 행복했을까? 어떤 어려움도 이겨낼 수 있다는 자신감에 넘쳤으리라. 그런 아들이 엄마 목소리에 무너져 버렸다. 안아줄 수도, 눈물을 닦아줄 수도 없는 나는 이 말만 되풀이한다.

"괜찮다, 괜찮다. 너무 조바심 내지 마라. 천천히 해도 된다."

나의 위로가 얼마나 힘이 되었을지 알 수 없다. 어차피 혼자 이겨낼 수밖에 없는 과정이란 것을 그 애는 잘 알고 있다. 단지 힘들다고 말할 수 있는 사람이 필요했으리라. 나는 그저 아들이 엄마에게 그 마음을 보여주었다는 게 고마웠다.

그러면서 한편으로는 의문이 든다. 마음 편하게 먹고 천천히 하라고 한 게 맞는 말일까? 사내 녀석이 그 정도도 이겨내지 못하냐고 혼을 냈어야 하는 걸까? 나약한 소리 하지 말고 더 열심히 하라고 채찍질했어야 하는 걸까? 자식 교육에 대한 고민은 끝이 없다.

어른이 되어서 가장 좋은 점은 시험을 보지 않는다는 것이었다. 학창 시절, 시험을 보고 성적이 잘 안 나왔을 때가 제일 힘들었다. 성적을 걱정하며 사는 게 너무 힘들다고 느꼈던 나는, 아이를 낳으면 절대로 성적 때문에 스트레스 주지 않겠다고 생각했다. '위로도 넉넉하게, 아래로도 넉넉하게' 딱 중간 정도의 성적을 받는 아이면 만족하겠다고 다짐했다. 나보다 잘 하는 아이도 있고, 못 하는 아이도 있어서 양쪽을 다 이해할 수 있는 푸근한 아이로 키우고 싶었다.

실제로 나는 아이들에게 공부를 지나치게 강요하지 않았다. 공부뿐만 아니라 예능이나 운동도 이것저것 시켜보다가 제가 싫다고 하면 더 이상 오래 끌지 않고 중단시켰다.

아이들을 다 키워놓은 이 시점에서 돌이켜 보면, 내가 부모로서 직무유기를 한 것이 아닌가 하는 후회가 들 때도 있다. 아무리 힘들어도 포기하지 않고 끝까지 가서 최고가 되었을 때의 희열과 행복을 느끼게 해주지 못한 것이 아쉽고 미안하기도 하다.

하지만 인생에서 가장 중요한 것이 최고가 되는 것은 아니지 않은가? 꼭 1등이 아니어도 괜찮다. 항상 감사하는 마음으로 행복하게 살면 된다고 생각했다. 욕심 부리지 않고 현재의 삶에 만족하고 살면 된다고. 그런데 요즘처럼 치열하고 각박한 세상에서 행복하기란 참 힘든 일인 것 같다. 다들 못 살겠다고 난리다.

이 어려운 세상에 무조건 내 편이 되어주는 사람이 한 사람은 있어야 하지 않을까? 아무리 큰 잘못을 하고 남들에게 비난 받아도, 아무 말 없이 믿어주고 품어줄 수 있는 사람. 힘들고 외로울 때 돌아갈 수 있는 마지막 안식처, 그게 바로 엄마의 역할이리라.

카잔차키스의 〈영혼의 자서전〉에 나오는 내용이 생각난다. 카잔차키스는 어린 시절, 1년 내내 고생해 키워서 햇빛에 말리던 포도가 홍수에 다 떠내려가는 것을 본다. 그날 아버지와의 대화가 카잔차키스의 일생에서 잊지 못할 '위대한 교훈'을 남겼다고 말한다.

"아버지" 내가 소리쳤다. "포도가 다 없어졌어요."

"시끄럽다." 아버지가 대답했다.

"우리들은 없어지지 않았어."

카잔차키스는 위기를 맞을 때마다, 꼼짝 않고 서서 재난을 바라보며 인간의 위엄을 지키던 아버지의 모습을 기억했다고 한다.

부모는 말이 아니라 행동으로 자식을 가르친다. "엄마니까 잔소리 하는 거다. 잔소리는 내가 네 엄마라는 증거다"라는 궤변을 늘어놓으며 정당화하려고 하지만, 사춘기 이후의 자식에게 엄마의 충고는 수다에 불과한 것임을 안다. 구구절절 말하지 않아도, 부모에게 보고 자란대로 자식들은 살아갈 것이다.

내 아이들에게 나는 어떤 모습으로 기억될까? 아마도 특별히 추억에 남는 장면은 없을 테고, 카잔차키스의 아버지처럼 '위대한 교훈'도 못 될 것이다. 나는 그저 내 아이들이 어려울 때 찾아와, 힘들다고 투정 한 번 부리고 다시 일어설 힘을 얻어갈 수 있는 '따뜻한 위로'가 되고 싶다.

영흥도 고양이 섬

전유의

jeonyouei@gmail.com

인천광역시 옹진군 영흥면에 '고양이 섬'이라는 곳이 있다. 주인에게서 버림받은 고양이를 입양하여 키우는 곳이다. 그곳에 있는 고양이들은 대부분 안락사의 운명을 피하기 힘든 장애 고양이이다. 장애 고양이들이 '고양이 섬'에서 치료도 받으며, 200평 넓은 마당에서 뛰어놀고 있으므로 '고양이 천국'이라고도 부른다.

최근 나는 생각지도 않게 주인을 잃은 고양이를 집에서 키우게 되었다. 고양이를 키워본 적이 없었던 나는 고양이에 대한 지식이 필요했다. 유튜브를 검색하여 고양이에 대해 배우던 중, '고양이 섬'이 있다는 것을 알게 되었다.

유튜브에 있는 영상은 EBS 의 '고양이를 부탁해'라는 프로그램의 일부였다. 영상을 통해서 '고양이 섬'의 위치가 영흥도에 있다는 것을 알았다. 상세한 주소는 알지 못했지만, 조그만 섬에서 설마 찾지 못할까 하는 마음으로 남편과 집을 나섰다. 성남에 있는 우리 집에서 한 시간 반 정도를 가니, 해당화가 피어있는 한적한 섬마을이 반겨 주었다. 섬을 돌고 돌았지만, 영흥도는 생각처럼 작은 섬은 아니었다. 알고 보니 여의도 면적의 5배가 넘는다고 한다. 그곳에서 '고양이 섬'을 찾기란 쉽지 않았다. 해수욕장 2곳과 즐비한 펜션들을 구경했을 뿐 성과가 없었다. 그냥 돌아서야 하는지 아쉬웠다. 식당 아주머니에게도 묻고, 가게에서도 묻고, 경찰 아저씨에게도 물어서, 고생 끝에 다행히 위치를 알아냈다.

바닷가에 있는 마당 넓은 단독주택이었다. 넓은 마당에는 인조 잔디가 깔려있고, 캣타워와 여러 가지 놀이시설들이 보였다. 아이들이 좋아하는 동화 같은 이미지가 연상되었다. 주인 집사님은 잠깐 외출 중이었고, 다른 젊은 집사가 있었다. 궁금한 것을 물어보니 친절히 대답해 주었다. 200평이 된다는 마당에는 여러 마리의 고양이들이 자유롭게 놀고 있었다.

고양이들은 우리를 처음 보았는데도 오랫동안 키워 준 주인을 따르듯 좋아했다. 여기에 있는 고양이들은 전부 사람을 좋아하는 순한 고양이였다. 90% 이상이 장애 고양이라고 하는데, 모두 건강해 보였다. 공기도 맑고 깨끗한 환경 속에서 햇볕을 쬐며 사는 고양이들의 평화로운 모습을 보니, 내 마음도 좋았다.

며칠 후 '고양이 섬'의 주인 집사님과 전화를 통할 수 있었다.

'고양이 섬'의 주인은 자신을 '요다 아빠'라고 하였다. 개인적으로 힘들던 시기에 첫 고양이 '요다'를 구조하며 도리어 자신이 위로를 받아, '요다'를 자식처럼 키우고 있다고 한다. 그때 받은 감동으로 고양이와의 인연을 지켜왔으며, 고양이들을 좋은 환경에서 키우고 싶어 '고양이 섬'을 만들게 되었다고 한다.

여러 가지 이야기를 나눈 끝에 우리 집에서 키우는 고양이를 그곳에 맡길 수 있는지 문의하였다. 11년이 되어가는 우리 집 고양이도 원주인이 해외로 나가 있어서, 주인 잃은 고양이와 다름없었기 때문이다.

'요다 아빠'는 우리 집 고양이의 사연을 듣고, 그곳에서 맡아줄 수는 있다고 하였다. 그러나 우리 고양이가 그곳의 다른 고양이들과 어울려 살 수 있어야 한다는 조건을 붙였다. 낯선 고양이가 처음 들어오면 독방에서 며칠 지내면서 적응해야 하고, 실내에서 다른 고양이들과 얼굴을 익히는데도 며칠이 소요된다고 한다. 그런 후에야 비로소 밖으로 나오게 되는데, 최소한 열흘 정도는 있어야 적응 여부를 알 수 있다고 한다. 고양이 습성을 잘 이해하고 있는 '요다 아빠'는, 서두르지 않고 이러한 과정을 모두 거쳐야, 다른 고양이들과 어울려 살 수 있다고 하였다.

요즘 고양이를 함부로 학대하고 죽이기까지 하는 사람이 있다는 뉴스를 본 적이 있다. 생명을 경시하는 풍조의 하나일 것이다.

심지어 사람의 생명조차 가볍게 생각하는 사건들도 있었다. 입양한 어린 아기를 학대하여 죽음에 이르기까지 한 '정인이 학대·사망'사건, 계모나 계부가 아이를 학대하여 사망하게 한 사건 등의 뉴스들이 있었다. 인간 생명조차 경시하는 사건들이 계속 발생하는 현실에서, 사람도 아닌 버림받은 고양이들을 돌본다는 것은 쉬운 일이 아니다. 장애가 있는 고양이들은 '고양이 섬'과 같은 곳이 아니었다면, 안락사 될 운명을 피하기 힘들었을 것이다.

동물보호에 힘쓰는 '요다 아빠'는 안락사 없는 세상을 꿈꾸어, 사정이 있는 고양이들을 입양해 왔다. 고양이를 위해 더 개선할 방법이 있는지 늘 고민하고 있다는 그들은, 생명을 존중하는 사람들이라고 믿어졌다.

우리 고양이에게 진정 행복한 삶은 무엇일까? 고양이가 스스로 선택할 수 있다면 나의 집일까, '고양이 섬'일까? 주인을 잃은 고양이가 친절한 집사님들의 보살핌 아래, 넓은 마당에서 다른 고양이들과 함께 뛰어놀며 살 수 있다면 '고양이 섬'이 더 좋은 장소가 아닐까. 오랜 고민 끝에 우린 고양이를 그곳 '고양이 섬'으로 데리고 갔다. 부디 다른 고양이들과 잘 어울려 행복하게 살 수 있기를 바라는 마음뿐이다.

6·25전쟁과 아버지

정하철

hc302702@hanmail.net

어머니 등에 업혀 시골집을 떠나 늦은 오후에 도착한 곳은 6·25전쟁 발발 후 추가 징집된 장병들의 집결지, 전쟁터로 떠나는 남편이나 아들을 한 번이라도 더 만나려고 먼 길을 찾아온 가족들로 붐볐다. 많은 징집자 속에서 남편을 찾아 헤매던 어머니가 다급히 쫓아가는 쪽에는 아버지가 눈물을 훔치던 손을 차창 밖으로 내젓고 있었다. 잠시 후 차는 움직이기 시작하였고 나도 어머니를 따라 울면서 고사리 손을 흔들어 주었으나 아버지 모습은 점점 멀어져 갔다.

몇 개월 후에 먼저 입대한 외삼촌의 군사우편을 통해 '아버지는 중부 전선으로 투입되었다'라는 이야기만 간접적으로 들려왔을 뿐 치열한 전투상황으로 인해 이후 소식은 알 수 없었다.

추운 겨울밤, 깊은 잠에서 깨어보니 캄캄한 방안에는 나 혼자 있었다. 갑자기 무서워져 엉금엉금 기어가 방문을 밀고 살짝 열어보니 찬바람과 함께 담장 쪽 장독대에서 인기척이 들려왔다. 작은 토담집 문지방에서 떨어지지 않으려고 엎드려 다리를 먼저 댓돌에 내린 뒤 어머니를 찾아가니 입고 있던 전쟁구호품 코트와 담요로 감싸주며 품에 꼭 안아주었다. 남편과 전우들의 안전을 바라는 어머니의 계속되는 기도소리에 스르르 다시 잠이 들 무렵, 담요 틈 사이로 밤하늘의 은하수와 별들이 반짝이고 저 멀리 교회 새벽종이 울리고 있었다. 전선은 북쪽으로 대부분 옮겨갔으나 가끔 후방지역까지 들려오는 대포소리에 놀라 이불속으로 들어가 방문 유리조각 창 떨림이 멎을 때까지 숨어 있었다. 높고 푸른 하늘엔 전투기들이 무서운 굉음과 함께 하얀 꼬랑지 두 줄을 길게 남겨놓고 먼 구름 속으로 사라질 때, 국군을 실은 군용트럭들이 흙먼지 날리며 신작로를 지나가면 어머니는 한참 동안 전쟁터의 남편 생각에 잠겨 있었다.

읍내 5일 장날, 먼동이 틀 때부터 계란을 가득 담은 광주리를 머리에 이고 장사를 다니는 어머니 따라 가는 길은 높고 힘든 땀고개를 넘어야 했다. 그 아래에는 철조망담장과 망루가 있는 전쟁포로수용소가 있었다. 이곳을 지날 때마다 어머니 반대쪽 치맛자락을 꼭 잡고 걸으면서도 아버지도 적군의 포로가 될까 봐 눈물이 났다.

몇 해 지나 드디어 반가운 휴전 소식이 있었으나 아버지는 몇 달 동안 연락도 없이 돌아오지 않았다. 몸이 불편한 어머니는 어린 아들을 논두렁에 앉혀 놓고 흙탕물에서 김매기를 하면서도 인근 도로변에 완행버스가 정차할 때마다 허리를 펴고 멍하니 바라보며 남편을 기다렸다.

늦가을 해가 질 때쯤, 어머니와 외숙모를 따라가 이웃 과수원집 디딜방앗간을 빌려 햇곡식을 찧고 있었다. 방앗간 처마와 낮은 흙담 사이로 내려다보이는 먼 신작로를 따라 우리 집 쪽으로 올라오는 아버지 모습을 외숙모가 발견하고 "저기 고모부가 온다!"라고 외쳤다. 함께 있던 외사촌 동생과 같이 밭둑길을 가로질러 먼저 달려가 자랑스러운 아버지의 좌·우측 가슴에 안겼다. 저녁에는 밝은 저녁달이 비추는 집 마당에서 인사하러 찾아온 이웃 어른과 아이들에게 아버지가 갖고 온 초콜릿, 사탕과 껌, 비누를 선물로 나눠주었다.

제대 후 아버지는 틈틈이 전쟁터에서의 무용담을 들려주었다. 많은 내용 중 "포탄이 빗발치는 긴박한 전투현장에서 방탄조끼를 입은 UN군들과 함께 겨우 탈출하여 참호 속으로 들어가서 살아남았다"라는 이야기는 생각만 해도 아찔했다. 처참한 전투상황은 어린 아들에게 더 이상 들려주지 않는 듯했다.

1981년 현충일 아침, 노병이 된 아버지는 서울 동작동 국립묘지를 찾아가 옛 전우들의 명복을 빌며 눈물을 글썽이다 먼 북녘 하늘만 쳐다보았다.

세월이 더 많이 흘러 아버지도 전우들과 함께 지방 국립묘지에 잠들었다.

휴전 후 집으로 돌아와 오붓한 가족과의 행복한 삶도 잠깐, 힘든 투병 중에도 그토록 사랑했던 남편과 어린 외아들을 남겨둔 채 일찍 하늘나라로 떠나갔던 젊은 아내와도 함께….

어느덧 우리 민족의 최대 비극인 6·25전쟁 70년이 지나가고 있다.

하나뿐인 소중한 생명과 젊음을 나라에 바치고 끝내 가족의 품으로 돌아오지 못한 수많은 순국선열을 비롯한 호국영령과 참전용사의 고귀한 정신, 그 유가족들의 희생과 아픔은 조국과 함께 영원히 존중되고 기억되어야 하겠다.

무엇을 남겨야 할까

이근석
kunsoklee@gmail.com

직장에서 은퇴하고 자식들도 독립해 나가는 나이가 되어감에 따라, 새로이 나타난 고민의 하나는 내가 이 세상에 남겨 놓아야 하는 것을 생각하는 것이다. 그것은 내가 죽을 때, 최선을 다해 살았노라고 스스로 만족할 수 있는가에 대한 문제이기도 하다.

'호랑이는 죽어서 가죽을 남기고, 사람은 죽어서 이름을 남긴다'라는 속담을 생각해 본다. 한 사람의 삶에 대한 평가는 후대에 어떠한 모습으로 기억되는지에 따라 정해진다는 의미일 것이다. 《채근담》에도 '사물의 이치를 통달한 사람은 세속을 초월한 진리를 살피고, 죽은 후 자신의 평판을 생각한다'고 했다. '죽어서 이름을 남긴다'라는 말은, 보람 있는 업적을 쌓아서 후대에 이름을 남기는 것이라고 해석할 수 있다. 나라를 위해, 인류를 위해 훌륭한 일을 하면, 존경받고 명예를 얻을 수 있다.

그러나 명예는 타인에 의해 주어지는 것이다. 아무리 노력을 하여도 명예를 얻지 못하는 사람이 있고, 일생을 걸쳐 쌓아온 명예가 한순간에 허물어지기도 한다. 올바른 삶을 살았음에도, 오해받아 불명예를 남기는 사람도 있다. 평생을 불우하게 살았지만, 사후에 인정받은 사람도 있다. 명예를 남기려는 욕심을 갖는 것이 나쁘다고 할 수는 없지만, 명예에 집착하는 것은 헛된 일이다. 명예를 목적으로 생각하는 것은 실체가 아닌 그림자를 좇는 것이기 때문이다. 열심히 살다가 보면 따라오기도 하는 것이 명예라고 생각하여야 한다.

'공수래공수거'空手來空手去라는 말이 있다. 빈손으로 왔다 빈손으로 간다는 뜻으로, 인생의 무상과 허무를 나타내는 말이다. 사람이 세상에 태어날 때 빈손으로 태어나는 것처럼, 죽어갈 때도 한평생 모아놓은 것을 그대로 버려두고, 빈손으로 죽어간다는 의미이다. 빈손으로 돌아갈 삶인데, 명예라든가 재물 같은 것이 무슨 소용이 있을까? 그래서 법정스님 같은 분은 '무소유'의 정신을 가르쳤다. 무엇인가에 얽매이면, 오히려 주객이 전도된 삶을 살게 되므로, 크게 버리는 것이 크게 얻는 것이라는 것이다. 무소유의 마음이라면, 죽은 후에 무엇을 남기는 것은 아무런 의미가 없다. 그저 훌훌 털고 가면 되는 것이지, 무엇을 남길까 집착하며 애태울 필요가 없는 것이다.

속세에서 살고 있는 보통 사람들은 그렇게 훌훌 털고 떠날 수는 없을 것이다. 부모 형제와 자식들이 있는 사람들은, 자신을 키워준 부모를 잊을 수 없고, 자식들의 삶도 보살펴주어야 한다고 생각한다. 때로는 자식들의 미래를 위해, 기꺼이 자신의 삶을 희생하기도 한다. 사실, 이러한 보통 사람들이 있기에 인류라는 생명체의 삶이 이어지는 것이다.

나 자신만을 위한 소유라면, 훌훌 털어버리고 잊을 수도 있지만, 내가 죽은 후에 내 가족의 삶, 내 자식들의 삶까지 생각한다면, 무소유의 마음을 갖는 것은, 쉬운 일이 아니다. 오히려 앞으로 험난한 세상을 살아가야 할 내 자식들의 삶을 위해, 부모로서 무언가는 남겨 놓아야 한다고 생각한다. 사람이 죽은 후에 신분과 재산을 후손들에게 상속하는 관습은, 사유재산 제도만큼이나 오랜 인류의 관습이었다. 내 자식을 내가 돌보지 않는다면 누가 돌볼 것인가? 내 부모님들이 자식들을 위해 희생하셨듯이, 나에게도 자식들을 돌봐야 할 의무가 있다.

나 자신의 행복을 추구하는 삶과, 자식들의 행복한 삶을 위한 희생 중에서 어떤 균형점을 찾아야 한다. 내 자식들도 언젠가는 지금의 나와 같은 입장이 될 것이고, 손주들의 삶과 자신의 행복 사이에서 고민하게 될지 모른다. 맹목적으로 자식들만을 위하여 이러한 순환이 반복되는 것은 의미가 없는 일이다. '카르페 디엠' (carpe diem, 지금을 즐겨라)이 필요하다.

내가 살아온 이 사회에 남겨야 할 것은 무엇일까? 지금까지 살면서 많은 혜택을 받아 왔는데, 다음 사람들을 위해 아무것도 남기지 않을 수는 없다. 나 나름대로 할 수 있는 방법을 찾아서, 이 사회가 조금 더 살기 좋은 곳이 되도록, 최선을 다해야 한다. 명예를 추구하는 것이 아니라, 은혜를 갚는 것은 인간의 도리이기 때문이다.

구체적으로 내가 남겨야 하는 것은 무엇일까를 생각한다면, 아직 부족한 나로서는 답답한 마음을 금할 수 없다. 마음만 앞설 뿐, 내가 할 수 있는 최선의 것이 무엇인지 모르기 때문이다. 그저 하늘을 우러러 부끄럼 없도록 열심히 살아야 한다고 생각할 뿐이다. 사소한 일에도 최선을 다하고, 내가 만나는 사람들에게 성의를 다해야 한다.

문득 시 한 구절이 떠오른다.

앞서 살다 간 위대한 조상들의 생애는 우리도 그와 같이 훌륭한 삶을 살아갈 수 있음을 일러 주었다. 이들은 떠나면서 시간의 모래밭에 거룩한 발자국을 남겼나니, 인생을 항해하는 우리들의 누군가가 난파를 당해 절망에 빠졌을 때, 그 발자국을 발견하면 다시 용기를 얻게 되리라. - 롱펠로우의 시 '인생찬가(A Psalm of Life)' 중에서 -

미국 시인 롱펠로우의 시이다. 이 시의 내용처럼 나 역시 언젠가 나와 같은 길을 걷게 될 후손이 나의 발자국을 보고 용기를 얻을 수 있는, 그런 삶을 살고 싶다. 그러한 발자국을 남기고 싶다.

때론,
　귀차니즘도
　괜찮아